爱@三里屯

李潞　著

LOVE IN SANLITUN

漓江出版社

图书在版编目（CIP）数据

爱@三里屯/李潞著.—桂林：漓江出版社，2014.5
ISBN 978-7-5407-7070-9
Ⅰ.①爱… Ⅱ.①李… Ⅲ.①长篇小说—中国—当代
Ⅳ.①I247.5
中国版本图书馆 CIP 数据核字（2014）第 080977 号

爱@三里屯

作　　者　李　潞
责任编辑　庞俭克　申　晶
封面设计　石绍康
责任监印　周　萍

出 版 人　郑纳新
出版发行　漓江出版社
社　　址　广西桂林市南环路 22 号
邮　　编　541002
发行电话　0773-2583322　010-85893192
传　　真　0773-2582200　010-85890870
电子信箱　ljcbs@163.com
网　　址　http://www.Lijiangtimes.com.cn
　　　　　http://www.Lijiangbook.com
印　　制　北京大运河印刷有限责任公司
开　　本　880×1280　1/32
印　　张　10
字　　数　278 千字
版　　次　2014 年 5 月第 1 版
印　　次　2014 年 5 月第 1 次印刷
书　　号　ISBN 978-7-5407-7070-9
定　　价　28.00 元

谨以此书献给我的母亲

献给在 1997－2007 年社会巨大变革和发展的十年间，事业有成、情感迷失的 60 后与 70 后海归。

本书人物

老　严： 北京人，30 岁，海归，外企高管，后离职自建贸易公司，从事食品进口贸易与销售。大吉普，老严前女友。麦吉，离异后带 3 岁女儿生活，与老严有短暂恋情。

辛　杨： 北京人，24 岁，聪明漂亮，敢爱敢恨，与前男友经营酒吧，后与老严相恋。因无法与老严结婚，出国远嫁，后回国在三里屯经营泰餐馆。

柳　婄： 老严妻子，留美医学博士，海归，主治医师，后与老严离异。性格清高、孤傲、善良、自尊。

车　震： 英籍华人，30 岁，英语教师。老严大学同学。离异，三次恋爱未果，后结婚。

老　李： 食品进口商，29 岁，老严大学同学。留美归国，外企高管，婚姻美满，因短暂婚外恋导致车祸死亡。

林　秋： 30 岁，老严大学同学，留学归国后经营设备公司。风流倜傥，声称独身主义，后与女友林美佳结婚生子。

DIMI（迪米）： 比利时人，29 岁，老严同事，亚洲区总经理。与女友相恋六年未果。

西　西： 比利时人，29 岁，外资银行高管。DIMI 前女友。

邬娜斯： 菲律宾国会议员之妻，老严外企同事。33 岁。DIMI 女友。后移居澳洲。

小　胖： 25 岁，浙江人，定居北京，白手起家创建大型连锁超市，与富二代、高富美小曲相恋。

王　蓉： 北京女孩，19 岁。留德硕士，电影导演，外表性感奔放，内心细腻敏感。深爱老严，为爱守候，后成为老严妻子。

目　录

引　子

老严的右眼下方有道伤疤。那是大一时在北京三里屯南里为救一个中学小女孩，跟几个地痞打斗，被刀划破面部所致。当时老严血流不止，染红了胸前。小痞子们看到血人一般的老严，吓得慌忙四散。

那个女生也被打得倒地不起，浑身是血的老严把女孩吓得不知所措，她哭喊着求路人把他送到医院急救。老严的眼角被缝了五针，透过模糊的双眼，老严看到那个被救的女孩哭肿的大眼睛和刘海儿齐额的日本发型。

以后每逢阴雨天，他的伤疤便隐隐作痛。可那被救的小女孩早就没有了音信。

第一章

1

1997 年的夏天格外热。那年中国足球甲 A 联赛也格外火，成为整个夏季一道靓丽的风景。北京国安队破天荒地以 9 比 1 击败了上海申花队，点燃了工体，也引爆了球市。老严是比利时一家钻石公司驻华首席代表，有车有房，收入颇丰。他还是个球迷，为了看球方便，索性长期包了三里屯工体附近亚洲大酒店的一间客房，每逢有球赛他都去现场看。比赛结束，就带着朋友到酒店喝酒聊天，日子过得很惬意。一天总部老板米歇尔给老严发了个传真，让他过几天接待自己的女友，来自泰国的韩梅小姐。看名字是个中国人，估计是个华裔吧！老严想："老板真他妈浪，去了趟泰国还泡上个中国妞。"既然是老板的蜜，他自然不敢怠慢。安排好公司的事，他开始静候这位贵客的光临了。几天后老严的 BP 机响了。回了电话，那头的韩小姐说："已经到了，怎么安排未来几天的活动？"

在京广中心 Lobby 见到韩梅时，老严有点惊诧。这是位大高个、黑皮肤、蓝眼睛、中国脸的混血美女。长得好看但很粗糙，带着河南味的普通话还不流利。见老严一脸的疑惑，韩梅开门见山地说："俺是三国混血。爹是荷泰混血，俺娘是河南人。你发什么愣呀？先带我去长城、故宫转转吧！"

看着眼前这位有点二的美女，老严暗暗叫苦："老板怎么招惹这么一位主儿啊，整个一个国际小太妹。看她那股劲头，肯定不是个省油的灯。”

果然，四九城刚转了一半，韩梅就失去了兴趣，嚷嚷着要泡泡北京的酒吧，体验一下北京的夜生活。

2

顺着长安街往东就是建国门。建国门的北侧便是外交公寓、友谊商店、秀水街和贵友大厦。这些建筑在20世纪90年代是外宾、华侨和高干子弟常出入的场所。Maxican Wave就坐落在秀水和贵友之间。这是当年北京最著名的酒吧，老板是澳洲驻华使馆的退休保镖，客人们是一水的老外和汉奸，生意很好，热闹非凡。

老严把韩梅带到这里玩。韩梅自然如鱼得水，非常喜欢，并且不停地跟男客人们挤眉弄眼，打情骂俏。那些跟男伴们一起的女客人们气得直瞪老严。意思是说，你傻×吧？女朋友这德行也不管，还傻乐？老严心里明白，也懒得解释，闷头喝着酒。酒吧里灯光昏暗，不时地爆发出韩梅那放荡的尖叫声，和那些男客人们的起哄声、口哨声，乱糟糟地让老严恨不得把头埋在桌子底下。这时，突然有人拍他肩膀并且大喊：“老严？”

老严抬头一看，面前站着一个梳着马尾辫子戴眼镜的青年男子，胖乎乎的，留着一撮山羊胡，臂下还搂着个特妖娆的女孩。那女孩穿着黑色跨栏背心，白皙的皮肤，样子很甜，胸前两个大乳几乎要跳出束缚，贴到老严脸上了！

“我靠！这不是老车吗，你怎么回国了？”

3

老车是老严外语学院的同学，大名叫车震。没想到后来这名字的含义居然那么丰富。毕业后，两人又同在一家大型合资企业做外聘翻译，关系自然很密切。一年后，车震娶了个英国女子，跟着老婆移民了。外聘合同到期后，老严又回到了原单位上班。后来也遇到了现在的老板比利时人米歇尔，辞去公职跟着他去了比利时销售钻石。两年前被老板派回中国开发市场。一晃八年过去了，两人居然在北京的酒吧相遇，颇为意外与惊喜。车震连忙松开搂着的女孩说：“哥们都回国三个月了，在一家美国人开的外语学校当老师。”说着指着身边的女孩介绍道：“这是我女朋友余安，北京人，电影演员。”老严看着老车，又打量着余安，充满了疑惑和好奇：“这厮不是已经结婚了吗？哪冒出个女朋友？”

4

酒吧的角落，韩梅跟一帮老外正投入地玩着飞标。她的周围聚集了很多百无聊赖的男男女女。浪笑声、怪叫声一阵接着一阵，引得周围的客人不住地侧目观看。老严皱皱眉头，转过身背对着韩梅的方向，拍着车震的肩膀说：“英国待得好好的，怎么又跑回来了？而且回国都三个月了，弟兄们居然不知道。你可真行！”当着余安的面他不好意思问车震是不是跟老婆分手了。

“我靠，别提了。刚回来时就想联系哥几个，可没有你们的联系方式。听说你去了欧洲，不知道你也回国了。真是老天有眼，在这儿遇到你，终于跟组织联系上了。哈哈……”他开心地大笑着回答。然后问老严：“你什么时候回来的？”

“你走后，我是去了比利时卖钻石，后来被老板派回来负责中国市场，我都回来两年多了。”

“钻石？大生意啊！”余安看到老严手持大哥大，一身名牌。伸出手，娇滴滴地说：“严哥，您可是大老板啊，给张您名片吧？”老严低头从手包中摸出张名片，瞟了一眼余安颤动的巨乳，却把名片递给了车震，一脸坏笑道：“哥们，行啊！女朋友够漂亮的。有机会给兄弟也介绍个美女演员呗！”

余安妩媚地一笑，眉毛一挑说：“这个容易，包在我身上。就严哥你这条件，会有很多美女往上扑的。”

老严哈哈一笑对余安说：“谢谢啊，那就等你的好消息了。”然后把车震拉到一边悄声问：“怎么，你离婚了？”

这时，一身酒气的韩梅走过来，一把搂着比自己矮半头的老严问：“Why not come and join us?”

车震看到韩梅，眼里露出疑惑的目光。老严怕引起误会，连忙介绍说：“这是韩小姐，泰国人。我老板的朋友。来中国旅游的，哥们负责接待。”

车震笑着摇摇头，用怀疑的眼光问韩梅：“你好，韩小姐。你真是他老板的朋友啊？我还以为你是老严的女朋友呢。”

韩梅肆无忌惮地把胳膊搭在老严的肩头，大笑道：“他还不够强壮，哈哈哈。”

车震看看眼前韩梅高大丰满的身材，开玩笑地用英文说道：“那可不一定。You never know if you do not try.”意思是，你不试试怎么知道他不强壮呢？

韩梅瞟了一眼老严狂笑道：“那就给我个机会试试吧？也许，我会拜倒在你的石榴裤衩下呢。哈哈哈……”

老严身高175厘米，算很标准的男人个头了。但跟178厘米的韩梅相比，足足差了一大截。他摇摇头，咧着嘴说：“你可饶了我吧，我可不是你的菜。”

话音刚落，大家便哄堂大笑起来。

5

从酒吧出来已是凌晨时分了。七月北京的夜晚依然炎热难耐，路边烧烤摊烟雾缭绕。下夜班的、刷夜的、睡不着觉的年轻人，三两成群光着膀子围坐在用纸壳搭凑的小桌旁，喝着啤酒撸着羊肉串。昏暗的汽灯忽明忽安，远远望去宛如鬼火令人发毛。

车震搂着余安，略显微醉地走向自己的212敞篷北京吉普。一边吃力地开着车门，一边对老严喊道：“今天真他妈的开心，你下周尽快安排哥几个聚聚，这帮孙子多年不见，还挺想他们的。”说罢带着余安，驾车嘶叫着消失在夜幕中。

韩梅望着车震远去的汽车，晃晃悠悠地挽着老严嘻嘻哈哈地问道：“你们同学聚会有帅哥吗？我想跟你一起去。”

韩梅是个奔放的混血女孩。尽管没做什么出格的事情，老严也能闻到她身上散发的浓浓的风骚味。不过有一点好，这两人倒是不来电。再说，还有老板这层关系，双方并未做什么苟且之事。韩梅在中国没有朋友，倒是在泰国认识了一个来旅游的中国女孩。韩梅帮过她很多忙，两人便成了朋友。跟老严四处玩了几天之后，她也渐渐失去了兴趣，便对老严说想去找她认识的那个北京女孩玩几天。老严正求之不得呢。这些日子陪着她从早到晚地乱跑，把老严累得够呛，总算能消停几天了。韩梅不在身边缠着，老严顿时轻松许多。他给老板发去一封邮件，汇报了韩梅小姐在北京的情况。然后回家陪老婆孩子，安排同学聚会之事。

聚会地点定在工体东门的酒吧 CARWASH。那是北京最早的酒吧之一，有乐队演出，明星出入。如今酒吧早已消失了，取而代之的是一家海鲜酒楼叫锦都久缘。

夜幕下的北京是一坛美酒，浸泡着无数买醉的灵魂。他们品味着酒精划破喉咙的滋味，他们知道醉后的三里屯更美。霓虹闪烁，烂醉如泥，泪光闪闪，豪情万丈。北京的怀抱是如此的温暖宽厚，抚慰他们破碎的心灵，除去他们满身的疲惫。三里屯的酒吧如长长的街灯，伫立在街头，如渔火般温暖闪亮。

6

盛夏的夜来得晚，七点聚会开始时，天还是亮的。晚霞被乌云遮盖着，远处轰鸣的雷声响起来，一场雷雨就要来了。老严到达 CARWASH 酒吧时，已经有两个人先到了，林秋、老李。

老李全名叫李国荣，是个儒雅的商人，在一家美国食品公司大中华区任总经理，事业成功，和车震、林秋一样，也是老严的大学同学，而且还有更近一层的关系，是老严的表小舅子。此人 30 岁，

三里屯 VILLAGE
三里屯酒吧街

虽然相貌平平，但务实勤勉，生活简单规律，老实忠厚。标准的两点一线男人，是他们中结婚最早的一位，老婆是北京某区长的千金。下班就回家，很少在外面跟他们鬼混，应酬。

“真不容易啊，老李！跟弟妹请好假了？”老严笑呵呵地揶揄着老李。

“是啊，我可不如你那么自由。去哪，干什么，表姐都不干涉。真是令人羡慕啊！”老李留着三七开的分头，戴副眼镜，镜片后面的目光有点阴阴的。她说的表姐是指老严的媳妇柳婄。

老李话音刚落，车震挎着余安也走了进来。看到大家，他兴奋地喊道：“想死你们这帮孙子了，我胡汉三又回来了，哈哈哈！”

车震穿着一件圆领老头衫，翘翘的山羊胡，梳着马尾辫。余安穿着一件无袖背心，紧紧地裹在身上，把两个大乳房憋得像一对气球。

“我靠，你怎么变这副德行了？留胡子，梳小辫，真够时髦的，不会跟演艺圈那混吧？”老李上前跟他拥抱。

“沾点边，哈哈哈。我女朋友是演员嘛。”说着他把余安介绍给大家。

余安不愧是个演员，见面自来熟，大方地跟大家打招呼：“各位大哥好，常听老车提起你们，真是久仰了。”

“你是不是混不下去了，让人给驱逐出境了啊？”林秋边开玩笑边瞅着余安，一脸坏笑。

林秋也是老严的大学同学，人长得很帅，浓眉大眼，一头茂密的鬈发，身材魁梧，是加拿大某设备公司驻华首席代表。他自恋得很，声称自己是不婚主义者，所以仍然单着，做他的钻石王老五，不过身边美女却走马灯似的换来换去的。

“哥们这叫回国报效祖国，看到祖国欣欣向荣的景象，我就热血沸腾，哈哈！所以就杀回来了。”车震神采飞扬地神侃道。

车震的到来让安静的酒吧顿时热闹起来。邻座的客人见这帮人吵吵嚷嚷的样子，有的皱眉，有的兴致勃勃，斜眼观瞧。

车震跟老严、林秋、李国荣四个同学七八年没见了，这次聚会显得异常兴奋。一个人在异国他乡的那种孤独和寂寞令他由衷地想念国内热闹自在、如鱼得水的生活。

“几年不见你还是那么贫，一点都没变。你小子就会说便宜话，你要真是热爱祖国，怎么不继续当你的中国公民啊？摇身一变成了英籍华人。真是得了便宜又卖乖。”老李居然一本正经地跟他抬起杠来。

“我说老李，我要是有你那么一个当区长的老丈人，肯定不出国混，谁愿意背井离乡忍受那孤独啊？”车震笑着回击道。

老李被车震说得脸一阵红一阵白地没了声音。老严见状，忙岔开话题：“一晃毕业都十年了，哥几个都发展得不错。唉，十年不见，眼泪汪汪啊！”

“你约大吉普了吗？她怎么没来？”林秋递上一支中南海香烟，低声地问老严。

大吉普是他们给起的外号，本名叫邢燕燕，是个网球运动员，地道的北京姑娘。酷爱黑豹乐队，也开一辆212吉普车，酷劲十足。所以大伙都叫她大吉普。她是老严泡吧时认识的女孩，很喜欢老严。

听林秋问起大吉普，老严想，林秋这小子肯定是迷恋人家的身材，看到自己对大吉普只是玩玩的态度，就想趁机接近她。

老严知道林秋也是想玩玩而已，所以并不想让林秋得手，可又不好意思拒绝。于是有点酸溜溜地说：“约了，估计一会到吧。你小子怎么总是吃着碗里的看着锅里的？”

7

这时窗外已经黑暗如墨。一道闪电刺破夜空，接着一声霹雳震耳欲聋。豆大的雨点砸落下来，瞬间便大雨如注了！

电闪雷鸣中，一个身材高挑，棕色皮肤的年轻女孩跑进酒吧。披头散发，满脸水光。白衣短裤被雨水完全浇湿，紧贴着身体，绝顶优美的曲线透过湿漉漉的衣服呈现出来，一副绝美的体形，婀娜多姿，屋里的所有人看得目瞪口呆。老严一看，是大吉普。

大吉普委屈地埋怨道：“真够讨厌的，老严。干吗选这天聚会呢？”说话间，雨水顺着她的面颊和手臂不断地滑落，滴答而下。

老严满脸堆笑地说：“对不起，对不起！老天爷也不跟我商量就下雨，快擦擦。”说着抽出一包餐巾纸，帮大吉普擦着。

惊魂落定的大吉普坐在老严身边，看着大家尴尬地苦笑道：“哥哥们好，让大家见笑了，都怨老严这死鬼，下午才通知我，结果被浇成了落汤鸡！”说罢，端起老严的扎啤一饮而尽。

大吉普不是他们的同学。她比老严小七八岁，但每次聚会，老严都会带着她，所以跟大家也都混得比较熟。不是老严非要带她，是她特别愿意跟着老严，喜欢甚至迷恋老严。老严的朋友们也喜欢大吉普的爽快，不娇气。在她面前，开什么样过分的玩笑，说什么样过分的话，她都不在乎。让喝酒就喝酒，一点也不扭捏。

林秋走上前，把手搭在大吉普的肩上，色眯眯地耳语道：“妹妹好啊！你瞧瞧让雨给淋的。来，哥给擦擦。”说着扯出一张纸巾凑了过来。

“林哥，我自己来吧。怎么今儿要单了呀？要不要我给你介绍一个呀？”大吉普咯咯笑着，身体却灵活地躲闪着林秋的手臂。

林秋有点尴尬，为了掩饰自己不自然的表情，他将扑空的手臂抬起，顺势拢了拢自己的自来卷发，讪讪地说：“好啊，别骗我啊！回头我请你吃饭。”在林秋眼里，大吉普的身材甚至超过了青鸟健身广告上的模特，无与伦比。

大家落座后，开始嘘寒问暖、推杯换盏起来。酒酣耳热之际，老严的大哥大响了。是韩梅来的电话。

她说想带她北京姐们过去跟大家凑凑热闹。

8

酒吧的音乐悠扬悦耳，昏黄的街灯被雨水折射得流光溢彩，忽明忽暗。被酒精催起兴致的车震兴奋地给大家讲述着他的故事。

跟英国老婆结婚后，他随老婆在伦敦生活，一年后就取得了英国国籍。可两人实在过不到一起，整天吵架，七年后终于离婚了。

当时正好有个剧组从国内到英国拍戏，导演是老车的朋友，邀请他给剧组做翻译。到剧组的第一天，他就注意到了爱说爱笑、妖娆性感的余安。

一天，拍完外景戏，趁着余安上洗手间的工夫，车震偷偷地对他的哥们，也是剧组的导演说："你们先开车回去吧，把余安留下，我带她回去。"

"你小子是不是看上她了？"导演乐得当个红娘，助人为乐。

老车坏笑着点了点头。跟英国老婆离婚后，他就单身一人。

等余安从洗手间出来，其余人都已离开，只剩下独自等她的车震。她当时一惊，忙问："他们人呢？"

"走了。"老车若无其事地说。

"那我怎么回去啊？"余安知道老车是英国本地人，不住酒店。

"你跟我走吧，先带你去吃饭，然后再送你回去。"

"可是，我跟你又不熟。"她不太相信老车。

"放心吧，我不会把你卖了的。"老车开着玩笑。

无奈之下，余安只好上了他的车，并跟他一起吃晚饭。吃饭时，车震使出浑身解数，发起一轮又一轮的感情攻势。

渐渐熟悉后，余安为车震的幽默风趣和热情真诚所打动，加上他英籍身份的诱惑，就同意做他的女朋友。

不久，余安便从剧组的酒店搬到老车家住。等戏拍完，已经得逞的车震，便收拾行囊，跟随余安一起回到了北京。

"你够有福气的啊！"林秋羡慕地说："娶了个外国妞，混了个外国身份，再找个北京美女跟你过日子。"

余安看了一眼林秋，心里有点不高兴。她觉得林秋当着自己的面这么说车震似乎没有把她放在眼里，不满地对林秋说道："你意思是我就一补丁呗？你可别诋毁我跟老车伟大的爱情。呵呵，老车哪儿都好，就是太穷了。你们都是好哥们，也帮帮他吧，跟各位学着做生意挣点钱。"

林秋听余安这么说，也不好意思反驳，忙笑着解释道："我是夸老车能干呢，不然他哪找你这么漂亮的大美女啊？"

老严看了一眼余安，从她那闪烁不定的眼神里看到一丝的不安稳，意识到这可能是个十分虚荣的女孩。跟她一起，老车的日子不一定好过。老严突然对老车担心起来。

9

外面的雨渐渐小了。这时，酒吧门口，韩梅带着一个一脸忧郁的大眼睛女孩走了进来。

身材高大的韩梅长发披肩，黝黑的皮肤闪闪发亮，坚挺的胸部随着呼吸一起一伏。她笑着跟老严挥了挥手，快步走过来。跟在她身后的那个女孩不自然地跟大家点点头。

看到那女孩，老严眼前就是一亮，跟过电一般。这是个身材匀称，肤白如玉，面容秀美的女孩。尤其是那双大眼睛，梨花带雨，明亮无邪。“漂亮，真是明眸皓齿，整个一个山口百惠啊！”那眼神，那神态，似乎在哪里见过，可又想不起来。

老严起身向韩梅招招手，然后把她介绍给大家，又补充了一句：“她是我老板的女朋友。”余安跟韩梅算是熟人了，她悄悄凑到韩梅身边耳语着什么，引得韩梅哈哈大笑。老严的目光落在韩梅带来的女伴身上。他从旁边搬了把椅子放在自己座位边，热情地对那女孩说：“请坐，欢迎加入我们的聚会。我叫老严，你呢？”

那女孩似乎不太开心，不自然地将嘴角挑起，礼貌地点点头说：“你好。”声音很小，也未做自我介绍。

老严哪里知道，后来他的人生因这次不经意的遇见被彻底地改变了！

老严看到自己的殷勤并未被那女孩接受，茫然地看着韩梅，略带尴尬地问道：“你姐们怎么了，不开心啊？”

“不好意思啊，她今天心情不大好，遇到点不开心的事。我拉她出来散散心的，请各位多包涵。”韩梅连忙打了个圆场。

老严隔着韩梅，把身子往餐桌前凑了凑。探出头来，看着女孩，关心地宽慰她：“喝点酒，有什么不开心的事都会忘掉。给你来杯威士忌吧？”

“是啊，是啊，你喝点酒吧？”韩梅搂着她附和道。

女孩毫无表情的面孔再次挤出一丝勉强的微笑。她摇摇头说：“我还是来杯苏打水吧。”说完，又收回笑脸，低头摆弄着自己左手腕上那支泛着绿光的玉镯子。

大吉普见状，心里就是一沉。女人的第六感告诉她，老严对韩梅带来的这个女孩似乎有点动心。她注意到老严看那女孩异样的眼神，这种眼神里饱含着某种特别的东西，就像鉴宝家看到心仪的珍宝那般，全方位地打量，爱不释手地欣赏，这让她感到一丝的压力与不安。整个晚上，她紧紧挨着老严寸步不离。

那晚，老严的目光始终没有离开过女孩。他对眼前这个漂亮而冷漠的女孩产生了强烈的兴趣。他极力想从这女孩的动作和表情中，读出他所关心的信息，以至于车震他们要不时地拍打他一下，才能让他集中精力跟大家交流。

老严一直在回忆在哪里见过这个女孩，他觉得这女孩非常面熟，可又想不起来在哪里见过。他眼前一亮，更多的是出于这个原因。这个女孩无论是长相还是气质、神态都给他一种赏心悦目的感觉，而且似曾相识，亲切而不陌生，似乎曾在自己梦中经常出现的一张面孔，令他产生一种从未有过的美妙的感觉。他几次想主动跟那女孩聊聊，可那女孩总是沉默着一言不发。他很沮丧，也很尴尬，扭头讪讪地对林秋说：

“哥们，讲个黄段子吧，让大家乐呵乐呵。”

林秋眉飞色舞地讲着一个又一个的黄色笑话，众人都笑成了一团了，尤其是韩梅，笑得恨不得一头扎到林秋的怀里，但那女孩没笑，依旧闷闷地想着心事。老严也没笑，那女孩的神态吸引了他所有的注意力。

后来，韩梅告诉他，这女孩叫辛杨，北京人，跟男朋友在三里屯开了间酒吧，最近跟男朋友吵架而且还动手了。

10

辛杨离开酒吧时，并没有给老严留下自己的联系方式。聚会后很多天，老严满脑子都是辛杨的影子，无论如何都无法驱散。按说他也算阅女无数了，可这个女孩的音容笑貌让他无法抗拒，他很想再次见到她。

他曾跟韩梅打听过辛杨的情况。韩梅没明白他是什么意思，并没介绍很多。老严也不好意思多问，只能将那种感觉放在心里，默默地回味。

一天，韩梅对老严说："咱们去辛杨的酒吧玩吧，整天跟你在一起也挺没劲的。她跟男朋友和好了！"

听韩梅说去见辛杨，老严很是兴奋，随即又涌出一股失落的感觉。他很想见辛杨，但人家跟男朋友和好了，去看她跟男朋友甜蜜的场面，似乎有点那个。

看老严磨磨叽叽的样子，韩梅不耐烦地说："哎呀，就算你陪我去吧，走吧！"

辛杨和男友经营的酒吧，名字叫风陵渡，寓意人生港湾的意思。位于三里屯北街，是由一家临街的民居改建而成的。酒吧不大，装修也简单俗气，一看就是中国人开的，没有什么特点和品位，客人也寥寥无几，看样子生意比较惨淡。

再次看到辛杨，她开心多了，像变了一个人，满脸笑容，热情地迎接着老严："不好意思啊，上次那样，太没礼貌了。"说着指着吧台里一个瘦高、留板寸的男人说："那是我老公。"那男人有点冷漠，勉强挤出点笑容说："来了，欢迎光临。"

辛杨穿着一件黑色的无袖背心，雪白的双臂修长性感。心情大好的她始终保持着爽朗的笑容，灿烂如花。她把老严和韩梅领到距离吧台比较远的一个角落坐下，对吧台那个冷漠的男人大声喊道："老公，你拿三瓶啤酒过来。"那男人点了点头，拎着三瓶百威啤酒，放在桌子上，目光警惕地看了老严一眼，默默地又回到吧台，

CHIMAY
CHIMAY
CHIMAY
CHIMAY
北京富力万丽酒店

嘴里叼着烟，拿块破抹布，在吧台擦来擦去。

老严环顾酒吧四周，心想，这装修可真够土的，中不中洋不洋，而且背景音乐也难听得要死，整个一个县城酒吧。当着辛杨的面，他又不好意思说实话，只好假模假样地赞叹道："这个酒吧真不错，环境也好，生意估计也差不了。"

"好什么呀？当初，如果按照我的思路装修，肯定比现在的风格强多了。我说东，他非要往西。真没辙，不伦不类的根本没人来。"辛杨朝着吧台白了一眼，抱怨地说道。

老严暗自十分赞同辛杨的意见，他也觉得这酒吧装修风格的确有点不伦不类。他甚至觉得可惜，辛杨这么漂亮有气质的女孩居然窝在这么一个没品位的酒吧当老板娘，真是令人惋惜。

但嘴上，老严还是口是心非地说："挺好的呀，你们这家酒吧的位置很棒，以后生意会越来越好的。"

辛杨皱了皱眉头，又撇了撇嘴角，不屑地说道："能赚钱才怪呢！"

韩梅很快就喝完了那瓶啤酒。她觉得无聊，四处张望着，起身走到吧台，对同样很无聊的辛杨男朋友说："再给我来瓶啤酒吧。"

那男人一笑："你酒量应该不错吧？"

韩梅点点头，突然看到墙上挂着飞镖的靶子，兴奋地问那男人："咱俩打飞镖吧。"

那男人迟疑了一下，从柜子里取出几只镖，笑着对韩梅说："好啊，你要能赢我一盘，我就喝一瓶啤酒。"

"嘁，你还挺自信，谁怕谁呀！"韩梅撇嘴应战。

老严和辛杨面对面坐着，四目相对，彼此的眼神中都流露出某种说不清的东西，就像看到心仪已久的心爱之物。

由于还不熟悉，老严一肚子的话不知该怎么说，加上辛杨男朋友酸不溜丢的眼神，大家只能客气地寒暄，谈些无关痛痒的、无聊的话题，但彼此仍能从对方的眼神里读出特别的东西，那是一种只可意会不可言传的心灵感应。尽管没有深入地交流，但老严感觉很舒服，他相信辛杨跟他一样心情愉悦，有种相见恨晚的感觉，有想了解对方的冲动，期待着再次见面。因为他看到辛杨跟他说话时，面容略带羞涩，眼神默默传情。她不时地给他倒酒，又不时地扭头看看跟韩梅玩着飞镖的男朋友。等确认她男朋友在全神贯注玩着飞镖时，她回头再看老严的眼神里便会带着一丝温柔。

韩梅多贼啊！回酒店的路上，她突然问道："老严，我怎么觉得不对劲啊？你不会喜欢上我姐们了吧？"

"啊？没有啊！我就是觉得辛杨很面熟，肯定之前在哪儿见过。"老严有点尴尬地回答。

"是吗？辛杨也对我说，看着你挺面熟的。你俩不会上辈子真的是情人吧？"韩梅做了个鬼脸，开玩笑地逗老严。

"怎么，你是不是想撮合我们，给我俩搭桥啊？"老严半开玩笑半认真地问。

"我乐意做这个桥梁，前提是你有情她有意。反正我不喜欢她那个男朋友，假装很酷其实很小气的样子。"韩梅说。

"哦，我对她是有点动心。回头你帮我探探，看看她对我印象如何。"老严还是承认了对辛杨有意思。

"行啊，不过你有老婆，这事有点难办。我尽量吧，你要请我吃饭啊。"韩梅笑着说。

"好啊，没问题。先谢谢你了。"老严暗喜。

11

北京的仲夏一如既往的酷热，尤其是1997年。白天烈日炎炎，夜晚闷热难耐。这一年，香港终于回到了祖国的怀抱，报纸、电视的头条都是回归的场面和国旗的镜头。

车震最近比较郁闷，经常和余安吵架。原因只有一个，余安想让老车学做生意赚大钱，而老车却只喜欢教书育人，过无忧自在的生活。

看着老严身边的朋友一个个事业有成，腰缠万贯的，再看看车震一副悠然自得的样子，余安就气不打一处来，急得她只能亲自出马，除了拍戏，还帮人介绍工程。可到目前为止，她还没做成一个。

周末的一天，余安让车震约了老严、韩梅一起去怀柔吃虹鳟鱼。那时候，怀柔刚刚引进虹鳟鱼苗，当地清冽的山泉有很适合鳟鱼生存的环境。有车的人一到周末就驱车五十公里来到怀柔神堂峪的山里过周末。这里依山而建的农家菜馆一个接着一个，每家饭店都有自己的鱼池，让客人们自己钓鱼，然后生吃或者烤着吃，口感鲜美。除了吃鱼，余安还想让老严帮她开导开导车震，让他对做生意产生点兴趣。老车的吉普车驶出城区来到了风景如画的怀柔山里。路边绿野森林，田间牛羊成群。余安指着路边的一头驴说："老车你看，你们班同学跟那拴着呢！傻头傻脑的只会吃草，哪里知道肉更香啊。"

车震沉默无语地开着车，不时看看老严，又无奈地摇摇头。他不太喜欢余安总是干涉和改变自己的生活方式和爱好，但又不想跟她吵架，只好装傻。

余安沉默了片刻，又对老严说："老严，给我们老车讲讲你的生意经呗。让他也开开窍，别总是一头扎在书本里，跟那头牛似的，眼里只有草。"

"哈哈，我觉得老车就挺好，干吗非要做生意啊？做自己喜欢的事，才是最高境界。"老严笑着说。

"哥哥您是站着说话不腰疼，饱汉子不知饿汉子饥啊。"余安咂巴咂巴嘴，叹了口气。

车厢里一阵沉默，大家都没说话，一个个看着窗外，神色凝重。

车震见状，笑着说："我给大家讲个笑话吧。"他想换个话题，活跃一下沉默的气氛。

车震讲的荤段子，让韩梅笑得眼泪都出来了。老严似乎没有听见，若有所思地望着车外绵延起伏的高山，一副魂不守舍的样子。韩梅拍了他一下问道："老严，想啥呢？傻了呀？不会是在想人吧？"

顿时大家哈哈大笑起来。老严暗自叫苦，糟了，好像玩真的了，辛杨的影子占据了他的旅途。

12

老严算是早婚一族。妻子柳婄是北大医学院高才生，也是同学老李的表姐。大学毕业那年，经老李介绍相识、恋爱。20 世纪 80 年代末，出国潮兴起。柳婄因成绩特别优异，取得了美国耶鲁大学的全额奖学金。为了能跟柳婄在一起，老严跟老李也参加了托福培训班，托福成绩得到了 615 的高分，并顺利取得了美国夏威夷大学的录取通知书。几个月后，三人同一天到美国使馆面签。结果，从美国使馆出来，柳婄顺利拿到了签证，而老严和老李因为没有取得全额奖学金被拒签了，理由自然是有移民倾向了。

出国前，善良的柳婄为了打消老严的顾虑，主动提出跟老严把结婚证领了。于是，刚满 24 岁的老严就成为已婚男人。其实，那时的老严根本不清楚婚姻对他意味着什么，更不知道自己想要什么，他只是觉得这张结婚证似乎能让他感觉安全一些，也许柳婄以后能把他办到美国去，也许不会轻易地离开他。

半年后的一个周一，老严和老李天不亮就来到使馆门口排队，再次申请。结果，老严还是被拒签了，同去面签的老李却顺利取得了签证。第二年，老李欢欢喜喜地赴美留学去了。

80 年代能得到美国签证，意味着人生从此将被改变，意味着美好的未来和光明的前途。被拒签的老严发誓："操你大爷的美国，以后请老子去，老子都不去。"

他清晰地记得，那天送柳婄去机场回来时，自己愣是一个人步行了二十多公里，从机场走回市区，一路上心情低落，只要听到飞机的轰鸣声，他就抬头看看，似乎每一架飞机都是飞往美国的。他的心有一种被抽空的感觉，到家时便病倒了。

三年后，柳婄取得医学博士学位。她拒绝了美国的高薪和绿卡的诱惑，为了老严毅然回国，被分配到某大医院做了主治医生。医院还奖励了柳婄一套住房，次年女儿出生。一切都是如此顺风顺水。朋友们都说老严命好，娶了个如此善良有才的老婆。

老李毕业后被美国一家食品公司聘用，不久又被派回中国分公司任经理，还带回了新婚的妻子——同在美国留学认识的北京某区长的女儿，一个从事金融投资的女博士。

生活跟老严开了一个大玩笑，让他如坐过山车一般跌入低谷又爬上高峰。

第二章

1

老严全名叫严君君。他觉得这名字太女性化了，就让大家叫他老严，久而久之，大家也都习惯了这么称呼他。老严天性聪明，善于言谈，做派老练得体又有魄力，赢得很多人的赏识和认可。大学毕业后，他被分配到外文局做翻译。四平八稳、按部就班的国家机关的工作，让他觉得乏味没有挑战。老严的理想目标是进外企，依靠自己的能力出人头地。一天，老严去国贸一家香港人开的惠康超市购物，看到收款台对面的墙上有个贴满英文小广告的留言板。上面都是一些关于司机、保姆或者租房的信息。在这家超市购物的基本是在北京长期居住的外国人或者外企雇员。老严灵机一动，也写了一个个人简历贴在上面，声称自己英文专业八级，寻求一份兼职翻译、中文老师的工作，并留下了自己的BP机号码。几天后，有个香港公司的老板和比利时公司的老板分别联系了他。跟两个老板见面后，对方对他都很满意，尤其是这家比利时公司的老板希望他能做全职工作。老板名叫米歇尔·范，是一家钻石贸易公司的董事长，很赏识他，极力邀请老严到比利时去跟他干。赴美被拒后，老严一度心灰意冷，情绪消沉。得到米歇尔的邀请，老严自然信心大增，感激涕零并发誓要好好工作以回报米歇尔的知遇之恩。

在比利时，老严度过了自己人生最重要的四年。他凭着良好的素质和能力，很快便融入了欧洲社会，人生三观也被西化得淋漓尽致，完全变成了一个欧美思想的东方人。老严成功地证明了自己的能力，他的业绩如火箭般地增长，他成为公司的销售王牌，回报了老板对他的知遇之恩。

米歇尔注意到中国改革发展的速度与日益提高的市场潜力，决定开发中国市场。老严自然是不二的人选。

很快，老严被派遣回国筹备办事处并担任首席代表。于是，拿着高薪、穿着洋装、说着洋文的老严，出入于北京、上海、广州、香港等大城市的大酒店，俨然成为那个年代的青春事业偶像了！他也从丑小鸭变成了白天鹅，令很多不看好他的人大跌眼镜。

2

事业有成、春风得意的老严有点飘飘然，不过他依旧生活在妻子的光环下，住在妻子分配的房子里，可一走出家门他便阳光灿烂。除了交结名流富豪，他身边也常有美女相伴。好在老严还算是个有良心的人，时刻铭记着妻子能对他屈身下嫁以及对他的好。他并未做出什么过分、出格之事，并且经常邀请妻子陪他参加各种聚会、舞会。柳婠自然不屑于参加此类活动，几次之后断然拒绝再去了，而且常常劝他说："你那圈子很不健康，最好少跟那些人混在一起。"在妻子面前，老严总有种压力与自卑感，令他压抑不爽。因此酒吧便成了他发泄与放松的最好场所，他跟大吉普就是在酒吧认识的，并在一个醉意浓浓的夜晚上了她的床。

大吉普结婚比较早，老公是个网球教练，但长年在国外工作，一年才回来几次，两人的感情形同陌路。所以，百无聊赖的她常常去酒吧消磨时光，直到老严的出现并走入她的生活，让她对生活充满了希望。

他在大吉普身上找到了男人的自信，久违的快乐，可以在她面前肆无忌惮地说着无耻的脏话，做着刺激的举动。似乎每次激情，都没有重样的动作，大吉普妖娆放荡的姿态，刺激着他的欲望，令他如火升腾。

他知道，大吉普喜欢他，喜欢得有点委屈，甚至没有尊严。但老严并不是特别喜欢大吉普，只是离不开她魔鬼般的身材与野性的欲望。在大吉普的心里，老严永远都排在首位，随叫随到，只要老严开心的事，她都会去做。

但老严只有在寂寞难耐时才会想到她，更多的时间几乎忘了他们还有这么一层关系。

他就这么若即若离地与大吉普保持着不清不楚的关系，而大吉普也只能无奈地接受了。

3

老严的公司位于东三环亮马河大厦的写字楼里，豪华气派，紧邻着写字楼的是亮马河公寓，而林秋供职的加拿大公司也在这里。平时没事，二人时常在楼下的酒廊里喝酒、聊天。见老严近日有点闷，林秋打来电话："哥们，干吗呢？下来喝点！"

酒廊不大，但装修得富丽堂皇，透过大落地窗可以看到户外似火的骄阳和汗流浃背的行人。

"最近怎么了？不大对劲啊！"林秋吐着烟雾，关心地问道。

"没事。"老严也点燃了一支烟，心不在焉的样子。

"我怎么觉得你对辛杨有点意思啊？玩玩还行，可别弄假成真了。"林秋担心地说。

老严觉得有点意外，他没想到林秋居然也能看出来自己对辛杨的好感。既然是同学和无话不谈的哥们，他也就没怎么隐瞒，只是不自然地笑着说："我的确挺喜欢她的，哥们这么多年还是头一回对一个女孩这么动心。不过估计没戏，人家有男朋友，俩人好了很多年了，我也就是意淫一下而已。"

"嗯，那姑娘还行，挺漂亮的。你别把自己搭进去就好。"林秋提醒他。

老严心想，搭进去才好呢，可现在连亲近辛杨的机会都没有。

因此，林秋的话，他根本没有当回事。

“你怎么样啊，是不是又泡到新的了？”老严懒懒地问。

“哥们最近遇到一妞儿，是个歌手，特他妈纯，跟中学生似的，对哥们特动情。”林秋说着不时拢拢他那带卷的长发，依旧是那种自恋风流的神态。

老严皮笑肉不笑地说道：“是吗？你真行，也不嫌累？”接着他又开玩笑般地哀叹：“又少了一个纯情少女啊！都被你小子给祸害了！”

“别逗了，哥们还没收她培养费呢！不然怎么长大成人啊！对了，那泰国黑妞你到底约上了没？你要不心疼，哥们可约她了啊？”林秋不怀好意地看着老韩。

“我靠，你可打住。那是我老板的蜜，你要约上了她，哥们饭碗就丢了！”老严是真不想给自己找麻烦。

“不至于吧？没觉得你老板多在乎那个黑妞，不然怎么舍得让她一个人到中国，给你投怀送抱啊？”林秋的话似乎有点道理。

“我说你怎么就不能踏踏实实找个女孩，认认真真地谈场恋爱，结婚成个家呢？今天换一个，明天换一个，多他妈累啊！”老严一边喝酒，一边劝着林秋。

“我可不想早早地被婚姻束缚住，你看看你们几个结婚的，我没觉得你们有多幸福。反正我是不想结婚，这么着挺好的。”林秋晃着脑袋，一副爱谁谁的样子。

正说着，老严电话响了。正是韩梅打来的。

“又什么事啊？”老严有点不耐烦地问，这些日子陪着韩梅吃喝玩乐，可把他给累得够呛。“你忘了求我帮你搭桥的事了？我跟辛杨在燕莎购物呢，累了，带她去你那里歇歇。”电话那头，韩梅说。

一听到辛杨的名字，老严总有种怦然心动的感觉，兴奋得跟打了鸡血似的，一阵狂喜，态度立刻来了个180度大转弯，痛快答应道：“好啊，来吧！我就在公司楼下酒廊呢。韩梅，你真够意思，谢谢。”

能见到辛杨，他开心不已，这是他日思夜想的事情，之前沮丧的心情一扫而光，顿时对什么都来了兴致。他心情愉悦地对林秋说："说说，你一般都怎么泡妞啊？哥们也学学。"

4

韩梅和辛杨走进大厅时，就是一道移动的风景。一黑一白，一高一矮、一艳一素，一靓一美。黑皮肤的短裤、背心、双腿修长，白皮肤的仔裤、跨栏、前胸起伏、乳沟深深。尤其是辛杨，短发下黑亮的大眼睛，俩酒窝一对虎牙，透着青春无敌。

"我靠，俩仙女啊！"林秋目不转睛地盯着她俩。

老严也看呆了。突然，一个面孔、一对眼神跳进他脑海，那是曾经无数次出现在他记忆里的画面。太像了！

"又发呆，赶快给我们弄点喝的，渴死了！"韩梅看着老严，跟他挤了挤眼睛。

"啤酒还是咖啡？"林秋忙问道。

"来两瓶冰镇智美吧，快点。"韩梅有点急不可待。

智美是比利时最有名的啤酒品牌，醇厚爽口。老严的老板米歇尔的最爱，韩梅自然也喜欢。

很快，服务员送来啤酒，俩姑娘一口气各喝了半杯，大喊一声："爽！"

"都买什么了？"林秋看着淌着汗珠的韩梅，忙递上纸巾问道。

"什么也没买，瞎逛。"韩梅擦擦额头的汗珠说道。

"一看你就对我们北京不熟，谁还去燕莎购物啊？改天我带你去秀水逛逛，一水儿的国际品牌，包你喜欢。"林秋讨好地对韩梅说。

"是吗？老严没跟我说过啊。那你明天就带我去吧？"她看看老严，又看看林秋，兴奋地央求着。

老严没有理会韩梅，出神地看着对面的辛杨。按说自己也算阅女无数，又是个已婚的男人。自打结婚后，他从来没有对任何一个女人动过真情，可自从见到辛杨那刻起，什么原则啊，道德标准啊，全都一败涂地，溃不成军。

“你好啊，辛杨，好久不见！最近好吗？”他寒暄道。

“还成。呵呵……”辛杨被看得有点不好意思。

“就是看着你眼熟，可怎么也想不起来在哪里见过呢！”老严若有所思道。

“我也觉得你眼熟，估计在梦里吧，哈哈哈。”辛杨红着脸，躲闪着老严的目光。

“哥哥，怎么还用这么老土的方法泡妞啊？在泰国都没人用了！”韩梅推了一把老严，打趣道。

“你懂什么呀？谁泡妞啦？”老严脸一红。

“哈哈哈哈……”大家不约而同地大笑起来。

老严心里明白，他肯定以前见过或者认识眼前这个女孩，而且他确定自己已经爱上辛杨了。在见到辛杨后，他的心情是如此的释然与放松。

“辛杨，你这个经贸大学的毕业生怎么去开酒吧了呢？你是名牌大学毕业的，人又漂亮，应该是出入高级写字楼的白领才对啊！”老严不解地问。

“唉，”她叹口气说，“当时我男朋友死活不想让我上班，说他能养活我。其实，他就是小心眼儿，想把我与社会隔绝。一开始，我觉得还挺好的。时间久了，感觉很没意思。”喝了一口啤酒，辛杨眉毛挑起，用她那双会说话的眼睛看着老严，羡慕地说：“你们外企待遇不错吧？收入好，还能经常出国，你是不是感觉特优越呀？”

“还好吧，在外企主要还是视野更开阔了，整个思维跟国企不一样。那种氛围更公平，如果你有真才实学，就会有机会去证明自己。当然，外企的压力也比国企大很多。”老严笑着回答。

“对了，你是北京人吗？”辛杨问。

“算是吧，父母老家是安徽的。我在北京生，北京长的。”

“那你家住哪啊？”辛杨接着问。

“崇文区，新文化街，对面是国华商场。”

GRACE
局

“哦，那边我不常去。”辛杨若有所思地摇摇头。她也在努力回忆究竟在哪里见过老严，他那张脸看起来十分熟悉。

“辛杨，你有没有感觉到老严喜欢你呀？怎么样，你喜欢他吗？”韩梅跟个愣头青似的，开门见山地问辛杨。

韩梅突如其来的问话，让辛杨有点尴尬。她一时不知该如何回答，脸上微微泛红，迟疑了片刻，不自然地说道：“老严他们几个都挺优秀的，我喜欢大家呀。”

辛杨模棱两可的回答让老严有一点点失望，虽然理解在这样的场合，她不可能说出自己的真实情感，但老严还是希望能从辛杨的话语里捕捉到一些对自己有好感的信息。

“对了，下周末，老车要在他家搞个聚会，邀请我跟林秋去，你俩也一起去吧？”老严看到辛杨有点尴尬的样子，忙岔开话题帮她解围。

“是啊，一起去吧，挺热闹的。”林秋随声附和道。

“哦，好呀，到时候再联系吧。如果店里不忙，我一定去。”看得出辛杨有些犹豫。

5

车震住在靠近机场高速旁边的丽都饭店的公寓里。这是学校给外国专家提供的住所，虽是一室一厅，却装修得豪华舒适，服务设施也很齐全。这在90年代末也算富人的待遇，因此余安也就搬来和他同居了。

余安很小的时候，父母就离婚了，她跟随母亲生活。后来交了几个男朋友，可都不长久。她感觉那些男人只是想跟她上床，没有一个对她是真心的。

余安很虚荣，喜欢穿戴名牌，追求时尚。后来认识了一个来自山东的已婚男人，那人是个从事影视投资的老板，答应包养她，并许诺把她包装成一个影视明星。余安便委身于他，做了那人的情人。

时间久了，演过几个小角色之后，余安才发现，那人只想跟她上床，答应的生活费也没给她。等他玩腻了，就再也不理她了。后来，干脆连人都找不到了，直到遇到车震。

在车震身上，她体会到了真诚和温暖。可惜老车太穷了。她做梦都希望老车有一天能灵魂开窍，做生意发大财。

平时老车教课，余安就在家里睡觉。她特别能睡，可以从早睡到晚。车震觉得奇怪，就问她："你怎么那么能睡觉啊？"余安的理由很有意思，她说："我睡觉减肥，因为我特别能吃，只有睡觉能减少吃饭。"偶尔，她也跟着剧组去拍戏，但都是些无关痛痒的小角色。没事的时候两人泡吧喝酒，邀请朋友来家聚会。车震在英国生活的时候，比较枯燥、乏味，就学会了吸食大麻那玩意。这是一对绝配的情侣，非常享受颓废的、不计后果的生活，是典型的活在当下、不管未来的人。

周末下午，两人照旧约了朋友们来家里聚会。老严带着大吉普，林秋带着歌手小女友，还有俩老外都来了，把个小公寓挤得满满的，几乎没有下脚的地方。

余安叫了西餐外卖并亲自下厨做了海鲜汤招待大家。客人们也没空手而来，各自带了红酒、火腿和水果，堆了满满一大桌。

"怎么没带韩梅过来呀？"余安秀气的脸上冒着汗水，那对巨乳时刻准备着跳将出来。

"这场合带她不合适吧？咱都是多年的朋友和同学。她是我老板的蜜，又不是我的。"老严的目光躲闪着那对白白的奶子。

"就是，带她干吗？别把工作和生活混淆在一起。"大吉普时刻拉着老严的胳膊，生怕他跑了。

其实，老严约了韩梅并想请她带辛杨一起来，可辛杨最终还是婉言拒绝了，理由是要跟男友一起照看酒吧。失望之下，老严连韩梅也没叫，直接带着听话的大吉普来了！大吉普自然是十分开心，她很享受跟老严在一起。只要老严召唤，她就随叫随到，不管去哪儿，干什么。今天，大吉普特意穿了一款能体现她优美臀部曲线的紧身健美短裤，看上去非常性感。

林秋感到一丝惋惜，叹口气说："应该叫上那黑妞，有她在热闹。"

“你别招她行吗？前几天是不是带她去秀水了？”

老严知道，林秋是色心不死，等着机会泡韩梅呢！

“哥们，是她约的我。再说，你老板也不知道啊？放心吧，我什么也没干啊，不会给你惹事的。”林秋搂着老严，讨好地解释道。

老严不再说什么了，他知道自己又不是韩梅的什么人，也管不了人家。而林秋这厮生性风流，老严也懒得管他，只要别闹出什么事就好。

“安子，最近在拍什么戏啊？成了大明星可别假装不认识我们啊！”大吉普喝着红酒开着玩笑。

“别提了，总是他妈的配角。只有指着我们家老车发了大财给我投资当女一号了！”余安看着车震充满期待地回答。

车震没理会余安，打开一包烟丝，卷了个炮筒，往里面添加了大麻。他问道：“你们谁来尝尝？”说着，端在大家面前。见大家纷纷摇头。他卷好一支，递给余安，然后又卷好另一只叼在嘴边自己点上，俩人吞云吐雾起来。顿时狭小的客厅弥漫着一股香味。

“啊？你们居然抽这个，会上瘾的。这不就是毒品吗？”大吉普吃惊地问。她还是第一次亲眼见到熟悉的朋友吸食大麻。

“这个不会上瘾，祛病解乏，你来试试？”车震说着递给她。

“不，不……”大吉普把头摇得跟拨浪鼓似的，忙躲到老严身后。

“哈哈哈，看把你吓得。没事，不会上瘾的。”车震大笑道。

“这也是一种生活。也许我该试试，如此便少了烦恼，忘掉这相思之苦了！”老严暗自想着辛杨，满怀的郁闷。

6

从初次与辛杨在 CARWASH 酒吧见面，一个月过去了。这些日子，老严对她的思念之情与日俱增，常常魂不守舍。人也变得寡言少语，并对任何事索然无味没有兴趣，哥儿几个约他吃饭唱歌也被他回绝了，除了工作就是发呆。其间，他让韩梅陪他又去过几次辛杨那家风陵渡酒吧。韩梅知道老严是醉翁之意不在酒，尽量帮他和辛杨创造机会，甚至拉着辛杨的男朋友东扯西扯。可那小子总是充满戒心，说不上几句话，就招呼辛杨过来帮他做这做那，一点机会也不给老严。失望之下，老严再也不去了。回到家他也很沉默，本来就跟老婆话少，现在几乎都无话了！柳婄平时工作很忙，每日早出晚归的。孩子送了全托，每周接回一次。老严最近特别怕在家里见到老婆，心里想着别人，还真无法面对老婆的眼睛。可偏偏今晚柳婄没事，下班挺早。她特意做了丰盛的晚餐，给老严打电话让他早点回家。

老严以为出了什么事，急忙赶回。一进家门香味扑鼻，桌子上已摆好了饭菜、碗筷，还有一瓶红酒。

"今儿什么日子啊？"他不解地问。

"哦，没有。先洗手吃饭吧！"她的语气带着少有的温柔。

洗过手，老严忐忑不安地坐下，不敢看老婆的眼睛。

"对不起啊，亲爱的。我感觉你最近不太开心，估计是我工作太忙了，忽略了你。希望你多理解，好吗？"柳婄依旧是那么善良简单，满怀歉疚。

"啊？噢，没，没有啊！我知道你忙。"老严慌乱地回答。他突然觉得自己有点不是人，整天都在做着对不起老婆的事。

"谢谢你的理解，以后我尽量多陪你。来，我们碰一杯吧！"说着她举起酒杯伸向老严。

老严突然有种要窒息的感觉，觉得很愧疚，对不起妻子。他是个有家室的已婚男人，居然爱上了别人，而且那人还有男朋友。他有贤妻爱女，那人有视她如命的男友。他的面前是一片黑暗，根本没有未来。何苦要折磨自己呢？

老严想来想去，觉得自己很无聊，很可笑。因此，他决定尽快终结掉自己这要命的单相思，看来只有离开北京，换个环境，用时间忘掉辛杨。正好，前几天老板让他抽时间回总部一趟。

"我要回公司总部一段时间。"他眼睛盯着酒杯，低声说道。

"哦，去多久？"柳婄也没看他，低着头问。

“还不知道，不会太久的。”

“哪天走？”

“下周吧，还没订机票呢。”

“嗯，你去吧，照顾好自己。”

柳婄就是这样的人，很少干涉老严工作上的事。她对丈夫的琐事根本没兴趣。

第三章

1

芬兰航空 AY52 每周二早九点由北京飞往赫尔辛基万塔国际机场。老严之所以选择这个航班，是因为到达赫尔辛基后有近一天的中转时间。第二天傍晚才从那里转机到布鲁塞尔，而且航空公司还给提供一晚免费酒店住宿。这样老严便可以在芬兰游览一天了！

当宽大的波音 747 轰鸣着腾空而起，老严的心也跟着升起来了。透过舷窗看着渐渐远去变小的北京，老严的眼眶湿润了。这样的决定令他痛苦但又必须如此，就像瘾君子戒毒，明知难受也得去做，否则更苦。所以从决定离开到登上飞机，他没有告诉任何朋友。他担心一旦有人劝说，他也许会改变主意。他太脆弱太纠结了。

临走的前一天，老严和大吉普缠绵了一下午。他告诉大吉普自己要回比利时总部一段时间，要她跟老公好好过日子，别总在外边疯跑了。其实，老严是想结束跟大吉普这种不清不楚的关系。因为他心里有了辛杨，尽管他跟辛杨还没开始，就要结束。但他突然觉得踏踏实实喜欢一个人的感觉很充实，不像以前那样，今天看这个好，明天看那个好，结果搞得连自己都不清楚到底想干吗，情感飘来飘去的，无聊空虚。

大吉普亲吻着老严，突然在他脖子上使劲咬了一口，泪光闪闪地说："你干吗总轰我呀？你又不是不知道，我是不会缠着你的，更不会碍你的事。我会把你放在我心里，等你回来。”

老严摸着被咬疼的脖子，龇牙咧嘴地干瞪眼，没办法。

从布鲁塞尔往北一小时车程，便到安特卫普了。这是比利时第二大城市，属于佛莱芒语区，也是世界上最大的钻石切割地，这里有一流的技术和设备。每年大批的裸钻石头从世界各地被运到这里进行切割加工，再被国际大珠宝商运走销往世界各地。著名的国际品牌 Debeers 便源于此地的裸钻。老严公司的总部就设在这里。

傍晚时分，昏昏欲睡的老严终于到达了布鲁塞尔国际机场。

“Hi，Yan. Good to see you again. ”秃头红脸大个子的 Silvanski 在机场出口热情地拥抱着老严。

Silvan 五十出头，非常幽默搞笑，性格开朗，嗜酒如命，是地道的比利时人。由于他是公司常驻莫斯科的经理，所以同事在他名字后面加了斯基这个后缀，使他名字带有了俄国的含义。此公是米歇尔的发小，以前有个钻石加工厂，自己当老板。因酗酒成性，老婆跟他离婚了，还带走了大部分财产。破产后，他投奔了米歇尔，成了老严的同事。

“你好吗，Silvan？你怎么也回来了？”老严拍拍他肩膀问。

“米歇尔最近有个人事变动，你回来得正好。明天的会议他就会宣布。”Silvan 接过老严的行李边走边答。

“哦，什么方面的人事变动？你能先透露点吗？”老严想知道此事跟自己是不是有关系。

“No，我还不是很清楚。等见到米歇尔，你就明白了。”Silvan 摇摇头，笑着回答。

等 Silvan 开车到达安特卫普时，天已经完全黑了下来。明亮的灯火下，行人寥寥。夜幕下的安特卫普寂静空灵。老严又看到了林立的古堡、独特的酒吧，闻到了熟悉的奶酪和醇香的咖啡味道。

2

当老严走进总部办公室，米歇尔便给了他一个大大的拥抱。米歇尔四十多岁，出身于比利时一个贵族家庭，从小混迹于上流社会，风流倜傥，为人热情豪爽。他最初热衷于绘画，如果不是后来接手了家族传承下来的钻石公司，说不定还会成为一个欧洲知名的画家呢。他对老严的欣赏是全方位的，毫不吝啬的。中国的业务发展超乎他想象的好，短短两年，客户已遍及十几个城市。老严的思维方式、做事风格跟他如出一辙。他甚至有些得意自己培养出一个如此优秀的人才。

“严，公司的业务要扩大到整个亚洲。你需要接受一个月的培训，然后去菲律宾和新加坡去接触些潜在的客户。”米歇尔将双手搭在老严的肩上，兴奋地说。

“啊？我？”老严没有想到事情会这样发展，他想知道老板的真实目的是什么。

“你不用担心，公司给你派个搭档，你们俩共同负责亚洲市场。”老板拍拍他的肩膀安慰道：“对了，下月起，你的薪水增加30%。”

“谢谢。”老严有点蒙，不知这是好事还是坏事。“为什么要给我安排一个搭档呢，会是谁呢？”他用中文自言自语道。

“你说什么？”米歇尔虽然听不懂中文，但他能感觉到老严的疑问。于是笑着说：“明天开会时，你就会明白的。我相信，你会喜欢你的新搭档的。”

公司总部里，各国分公司、办事处负责人的会议开了整整一天。最后，米歇尔向大家阐述了他蓄谋已久的全球拓展计划，然后兴奋地宣布散会。不知是时差的原因还是心情的原因，老严的头晕乎乎的，哈欠连天，萎靡不振。离开公司后，老严漫步在市中心广场的议会大道上。

比利时的特色除了钻石，还有巧克力和啤酒。有闻名世界的“时代”“督维”和“智美”等啤酒品牌，还有“金象”“迪可多”等巧克力品牌。最有特点的还要数当地的酒吧，各具特色、精致古典，供应着超过2500种不同口味的美味啤酒。

记得有一次，米歇尔带老严来到一家装饰古老的酒吧。一进酒吧大门，客人们必须脱掉鞋子，然后把其中一只鞋放在框里，用绳子把装鞋的小框高高挂在屋顶上。老严觉得奇怪，问米歇尔什么意思。米歇尔故弄玄虚地吓唬老严，你必须把点的啤酒喝完，才能取下挂在框里的那只鞋。否则，只能光脚离开。当时，把老严吓得立刻喝干了装满一升啤酒的玻璃杯。后来，他才知道，这只是一个游戏，好玩而已，即使喝不完，也不会让你光脚离开的。

老严酷爱的便是下班后和同事在酒吧喝啤酒，吃大西洋的海虹——用蒜味奶酪蒸熟，绝妙无比。

可今晚，他似乎失去了胃口，没有了兴致。他以倒时差为由，婉拒了老板为他准备的家宴，一个人走上街头，想舒展一下压抑的心情。

他的心似乎并没有跟来，思绪还留在北京，还在三里屯。眼前这风景优美、充满美酒佳肴的欧洲小城令他感到索然无味。他想到了辛杨，突然感到了一种从未有过的孤独和绝望。

3

1997 年的最后一天，老严终于回到了北京，与他同行的还有他的新搭档——比利时人迪米。

米歇尔任命迪米为亚太区总经理，而被涨了薪水的老严为副总兼中国区经理。老严深深理解功高震主的含义，终于明白了米歇尔的精心设计。老板感觉有点控制不住他了，于是派个嫡系看着老严。毕竟中国的市场，客户都在老严手中，名为搭档，实则监管。老板又担心老严造反，便以涨工资安抚，这是典型的胡萝卜加大棒主义。

迪米 29 岁，小老严一岁。他是个简单直接的人，原则性很强，曾经是德国区经理，不会中文，帅气阳光。他有个跟他相恋六年的女友 Sarsisi Hermens，金发碧眼、小巧玲珑的。老严给她翻译了个中国名字：西西河马。她在北大学习过一年汉语，毕业后供职于法国东方理汇银行北京办事处，早迪米半年来的北京。而迪米愿意到中国工作最主要的原因，就是希望和西西团聚。

这几个月的欧洲之行对老严来说简直就是度日如年。他的心早已经飞回了北京，想女儿，更想那个辛杨。他拼命地工作，几乎不给自己一点业余时间，希望用紧张的工作转移思念的痛苦。

“真他妈中邪了，怎么就忘不了她呢？也许人家已经结婚了！这次漫长的欧洲之行算是彻底失败了。”一想到这些，他就心烦意乱的。

走出首都机场，一股寒意袭来。老严打了个激灵，那种透彻心脾的冷是他喜欢的。北京俨然已经是冬天了。

来机场接老严他们的是老李。

“这儿呢，老严，老严！”他拼命挥手，跳脚喊着，试图突破人群的阻挡。

“你怎么来了？能掐会算啊？”老严觉得奇怪，他并未告诉别人自己回来的时间。

“呵呵，咱俩可是亲戚呢！我当然知道了！”老李接过行李车边推边说。

老严差点忘了，他还是老李的表姐夫呢！

西西河马也来接迪米，俩人一见面就抱在一起，一通狂吻。然后一起推着行李车，边走边亲着，甜蜜蜜的，笑开了花。

“你小子走也不说一声，可把哥几个找苦了。我问表姐才知道你回欧洲了，你今天回来也是表姐跟我说的。”老李一边发动汽车，一边责备老严不够意思。崭新的银灰色捷达王在夕阳照射下烁烁发光。

“对不住了，公司有急事，匆忙得很。没来得及跟你们打招呼。”老严抱歉地笑笑说。“对了，你们怎么样，都活得挺好吧？”

“还成吧，车震有点惨。余安被抓了，判了15年。唉！可惜。”老李长叹一声，不住地摇头。

“什么？余安？怎么回事儿啊？”老严大吃一惊。

事情的经过是这样的，老李从头到尾，把余安的事讲述了一遍。

车震喜欢摄影，拍摄的照片既专业又好看，梦想着有个属于自己的名牌照相机。一天，他从朋友那里借了一台高级照相机给余安拍了一组写真照片，洗出来后，余安喜欢得不得了，就鼓励老车未来做个职业摄影师。

车震叹着气说：“那需要很多钱呢，我哪有钱啊？”

看着老车的样子，余安很心酸。她下决心要送他一台高级照相机，满足他的心愿。

一天，余安去昆仑饭店办事，在酒店大堂，突然看到那个曾经欺骗过自己的山东大款的身影。看到那个浑蛋，想想自己被人欺骗玩弄，余安就恨得牙根痒。真是老天有眼，居然在这里被她碰到了，绝不能便宜了他。她查清了那人的房间号，当天晚上带着三个曾经帮人介绍工程时认识的地痞流氓闯进那人的房间，把那小子捆在椅子上逼他拿出五十万赎身，威胁说不然就杀了他。被绑的大款只好打电话让人送来五十万交给余安。他煞有介事地说：“你打个收条，咱就两清了。”

余安其实很愚昧、天真，她觉得那人欺骗了她，这笔钱是她应该得到的，所以没有多想，就在收条上签了自己的名字。

拿到钱的余安分给那两个同伙十万，自己留下四十万。然后给车震买了一台高级相机。她对车震说：“以后你就用这台相机多给我拍些照片吧，趁着我还年轻。等老了，我也能看看自己年轻靓丽的样子。”

可钱还没焐热，余安就被抓了。余安被抓半个月后，老车才得知消息。这段时间，差点没把他急死。两个月后，余安以抢劫罪被判刑十五年。直到判决之前，她做梦也没想到会这么严重，毕竟自己也是受害者。她只是要回那人许诺她的生活费而已。

听老李讲述完，老严都听傻了，云里雾里跟做梦似的。不敢相信，短短几个月，居然出了这么大的事。

“这是什么时候的事啊？”老严问。

“上个月判的，已经被转到北郊一所女子监狱服刑了。”老李说着，不住地摇着头。

“那老车怎么样啊？”老严没想到事情会这么严重。

“唉，吓得够呛，也挺难过的。上周去了日本，说要出去转转，调整下心情。估计快回来了。”老李说。

老严回想起初次见到余安时的感觉，心里很不是滋味。那女孩把对金钱的欲望都挂在脸上。她太虚荣了，不出事才怪呢。

此刻车正好到达了西西的住所，位于三里屯酒吧街边上的外交公寓。公寓的门口站着一名持枪的武警卫兵，阳光下，枪头的刺刀闪着寒光。

“我们到了，谢谢你，严。”西西指着远处一座红白相间的高楼说道。

“开进去吧，老李。”

“不用了，警卫不让进的，就停门口吧！”西西连连道谢。

“这不是给外交官住的房子吗？你怎么住这儿呀？”老严一脸的疑惑。

“明天晚上你请我们吃饭，告诉你这个秘密，哈哈。”西西故作神秘道。

“好呀，明晚，时间、地点你定，我请客。”老严痛快地答应着。

“那就晚上6点，热带雨林餐厅吧。谢谢你，严，明天见。”西西和迪米摆摆手，拖着行李向大门走去。

外交公寓的对面是著名的新疆红玫瑰餐厅，西侧就是刚刚建好的三里屯酒吧街。那时的酒吧街还没成气候，几个酒吧零星戳在那里。倒是西边的麒麟饭店大名鼎鼎，人来人往的。如今这一带早已面目皆非，有了新的建筑和新的名字，叫“三里屯 VILLAGE”。

送走了迪米和西西，车继续往前开。从酒吧街右转往北才能转回三环驶向老严位于东四环的家。

辛杨的酒吧是必经之地。老严有点紧张，心都要提到嗓子眼了。他目不转睛地盯着窗外，心情有点忐忑和纠结。他多么希望看到她的身影，可又害怕看到。

“西西怎么也住这儿？真巧啊！”他自语道。

“什么，什么真巧？”老李摸不着头脑。

“噢，没事，没事。”老严看着窗外，生怕漏掉什么。

终于，他看到了那个酒吧，那个曾无数次浮现在脑海里的酒吧，熟悉，亲切。可是酒吧却黑着灯，大门紧闭还上着锁。

“不能啊！这钟点正是营业时间啊！”老严心想。

4

热带雨林餐厅位于东三环北路，左邻星期五餐厅 TGI Fridays，右邻兆龙饭店，也是当年北京地标性建筑，富丽堂皇，庞大气派。整个餐厅装修得像热带雨林，绿树成荫，瀑布流水，能容纳好几百人就餐。

担心找不着，老严提前半个小时就到了。修长漂亮的领位小姐，带他穿过雨林，就座在瀑布旁边的餐桌边。

老严四处张望，被如此气派的环境深深吸引着。突然他听到身旁有人厉声说话，像是在训斥服务员：“说过多少遍了，怎么还记不住啊？客人快吃完了再上果盘，真没脑子！”

那声音太熟悉了。老严侧目一看，差点没把嘴里的水喷出来。

这不是 Fisher 吗？

Fisher 本名叫郭彦彬，是老严的哥们，也是客户，他是国贸地下商城的中方经理——老严两年前的第一个国内客户。虽说是做生意认识的，却反而成了哥们。

郭彦彬的英文名字 Fisher，是老严给起的。这名字的来历颇有意思。

一次下班没事，他想请老郭坐坐喝一杯。老郭说已经喝上了，就在国贸二楼餐厅。等老严赶过来，见他正搂着二十出头的一个白衣女孩喝酒呢。

“来来来，老严，坐。介绍一下啊，这是娟子。”他招呼老严坐下并指着身边的白衣女孩介绍道。

老严客气地跟那女孩点点头，微微一笑。

“够滋润的啊，喝着小酒，还有美女作陪。”

“可不。娟子是个好姑娘，对我不错。”

正说着，老郭的手机响了。

电话是他媳妇打来的。

“你干吗呢？”那头问。

“跟老严喝酒呢！”他答。

“在哪儿喝呢？”

“嗯，嗯，三里屯。”

“噢！那我去找你吧？”

“行，来吧！到了给我电话。”

挂了电话，老郭笑道：“我媳妇，查岗呢！我跟她说咱俩在三里屯喝酒呢。”

“啊？那咋办？她去了，不就露馅啦！”老严担心地问。

“没事。她一准在家看电视呢。经常这样蒙我。”老郭自信地答道，说着举起酒杯：“来，走一个。”

15 分钟后，电话又响了。

“我到了三里屯了，哪家啊？”他媳妇问。

“啊？这么快？这家酒吧太吵了，我们正准备换一家呢。你等下，换一家给你电话。”老郭反应倒挺快，说完立刻挂了机。

“坏了，她真去了，咱赶快去三里屯。抱歉啊，娟子，你先回家吧，下次弥补。小姐，埋单。”边说边起身准备走。

国贸距离三里屯很近，打车也就 10 分钟。刚到三里屯，电话又响了，跟掐着点一样准。

“酒吧什么名字啊？哪家啊？”他媳妇急了。

“啊，噢……嗯……”老郭有点结巴：“酒吧名字啊？叫，叫那什么，叫 FISHER。”他信口胡编了个名字。

“哪里啊？怎么走？”他媳妇问。

“你一直往前走，最里面呢。”他开始冒汗了。

他拉着老严随便进了一家酒吧，刚坐下，电话又响了。

老郭慌忙把刚进来的这家酒吧名字报给了他媳妇。

酒还没端上来，他媳妇就到了。

“这也不是 FISHER 酒吧啊，说实话吧，刚才干吗去了？”他媳妇怒气冲冲地问。

“没干吗，刚就跟老严在别的酒吧喝酒呢，太吵闹，就换这里了！不信，你问老严。”他振振有词道。

“嗯，是，是啊！”老严附和着。

“你还狡辩！不老实，白衣女孩呢？”他媳妇怒了！

“啊？”老郭傻了。

“老严，你就跟着他骗我吧！”他媳妇非常生气。

“我……这……”老严语塞了，十分尴尬。

“实话告诉你，我从国贸一路跟来的。”说着，他媳妇抬手朝老郭就是一耳光，然后摔门而去。

老郭捂着脸一句话也说不出来。

打那以后，老郭有了英文名字：Fisher，在老婆面前彻底蔫了。

5

“我靠，这不是老郭吗？你怎么跑这儿干了？”老严不敢相信自己的眼睛。不过五个月，变化怎么这么大啊？

“哎哟，老严，有日子没见了。你怎么知道我在这儿啊？”老郭也很惊讶地反问道。

“我哪知道你在这儿啊，今儿跟同事约在这里吃饭，没想到你在这儿干呢。”

“咳，别提了。我一哥们跟人投资开了这家餐馆，非要请我帮着管理。没辙，就把国贸的差使辞了，跟这儿混呢。真他妈累。”老郭苦笑着，紧接着他问老严：“你怎么样啊？是不是出国了？有日子没见你了。”

“是啊，刚回来。你这馆子还是我的外国同事推荐的呢，看来名气很大啊！”

老严正说着话，迪米和西西到了，手挽着手，穿戴整齐地走过来。

这是一对非常恩爱浪漫的情侣，尽管一高一矮，个头差距很大，但非常有夫妻相。相恋六年来一直坦诚相待，恩爱有加。

“我去处理点事，你们吃好喝好，回头再聊。”看到老严的客人到了，老郭知趣地转身离开了。

“不过，这儿都归我管，哈哈。回头给你们打个折。”他补充了一句。

“谢了，哥们。完事我找你，单独喝一杯。”老严回了一句。

三人落座后，点菜等餐。

“西西，来北京才半年，你对北京已经很熟悉了，真厉害。对了，你怎么住外交官的公寓呢？”老严很好奇地问道。

“哈哈哈，是这样。有一些贫穷国家的外交官，为了赚外快，偷偷地把国家给他们提供的免费公寓出租，然后他们租住在普通的民居里。”

“你怎么会认识他们，他们都是非洲人啊？”老严觉得奇怪。

“我在银行是客户经理，他们是我的客户。而且我周末参加的一些聚会上都是在北京的外国人，交了很多朋友。”西西很是得意。

“我现在的房子就是跟塞内加尔一个武官租的。房子特别大，非常舒适。下周请你来做客。”西西热情地邀请老严，“带上你的太太或者女朋友，我们喜欢热闹。”

听到这句话，老严的心一沉，他想到了辛杨，一阵阵的胸闷，笑容立刻消失了。他始终为自己莫名其妙地喜欢辛杨而自责和苦恼，再说人家还有男朋友，也许已经结婚了。也不可能去追求，不可能去找她，他更不可能给她未来。还是把这种情感埋藏起来，当作回忆吧！突然一种悲凉袭上心头，他不由得叹了口气。

“你还好吧？”西西以为自己说错了什么，惶恐不安。

“噢，没事。我一定去，谢谢。”老严连连道谢以掩盖自己失落的情绪。

虽是刚刚认识不久，但老严觉得这是一对很容易相处的朋友。他对以后和迪米合作共事充满了信心。

6

四个多月没在北京的办公室上班了，再次回来，老严感到很亲切。他把迪米介绍给秘书小霞和助理沈杰，并安排小霞在自己办公桌对面给迪米加张桌子。

“你不介意暂时跟我在一个办公室吧？”老严问迪米。

“Sure not.”迪米摇摇头，开心地回答。

“小霞，我离开这段时间没什么事吧？”老严翻阅着厚厚的传真文件问道。

“没什么事，一切正常。反正客户都是跟你直接联系。”小霞答道，“噢，对了，有个女的前些日子打过几次电话找你。”

“女的？谁呀？”老严心里一动。

“她没说是谁，我跟她说你出国了。她好像挺着急的，感觉有什么急事。”小霞将沏好的咖啡递给老严。

“哪里口音？”他想也许是大吉普。

“北京口音，嗓音很低沉。”小霞想了想后说道。

“会是谁呢？”老严实在是猜不出。也许是辛杨？可想起跟辛杨见面的情景，很快他就否定了。去年，几次见到辛杨，她都没什么表示，甚至还躲闪着自己，怎么会突然来找他呢？

一月的北京寒冷干燥。

西北风吹着口哨肆虐地刮着，风裹着残余的落叶在空中旋转，并将落在地上的塑料袋挂在光秃秃的树枝上，令人感到荒凉、肃杀。

老严站在十八层办公室的落地窗前朝外看去，这座巨大的城市灰暗拥挤，车水马龙，川流不息。她在哪个方向，哪个角落呢？她好吗？老严若有所思：“回来好几天了，我是不是应该去酒吧找找她呢？”

还是算了吧！见她的意义是什么？他转念一想，决定以后再说。

7

夜晚的北京还是很迷人的，即使在寒风凛冽的冬天。那一束束闪烁的灯火从远处的高楼里，从街道两旁，从四面八方照射过来，依然能传递给人温暖。

老严最终还是没能忍住，一个人鬼使神差地去了风陵渡酒吧。他想知道这些日子究竟发生了什么事，上次路过时感觉酒吧是关门歇业的样子。一定是出了什么问题，搞得他每天心神不宁的。他把车停在路边，走到酒吧门前。他眯着眼，看到风陵渡酒吧的牌子依然挂在门框上方，掉了漆的牌子斜挂着，字迹斑驳……灯依旧是黑的，门依旧锁着。他透过门缝看到屋里空荡荡的，什么也没有。

看样子是关门不干了。

“你是想租这个铺面吗？”一个老头出现在他面前，上下打量着他。

“噢，不是。这家酒吧怎么关了，大爷？我是来找人的。”他如实回答。

“酒吧不干了，那两口子上个月就搬走了！”

老头一看不是租房的，扭头就走。

“大爷您知道他们搬哪儿去了吗？”老严追问道。老头没理会他，径直走远了。

老严没有辛杨的联络方式，韩梅也早已回泰国了。他很沮丧，不知到哪里去找辛杨。

算了，没有缘分。也许是天意吧。老严失望地看了看这人去楼空的房子，打算离开。

就在老严转身准备离开时，他突然看到街对面巨大的广告牌下站着一个人，站在那里瑟瑟发抖，似乎在盯着自己看。风不时吹散她的头发，橘色的围巾随风摆动，像一面旗。

那眼神，那神态，是多么熟悉。瞬间一个画面出现在老严的脑海里：十二年前，在大栅栏，他为保护一个小女孩，被人用刀划破脸部。那女孩的样子多少次出现在老严的记忆里，对面站立的人跟当年那个女孩有惊人地相似。

天哪，这不是让他日思夜想的辛杨吗？老严张着嘴说不出话来，一股冷风吹过，噎得他连连咳嗽。他有一种乌云散去、阳光灿烂的明快感觉，似乎压抑心中数月的阴霾，随着辛杨的再次出现一扫而光，心中有种说不出来的敞亮与轻松。

老严连忙跑过去，一看果然是辛杨。辛杨尽管包裹得严严实实的，脸蛋和鼻子还是被寒风吹得发红，白色的哈气从口中一股一股地冒出。

“真巧，你怎么在这儿啊？”老严有点意外，但内心却升腾起一股巨大的喜悦。

“什么巧啊，我特意在这儿等你。”辛杨的嘴角挂着一丝微笑，胸脯剧烈地起伏着。

“什么？等我？可你怎么知道我会来啊？”老严走上前，微笑着看着她，内心咚咚直跳。他有一种预感，辛杨跟他一样，不知被思念折磨了多久。

“我找不到你，只好在这儿撞撞运气。谁让我那么想你呢。”辛杨假装潇洒地调侃着，但眼圈开始泛红。

“别，别哭。你怎么了？”老严见状有点心疼。看到辛杨冻得发紫的样子，老严顺势一把将她抱在怀中，用自己的身体温暖着她。

辛杨没有回答，只是趴在老严的肩头不住地抽泣着。由于激动，她的身体开始剧烈地颤抖起来。

五个月过去了，这一对被思念折磨得身心疲惫的男女终于紧紧地拥抱在一起，在凛冽的寒风中燃起深埋在心底的爱情之火。接着，他们开始接吻，闭着眼睛喘着粗气，不间歇地长久地亲吻着。风渐渐地越刮越大，满地的落叶像被人用大扫帚扫来扫去一样，随风飘荡。

“咱别跟这儿站着啦。走，上车。”老严拉着辛杨走到路边自己的车旁。

他们手拉着手再次来到 CARWASH 酒吧，在一个安静的角落坐了下来。老严清晰地记得半年前的那个雨夜，第一次见到辛杨的情景，那是让他终生难忘的初次相遇。当他们再次来到这里时，俩人的关系已经发生了质的变化。为这一刻，老严整整煎熬了半年。

辛杨的脸冻得通红通红的，到了酒吧还没缓过劲来，两只大眼睛依然是那么乌黑明亮。在她记忆中，这是两人第一次单独见面，之前每次见面身边都有其他人。

“你太过分了，连招呼都不打就溜了，而且一走就好几个月。气得韩梅天天大骂你是个鳖孙。”恢复平静的辛杨低头抱怨着。

“哦，韩梅什么时候回国的？真是抱歉，走得急，也没跟她道别。”老严笑着说。

“你真够可以的，其实你知道我对你有好感，只是没有表达出来。你呢，一点耐心都没有，悄无声息，说走就走了，你的心真够硬的。”辛杨嗔怪道。

老严心想，我不走怎么办？你又不理我。我总不能整天啥也不干，坐在家里傻里傻气地想你吧？再说我是个有家的男人，无论如何也不能理直气壮地去追你吧。

他并没有把自己的想法如实说出来，只是叹口气说：“唉，我见不到你，心里难受。再说你又有男朋友，我有点绝望，就逃避了。对不起，亲爱的。”

“我知道你喜欢我，韩梅临走时都对我说了。其实第一次见你，我就喜欢上你了。当时我很惶恐，因为我有男朋友。我们在一起都五年了，而且他对我还行。可是，可是我就偏偏喜欢上了你，一点余地都没有。我不知道该怎么办，很害怕。想见你又不敢见，矛盾极了。我跟韩梅长聊了几次，跟她说了我的心情。她倒是简单，鼓励我去找你，劝我怎么想就怎么做，别违心，别欺骗，不然对我男朋友也不公平。等我想通了，去找你，可你却跑到欧洲了。我难过极了，后悔没有给你机会。还给你公司打了几次电话，想知道你什么时候回来。几天前，我又打电话，你秘书说你这两天就回来。我就在酒吧附近等你，如果你回来了，也想见我，一定会去酒吧找我的。酒吧生意不好，我们总吵架，就不做了。我怕你找不到我，所以这几天就每天过来看看，也许能遇到你。今天已经是第五天了，终于等到了你。”说到这儿，辛杨已经是泪流满面了。

老严的心像被刀扎了一般，疼得难受。他不知道该如何安慰她，只是无助地抚摸着她的头，擦拭着她伤心委屈的泪水。

“唉，我要早知道你是这么想的，何苦要跑到欧洲逃避呀？好了，别哭了。你看我这不是回来了吗？只要有缘，是我的一定跑不了。来，为我们的团聚干一杯。”说着他举起了酒杯，又端起另一杯送到辛杨手中。

“嗯，我真怕再也见不到你。”辛杨点点头，终于破涕为笑了。

“对了，我有个事要问你呢，憋在心里很久了。”辛杨放下酒杯，盯着老严问道。

“你说，什么事啊？”看着辛杨神秘兮兮的样子，老严一头雾水。

辛杨没说话，用手摸着老严左眼下方的伤疤，果然有点硬。

“你这儿缝了五针吧！是在大栅栏为救一个中学生被地痞用刀划伤的，对吧！”她看着老严，笑眯眯地问道，语气温柔如水。

“是啊，你怎么知道？难道你就是那个女孩？”老严的心快要跳出嗓子眼了。

“是我啊，我就是那个被你救的小女孩！”辛杨激动地说。

“真的？果然是你。你就是那个我救的小女孩，日本头？”尽管有预感，老严还是张大了嘴，惊愕不已。

“是我，是我啊！天哪，还有这么巧的事？”辛杨兴奋地从椅子上站了起来，双手捧着老严的脸摸来摸去。接着她目光低垂，面带惋惜地说道：“可是后来就再也没找到你。你知道吗？我找了你很久呢！期待着能再次遇到你。可惜我那时太小了，什么也不懂。不然我一定以身相许。你太帅了，我崇拜了你十二年。”

“我说怎么总感觉你眼熟呢？这可真是老天有眼，让我们十二年后再次相见，而且还一见钟情。太不可思议了！”老严觉得跟做梦一样，不敢相信眼前发生的这一切。

“是啊，说出来都没人相信。这得是多大的缘分啊！”辛杨说着，感慨不已。

再次相逢让辛杨有一种恍若隔世的感觉，她握着老严的双手激动地说："这可是命运的安排，我们都不要辜负上天的眷顾。我会好好珍惜你的，再也不能失去你了！"

老严用力地点了点头，傻笑着看着辛杨，一脸的幸福。

这时，老严的手机响了，是他老婆柳婄打来的，说孩子病了，让他赶快回家。

这个电话把老严从天上拽回地上，从梦中拉回了现实。

第四章

1

辛杨的家在北京市中心的四合院里，父母都是老北京人，知识分子。她长相洋气俊美，气质高贵，有双会说话的大眼睛，曾经是经贸大学有名的校花，也是众多男生追求的目标，可她根本看不上与自己同龄的男生。那个在自己初中时英雄救美的大学生的模样深深地刻在她心里，她期待着有一天能再见到他。可最终再没机会见到，而老严只能成为她记忆深处的美好回忆。大三的时候，她认识了现在的男朋友，一个高中都没毕业的社会混混。禁不住他的软磨硬泡和疯狂追求，辛杨跟他好了。她以为自己找到了理想的男人。

最初他对辛杨的确很好，百依百顺，呵护有加。他就是酷爱喝酒，酒后失德。最近他们的关系越来越差，似乎已经走到了尽头。辛杨每次提出分手，那男人就痛哭流涕发誓改变。和好后，他依旧恶习难改。找了这样一个男朋友，本来父母就坚决反对，同学和朋友都笑话她，让她遭受了不少误解和指责，加上这个男人居然开始动手打她，这让她更加伤心绝望。

越是如此，她便越发地想念十二年前英雄救美的老严。

当在 CARWASH 与老严第一次见面，她便有种莫名的好感，感到熟悉亲切。在确定老严就是十二年前救过她的英雄大哥哥时，她已经无可救药地爱上他了！

老严的出现使她坚定了分手的决心，她决定立刻跟男友摊牌，彻底分手。

2

1998年的春节快到了，车震从日本回来后根本没露面。哥几个担心他想不开，憋出毛病来，就由林秋牵头安排大家聚聚，给车震和老严接风，并且提前过个年。

老严推荐了热带雨林餐厅，说他哥们在那管事，环境好还能打折。

由于紧挨着星期五餐厅，加上价格偏高，热带雨林的生意受到了严重的影响，有点门可罗雀的感觉。

老严带着辛杨一起来的。原本只想自己一人来，怕带着辛杨被老李看到，传到他表姐耳朵里。可辛杨非要去，老严也想跟她一起腻着，于是就不管不顾，爱谁谁了。

傍晚时分，天空飘起雪花，一会儿的工夫，街道、建筑便一片银装素裹了。辛杨长长的睫毛上沾满了白色的雪，头上像戴了一顶白色的帽子。

走到餐厅门口，辛杨拼命地跺脚，并且拍打着身上的雪花，白嫩的脸蛋冻得红扑扑的，煞是好看。

走进餐厅却是绿意盎然、温暖如春的景象。

“这儿真好，太有情调了，亲爱的，你常来吗？”辛杨显得很兴奋。

“也就两次，包括这次。我一好哥们在这儿当总经理。我觉得不错，就建议在这儿聚会。”老严一边回答，一边用力地弹着自己笔挺的咖啡色羊绒大衣上的雪片。

老郭一身黑色的西服，白色的衬衣，系条红色的领带，一看就是个管事的领导。看到老严进来，他迎上前去笑笑说：“哎哟，老严，你够精神的啊！”

“哈哈，哪有你郭总精神啊，西装革履的。”

自打跟辛杨重逢后，老严便格外注意打扮自己。

“介绍一下，这是我朋友辛杨。这是 Fisher 哥，这儿的掌柜。”老严一只手搂着辛杨，另一只手拍着老郭的肩膀，介绍道。

“别提这名字啊，再提我跟你急。叫我郭哥吧。”老郭笑着说。

“郭哥好。”辛杨礼貌地打着招呼。

“哦，你好。”老郭好奇地打量着她，点点头。

“你们去包间吧，都留好了，有事叫我。”老郭让服务员带他们过去。

穿过散座过道，靠着角落便是包间。突然老严听到有人叫他，扭头一看，靠近吧台餐桌上坐着一个人，油头粉面地跟他挥手，餐桌上堆满了牛排。

“哎哟喂，牛大款，你好啊！”老严认出这是他一朋友，水果贩子。他叫牛万里，在国贸商城有个水果店，通过老郭认识的，之前蹬个板车贩卖水果，赚了点钱，就在国贸租了块地儿，开了个水果店，生意很好。他来自农村，结婚很早，20 岁就有了女儿，很快就离婚了，女儿跟着前妻生活。他从河北老家独自一人到北京闯荡。发财后经常泡歌厅，逛迪厅，分别认识了一个歌厅 18 岁女服务员和迪厅 17 岁的领舞女郎，俩女孩几乎前后脚怀孕，各自给他生了个儿子，俩儿子就差三个月。领舞女孩生完孩子就去读书了，因为长得漂亮，学校很多男生都在追她。牛万里怕女朋友跟别人好了，就常抱着孩子在学校门口接她。他这么做，就是要让追她的男生知道，她已经是孩子妈了，你们就别打她的主意了。而两个年轻的妈妈最终还是离他而去，跟商量好似的把俩孩子同时留给他抚养。认识他的人都惊奇不已，称呼他牛大款。

“严哥，好久不见，您挺好的？”牛万里 25 岁，一身名牌，脖子上、手腕上各带一条大金链子。

“你怎么一个人在这儿吃呢？”老严看他餐桌上好几盘牛排，好奇地问。

“咳！别提了！这家餐厅欠了我几万元水果账款，好几个月也不给结账，没辙了，我就见天地来这儿吃饭，准备把这点欠款吃回来。这儿的牛排，我都快吃吐了。”他指着盘中的牛排，一脸无奈。

“啊？哈哈哈，那你也别净吃牛排呀，换点别的菜，多腻啊！”老严觉得太可笑了。

“牛排还值点钱，吃别的啥时候能吃回来啊？”

“严哥，回头结账算我头上吧，省得我天天来这吃牛排了。”牛万里慷慨地说。

“不合适，今儿别人请客，而且好多人呢。谢了！”老严同情地婉拒了。

“回头我请你吃饭，你教教我学英语呗！很多老外跟我订水果，不会英语太吃亏了。”牛万里恳求道。

“成啊，没问题。你慢慢吃。那我们先过去了，回头见。”老严领着辛杨走进包间。

“哈哈哈。”刚进包间，辛杨就笑出声来，“这哥们也太逗了，他得吃到什么时候才能平账啊？”

一会儿的工夫，车震、林秋、老李还有两个女孩等一干人都到了。

3

车震剪掉了长发，刮去了胡子，显得干净利落。见到老严，他二话没说先来了个拥抱。

“老严，你这厮受什么刺激了，玩失踪啊？”林秋也换了发型，将鬈发染成了褐色。看到老严几个月不见影后还跟着美丽的辛杨，他觉得有点意外。心想，老严这厮果然要陷进去了。“哎哟，辛杨妹妹好，老严就是有魅力，这一回来你就出现了，看来没少热线联系啊！”他还是那么贫。

“你别起哄啊，都是朋友。”老严有点不自然，极力掩饰着。他生怕自己跟辛杨的恋情被人看出来，闹得沸沸扬扬的，被人议论。

“辛杨，有韩梅的消息吗？”林秋问。

“回泰国了呀，您难道不知道？又装。”辛杨知道是林秋开车送

i.t
tout à coup

韩梅去的机场。韩梅走之前那晚，就在林秋家过的夜。她不知道该不该把这事告诉老严。

她看到林秋身边站着两个女孩，都是高高的个子，亭亭玉立的，像是模特。

“这也太快了吧，才几天啊，就有新欢了?”辛杨没好气地说。

“别误会，只是普通新朋友。”林秋一脸尴尬，说着，他将食指竖在嘴上，告诉辛杨别说出自己跟韩梅的事。

“谁信啊?呵呵。韩梅倒是挺喜欢你的，打电话时经常问起你呢。”辛杨没有理会林秋的手势，故意笑着说。

老李坐在包间沙发上，冷漠地看着辛杨，一言不发。这是她第二次跟辛杨见面，他有种不好的预感，在辛杨和老严的眼神中，他看到这俩人深情对视的目光。尽管一闪而过，但他能在他们的眼神中读到某种对表姐不利的信息。他能感觉到，老严对眼前这个女孩的态度不像是逢场作戏，倒像是陷入情网。

“来，老车。挨着我坐。”老严把车震拉在自己旁边坐下，抽出一支香烟递给他，关心地问道：“余安的事，我听老李说了，你没事吧?”

“没事。就是觉得可惜，她才23岁，从监狱出来要38了。丫脑子进水了，真他妈缺心眼，怎么那么天真啊?那段时间，我怎么也找不到她，手机一直是关机状态。后来检察院找我要回照相机，说那是赃物，才知道她出事了，哥们当时都蒙了。我去监狱看她，她让我别等她了，遇到好的就拿下。唉……”车震长叹一声。

老严不知该怎么安慰车震，只是用力拍着他的肩膀说：“希望她早日出来，祝她好运吧。”

看到饭菜上齐了，老李站起身举起酒杯喊道：“各位，边吃边聊，干杯!”

林秋坐在老李身旁，指着身边一个瓜子脸，爱笑的女孩说：“老李，这是高华，大四学生，我女朋友的妹妹，想找份兼职的工作。你代理的进口食品不是经常做促销吗，能给小高安排个促销员工作吗?”

“哦，好。看机会吧!”老李看着那女孩，点了点头。

“李哥好，麻烦您了，敬您一杯。”说着，高华将杯中的红酒一饮而尽。

辛杨一边喝饮料，一边紧紧握着老严的手，充满了幸福和满足。老严想挣脱开，可被她死死握住。老严无奈地摇摇头，看着辛杨。

这一切都被细心敏感的老李看在眼里了。

4

辛杨跟男友提出分手，遭到了拒绝，两人大吵起来。那男的绝望至极，怒火攻心，抬手打了辛杨。她的眼睛当时就肿了，愤怒之下转身离去，泪流满面地跑回自己家。而那男人喝掉一瓶二锅头，烂醉如泥。

辛杨铁了心要分手，五年的感情，被这一拳打得无影无踪。她觉得自己怎么能跟这种无赖在一起相处长达五年呢?

辛妈妈看到女儿被打得乌青的眼睛，又气又恨。她一边用冰块给她敷上，一边生气地说：“从一开始我跟你爸就不同意你俩交往，这种人素质很差。你们根本不是一路人，以后绝不能再跟他来往了，你也要长点记性。记着，无论他怎么求你，都不要心软。”

辛杨点点头，很痛快地答应了。辛妈妈哪里知道，让女儿这么坚定地答应自己的不是那个男人，而是老严。

5

迪米的适应能力很强，没用多久便熟悉了公司在中国的生意情况和业务发展，喜欢上了北京多姿多彩的生活。

半个月后，老严带着迪米和沈杰要出差。他要把迪米介绍给国内的重要客户，让他熟悉一下中国市场，先去上海，再去广州和香港。

出发之前，他给辛杨去了电话。得知老严要出差，辛杨情绪有点失落，依然千叮咛万嘱咐老严，让他注意身体，照顾好自己，必须每天给她打个电话。

1998年春天的上海，生机勃勃，热闹非凡。郊外的油菜花开成了一片片黄色的画板，小桥流水的江南处处挂满了水彩画般的风景。

他们入住了以前常去的虹桥宾馆。这是一座豪华的四星级酒店，离机场很近，旁边就是高架桥，交通十分方便。

上海的业务进展顺利。老严向客户介绍了迪米和他的工作。一天的工夫，引进钻石切割机的合同就签好了。

迪米决定，晚上请老严和沈杰喝一杯，庆祝一下。

宾馆十七层是著名的卡萨布兰卡夜总会，有唱歌表演，还能喝酒助兴。

三人走进夜总会，里面乌烟瘴气、吵闹不已。一群一群的风尘女子，袒胸露背，妖艳无比，跟客人们挤眉弄眼，勾肩搭背。不时从人群中传出放荡的笑声。

他们三人找了个角落刚坐下，就围过来几个女孩，光着大腿，夹着香烟。

“几位大哥，能请我们喝一杯吗？”其中一个个子高挑的女孩笑嘻嘻地问道。

“我请你喝酒，你陪我干吗？”沈杰担心受骗，谨慎地问道。

“我们陪你说话聊天啊！不要小费的。”那女孩回答。

“那好吧。”沈杰给三个女孩每人叫了杯饮料。八十元一杯，一共二百四十元。

“靠，真他妈贵。”沈杰骂道。

三个女孩接过服务生送来的饮料，根本没喝，只是在手里端着。

“大哥，我们去吧台一下马上回来。”三个女孩说完，一起离开了，过了半小时才回来。

没说十分钟的话，她们又离开了。老严觉得奇怪，偷偷跟着。她们转到另外一桌，也有三个男人正眼巴巴等着她们呢！

这就是传说中的串台。

“真恶心，让这帮孙子给涮了。”老严感觉非常不好，想离开。

迪米却喜欢这儿的气氛，他想继续待着，反正他也不会汉语，不需要跟人聊天。

老严和沈杰打车来到外滩。沈杰第一次来上海，想看看著名的外滩和南京路。

站在黄浦江边，两人感觉十分舒服。对面的浦东正在开发，一幢幢正在建设的高楼，一片片闪烁的灯火。

“先生，要小姐吗？”人群中有人跟沈杰说话。

“哦？……嗯，不要。”沈杰嘴上拒绝着，心里还是有点动心。

“便宜，二百元。就在附近，小妹特别漂亮，不满意，不要钱的。”

沈杰终于被说动了心，要跟那人走。老严不放心，劝他别去。“没事，放心吧。”沈杰不以为意。人一旦走火入魔，怎么都拦不住。他担心沈杰不安全，就在后面悄悄跟着。

外滩对面有一群破旧不堪的高楼。那人领着沈杰走进高楼里面，没了踪影。

老严四处寻找，也不知他们去了哪里。过了一会儿，只见沈杰从其中一个单元里跑了出来。

“啊，这么快就完事了？”老严很惊讶。

“我×你妈，孙子，你出来。王八蛋，骗子！！！”沈杰在高楼下转着圈地大骂着。

“怎么了，怎么了，杰子？”他走上前连忙问。

“我×，真他妈丢人啊！那孙子把我带到五楼一个房间门口，问我要不要边看录像边跟小姐干。我说行。他说要加一百元。丫收了钱，让我自己去敲门，说敲十五下，小姐会开门。说完就走了。”沈杰喘着粗气，停顿了一下，接着说道：“我敲了十几分钟，也没人开门，才突然明白上当了！”

他说着气急败坏接着大骂：“×你大爷的，出来，孙子！”

突然从高楼顶上飞下几块砖头，差点砸着沈杰。老严连忙拉着沈杰喊道：“快跑！”

等跑到大街上，老严已经笑岔气，蹲在路边笑弯了腰。

第二天一早，留下沈杰处理上海的后续工作，迪米和老严又马不停蹄赶赴香港。这是迪米负责的区域，当迪米跟客户唇枪舌剑时，老严乐得独自一人悠闲地逛街、观景。

他看看表，刚刚下午两点，离跟迪米约好的会面时间还有一个小时。他无聊而疲惫，打算找个酒吧或者咖啡馆边休息边等迪米。沿着九龙的大街望去，除了商店，就是餐馆，附近几乎没有咖啡馆。他接着往前走了一个街口，看到街对面有几家闪着紫红色灯光的房子，看样子像是酒吧，汗流浃背的老严一头扎了进去。酒吧里面灯光昏暗，越过吧台，老严看到里面沙发上坐着几个妖艳女子，肤色不一，对着他挑逗地笑着。

老严走到吧台前，想看看有什么喝的。这时，走过来一个金发女子，裸着上身，硕大的乳房在昏暗的灯光下甩来甩去的。那女人把手臂搭在老严肩上，浪声浪气地问老严："先生，喝点什么呀？"

那女人身上的香水味道，让老严感到恶心。他突然意识到："这不会就是传说中的无上装酒吧吧？"

他赶忙推开那个裸露着双乳的女人，扭身准备离开。这时，门口不知什么时候站着一个高大威猛的黑人男子，挡住了老严。吧台里一个老板模样的中年男子冷笑着对他说："先生，你进来了，不结账怎么能走呢？"

"我什么也没消费啊，结什么账？"老严一愣。

"你看到了我们美女的大咪咪，就等于消费了。这里是无上装酒吧，进门就别想空手出去。"那人恶狠狠地说。

"你这是敲诈。香港是法制社会，我告你去。"老严据理力争。

那人指着挂在墙上的一个镜框说："大哥，你看看这是什么？政府颁发的营业执照，我们是法律许可的酒吧。先把账结了，等你出去随便告！"

老严气得浑身发抖，可人生地不熟的，无可奈何，便低声问道："你想要多少钱？"

那人笑了笑说："这就对了，我也不多要，你就给一万港币吧。"

老严知道自己误入了黑店，之前在报纸上听说过很多黑店的介绍。好汉不吃眼前亏，他想了想，掏出钱包，无奈地说："我只有这么多了，你都拿去吧。"

那人打开老严的钱包，取出里面所有的现金，点了点只有四千元，摇摇头，鄙夷地说："算了，就放你一马吧。在香港大街上讲国语的人，一般不是台湾人就是大陆的有钱人和高干子弟，你怎么这么穷呢？"

老严没有理他，拿起被掏空的钱包就要离开。那人又笑着说："大哥，你人也来了，钱也交了，就找个美女陪你玩一会儿，喝一杯吧，不再收费了。"

老严心想："你他妈的还挺讲究商业道德，×你奶奶的！"他头也不回，快步走了出去。

等见到迪米，老严把刚刚的经历讲给他听。迪米笑着说："这趟出差，你们的运气真是糟透了。算了，以后长点记性吧。"

6

飞机从香港抵达北京首都国际机场已是晚上十点。老严跟迪米推着行李，走出接机口。西西已经等候多时了，看到迪米，她开心得手舞足蹈的。两人见面又是拥抱又是接吻的，看得老严都有点不好意思了，忙把目光转到远方。

迪米经常说，他和西西很相爱，他们很不容易。迪米7岁时，父母就离婚了。父亲跟继母结婚后不久，因商业诈骗又被抓进了监狱。离婚后，迪米的亲生母亲根本不管他，他只好跟继母相依为命，直到遇见西西。三年前，迪米脑部发现了个小肿瘤，一度昏迷，不省人事，是西西出钱给他做的手术，精心照顾他半年多，挽救了他的生命，还给了他美妙的爱情。迪米常说："西西不仅是他的女朋友，还是他的救命恩人，一定要好好爱她一辈子。"

老严确信这是最相爱、最幸福的一对。他羡慕他们，也祝福他们。

春末的北京依然是寒冷的，呼啸的北风卷着沙尘，吹得人睁不开眼。老严站在出租车等候处长长的旅客队伍后面，冻得瑟瑟发抖。他跟迪米他们告别后，准备打车回家。

突然他感到暖暖的，有人把围巾围在他脖子上。那人从身后一把抱住他，头紧紧贴住他的后背。

一股巨大的暖流涌上心头，那种熟悉而特殊的清香味道从身后散发出来。“杨杨你怎么来了？”老严一脸的惊喜。

“你不是说今天回来吗，我担心你从香港那么热的地方回来不适应，就买了围脖来接你。我特别想你，已经七天没见到你了。”辛杨从身后搂着老严，幸福地闭上眼睛。

老严转身抱住辛杨，看着她冻得通红的脸颊，心疼地说：“路远天冷，大夜里的，你疯了？多折腾啊！”

“没事，我愿意。能见到你，做什么我都愿意。”辛杨把头贴在老严的胸前，小鸟依人般温柔。

这种温情的场面，在老严的梦中经常出现。但在现实生活里，他却是初次体验，如温暖的阳光，洒满全身，让他陶醉。这让他想到即使跟柳婼谈恋爱的日子里，此情此景也是奢侈的妄想，绝不可能发生。

“师傅，去亚洲大酒店。”出租车上，老严把辛杨紧紧搂在怀中，脸贴着脸，手拉着手。他改变了主意，不想直接回家了，反正柳婼也不知道他今晚回来。

“你想我没？”刚进客房的门，老严把行李往地上一扔，俩人便紧紧抱着吻在一起。

“你再不回来，我就该想不起来你长什么样儿了。”辛杨一边调皮地说着，一边迅速地帮老严脱去衣服。

老严突然想起一句广告语“你的生活从此与众不同”。辛杨一丝不挂地躺在他的怀中，肌肤如雪，柔情似水，令他如梦如幻。

老严从十八楼的窗口看夜空，一道流星划过，美艳短暂，一闪而过。

7

激情过后，辛杨沉沉地睡去，嘴角弯弯的，感觉她的梦都是甜的。老严却无法入睡。他想到了柳婄和孩子，想到自己还有一个美满的家庭。一股巨大的压力让他喘不过气来。怎么办？他有点害怕，内心充满了矛盾。孩子那么小，不能没有爸爸。柳婄有恩于自己，没有一点对不起自己。自己心里明镜似的，知道对与错。但他就像着了魔似的，对辛杨的爱已经深刻到不能自拔。他根本不能没有辛杨，不然会压抑窒息而死。

他陷入了巨大的旋涡中，无法左右自己。他起身到房间的吧台，倒了满杯的黑方，一口喝下，他需要借助酒精的力量让自己醉去睡去。他终于晕眩着倒在辛杨的身边，如死去一般睡去。

夜里，老严做了个梦。梦里有个凶恶的女巫，左手抓着柳婄，右手抓着辛杨，狂笑着将两人从他身边掠走，任凭老严如何苦苦哀求都无济于事，带着两人消失得不见踪迹。

第二天中午时，还在睡梦中的老严被电话吵醒了。老李来电话，问他回来没有。老严依然惊魂未定，恍惚觉得老李就是梦中的女巫。

老李的生意近来兴隆红火，风生水起。他人缘很好，在进口食品圈名气很大，口碑也不错，结交了很多朋友。

老李约他晚上七点到燕莎普拉娜啤酒屋吃饭，他今天过生日，除了车震、林秋，还有几位食品圈的朋友。

老李不仅是同学，还是亲戚。他的生日自然是要参加的。老严哈欠连天地答应了。

8

柳婄很少跟老严出来应酬，这对她来说是一种折磨。她不喜欢那种嘈杂的场合，更不适应插科打诨、贫嘴玩笑的方式，甚至有些厌恶丈夫身边这些朋友，觉得他们俗不可耐，无可救药。她喜欢安静、独处，喜欢励志和有追求的人和事。她感觉到老严这几年变化很大，与她的生活渐行渐远了。

老李的生日聚会，她不得不去。

当老严和柳媗走进餐厅时，人都到齐了。上菜的工夫，大家有说有笑的。车震正开着玩笑，讲着黄段子。男男女女笑成一片。

看到柳媗进来，大家立刻安静了下来。认识老严的人都知道他有个清高的、不食人间烟火的老婆，有知识有学问，不仅是留美博士，还是北京三甲医院最年轻的主任医师。

"表姐，你来了！"老李恭敬地打着招呼，把柳媗介绍给大家。

气氛有点沉闷，柳媗的气场就是这样强大。大家低头吃着喝着，小声地说着话。

老严心里明白，真后悔带老婆来，不如编个谎话，找个借口自己一人来。可老李似乎别有用心，坚持一定要让表姐也过来，也许他是担心老严带着别的女孩来吧。见大家有点沉默，老严连忙举杯跟大家转圈地碰杯喝酒，活跃气氛。

饭吃了一半，柳媗起身告别。她告诉老严少喝酒，祝老李生日快乐。对各位歉意地说她还有个手术，然后拎包离去。

柳媗前脚离开，大家后脚就又开始了无聊的、漫无边际的扯淡。

"严哥，这样的老婆怎么受过来的啊？哈哈哈。"老李的朋友里有个胖乎乎、一脸佛样的哥们。25岁，本名江小民，外号小胖，经营一家连锁超市。他少年得志，幽默机灵。

"唉，什么人什么命啊！图人家的名气、条件，就要忍受人家的风格特点，总不能好事都让你占了吧？"老严叹口气，自我安慰道。

"小胖，别瞎说，你连媳妇都没有呢，懂什么啊你？"老李不爱听了。

"严哥，来，跟你干一杯，男人活得累啊！"小胖同情地说道。

老严觉得老李的这帮朋友，年轻有朝气。虽然不是什么博士硕士，但都很成功，各个年轻有为。

"小胖，你怎么还单着呢？要不要老哥给你介绍一个啊？哈哈。"老严开着玩笑。

“老严，先给我扶贫吧。你家有老婆，外有女友，真够滋润的。”车震喝得有点多，一下子说漏了嘴。

一句话说到了老严的痛处，像刀子扎入要害。老严当时脸就变得苍白无色，沉默不语。他知道车震是言者无心，可这恰恰就是他最闹心的事情了！

林秋忙起身打圆场：“老车喝多了，胡说八道的。老严你可别多想啊。”

余下的节目，老严没有参加。他找了个借口，一个人去了 Maxican Wave.

他想一个人安静地待会儿。

9

辛杨跟男友分手后，把全部的情感投入到老严的身上，一心一意，毫无保留。老严就是她的世界，就是她的一切。这个男人与她的缘分太深了，她找了他十二年。上天居然在最关键的时刻把老严送到自己的面前，自己一定要好好珍惜。这种缘分实在太奇妙了，奇妙得无法解释。这一定是命运的安排，必须服从。

她把这一切都告诉了父母和朋友，只是说老严是个离异的男人。她知道老严有家庭有孩子。可那又怎么样呢？他迟早会离婚的，而且一定会跟自己结婚的。自己有足够的耐心和信心。

她想过段时间再跟老严讨论未来的事情，包括离婚和结婚，她不想给他过多的压力。眼下要做的只是享受他们的爱情和甜蜜的生活。

辛杨给韩梅写了封信，感谢因为她来中国旅游带给自己如此奇妙的缘分和无与伦比的美好爱情，希望她的再次中国之行一定是来见证他们的婚礼。

辛杨是个单纯简单的人，怎么想的就怎么做，要么不投入，要么全身心地投入，轰轰烈烈，不留遗憾。

老严也是爱辛杨的。但他觉得爱情和婚姻可以分开。但现实是不允许两者分开的，他必须做出选择。

这天夜里，老严翻来覆去地睡不着觉。“辛杨”和“离婚”两个词搅得他心神不宁。他抬头看看身边熟睡的柳婄，心中充满了愧疚。他真的不知道自己是不是还爱柳婄，或者只是出于感恩。

他觉得和柳婄独处的时间太少了，也许两人应该旅行一次，找回婚姻初期的感觉。他要确认自己对柳婄的感情还在，确定他们的婚姻依然有延续的意义。其实，他就是想给自己找个跟辛杨在一起的理由，这样心里会踏实许多。

他编了个瞎话，对辛杨说要出国一周，去东南亚开发市场，然后极力说服柳婄抽出一周时间跟他去新加坡度个假。

“亲爱的，你看下周能不能抽几天时间，我们一起度个假。”晚饭后，老严把绞尽脑汁想好的话说给柳婄听。

“哦，怎么突然想起度假了呢?”柳婄一愣，老严让她有点意外。

“你看，自打你从美国回来，除了工作、带孩子，我们很久没有一起出去散心了。虽说都在忙工作，忙生意，可你不觉得我们的婚姻也需要一些营养吗?再这样下去，我们都快成路人了。”老严虽说是别有用心，但话从他嘴里说出来，倒让柳婄觉得自己很过意不去。

柳婄想了想，点点头说：“那，好吧。我向院里请个假。如果领导能批，我就跟你出去几天。”“你想好去哪里了吗?”柳婄淡淡地问。其实去哪里，她都无所谓。她就是这么一个除了工作，什么都不讲究的人。

“咱们去新加坡吧，那个国家小，不用太辛苦，而且一周就够了。”老严看着柳婄，用商量的口吻说。

“好吧。明天我到单位后给你信吧!”柳婄说完，起身走进书房，看书去了。

望着妻子离去的背影，老严的脑子乱乱的。这样冷漠的夫妻关系，就算是到了天边也难以改变。

几天后，老严带着妻子飞往新加坡，开始为期一周的挽救婚姻之旅。辛杨依依不舍，柳婄勉为其难。

10

不出老严所料，新加坡之旅艰难而平淡地结束了。说它艰难是老严有种度日如年的感觉，说它平淡是两人依旧没有交集，没有柔情蜜意，没有浪漫情怀。老严心里无时无刻不想着辛杨，盼望这几日快快过去，早点见到她。

走出首都机场，柳婄直接打车去了医院，有几个重要的会诊等着她，而老严拿出电话打给辛杨，告诉她一会亚洲大酒店见。一路上，他催促着出租车司机，快点，再快点。他早已按捺不住自己那颗干枯了一周的心了。

在老严的眼里，女人分为三类：第一类狂野、直接、大大咧咧，像韩梅那样；第二类文静、淑女、知性，像自己妻子柳婄那样；第三类是前两类的混合体，时而火爆，时而安静。他觉得知识分子家庭长大的辛杨属于第三类，有礼有面，落落大方，大气有涵养，矜持有分寸，但对待爱情疯狂、执著，做起事来利落，有魄力，从不拖泥带水。她分寸拿捏得非常到位，在老严面前温柔懂事，让他觉得自己是个英雄、大男人，自信地享受着她的膜拜。

辛杨的座右铭是：她爱的男人一定是她崇拜的人。

老严走进房间，从旅行箱里把给辛杨买的礼物取出来，放在写字台上，那是他在新加坡偷偷买的一块卡迪亚女表，大气、时尚，然后脱衣洗澡。

此刻，辛杨到了。她让服务员打开门进去，见老严在洗澡，二话没说脱掉衣服，也钻进浴室。老严尽管吓了一跳，但他还是喜欢吃这套，喜欢总给他惊喜的人。

接下来老严被洗得干干净净，同时也被亲得嘴唇发疼。

“亲爱的，你再不回来我就该疯了，做梦都想你。这是我给你包的饺子，你必须把它吃完。”辛杨说着把保温瓶打开，香味立刻散发出来，让老严感觉到无比的满足。

“我也有礼物给你。”老严笑了笑，把表递到她面前，高兴地说：“来，自己戴上试试吧。”

“你怎么知道我喜欢手表啊？”辛杨惊喜地问。

她双手搂住老严的脖子，不停地亲吻着。

“我不知道你喜欢，反正我喜欢所以就买了。”老严得意地说。

“看来我们俩有太多的相似之处了，不好都不行。而且我特喜欢这个牌子。哈哈哈。”辛杨把表戴上，爱不释手。

她转身把饺子端到老严面前，拿出一个塞到他嘴里。

“好吃吗？”

“嗯，真不错。”

“嘻嘻……我的手艺还行吧？”

“太行了！”

“那以后，我给你包一辈子饺子，让你吃个够，好不好？”

嘴里塞满饺子的老严，愉快地不住地点着头。他快要被这幸福淹没了！

11

北京的春天很短。4月一过，便能在大街上看到短衣、花裙和阳伞了。

迪米又搬家了。这回他租到了一个非洲参赞的房子，位于建国门外交公寓，紧邻著名的友谊商店。

房子是四室一厅的，宽大舒适，还配有豪华的家具。

为了庆祝乔迁之喜，迪米和西西决定在周末搞一个小型聚会。老严是第一个被邀请的，被邀请的还有迪米比利时的同胞朋友和西西公司的同事。

老严自然是带辛杨一起去，顺便把辛杨介绍给迪米两口子。他一方面让辛杨融入自己的朋友圈，另一方面也想让迪米和西西评价一下辛杨，看看自己是否值得为这个女孩放弃家庭。他需要外界的力量帮助自己做出决定。

迪米没有想到老严带来的这个女孩不是他夫人，所以当老严和辛杨站在门口时，他礼貌地问候了辛杨并称呼她严夫人。对迪米这样称呼她，辛杨听着心里美滋滋的。她春风般笑着跟迪米打招呼。

老严没有刻意解释，只是介绍说这是辛杨。

西西做个鬼脸，挤了挤眼睛对老严说："严，你夫人很年轻也很漂亮。"

"谢谢，你也很漂亮。"辛杨回答得彬彬有礼。

在生人面前，辛杨总是表现得那么得体和文静，让人觉得这是个纯洁大方的美丽姑娘。

迪米和西西的朋友，老严并不认识，只有一个叫凯瑟琳的比利时女孩他见过，一起吃过饭。这是个金发碧眼的漂亮女孩，记得她是语言学院的留学生，有一个黑人男朋友，好像是个非洲部落酋长的儿子，听说经常动手打她。她总是跟迪米哭诉自己悲惨不幸的遭遇。她毕业后身无分文，正在找工作，所以只能委身于黑人男友身边等待机会。

辛杨跟西西很聊得来，很快也和西西的朋友混熟了，她们在一起有说有笑的。看得出西西非常喜欢辛杨。

老严独自一人端着酒杯站在窗口，望着窗外车来车往的长安街，若有所思。他琢磨着怎么把自己和辛杨的真实关系告诉迪米和西西，不知道当他们得知辛杨的真实身份后，会是怎样的反应。

迪米见状，端着酒杯走过去问老严："严，怎么一个人在这儿？你在想什么吗？"

"迪米，跟我来的女孩不是我妻子，你觉得她怎么样呢？"老严试探着问。

"什么？"

迪米一时没有反应过来，他以为自己听错了呢。

12

"怎么回事，她不是你的妻子吗？"迪米一脸茫然。

老严把十二年前如何与辛杨相遇，到几个月前的重逢和一见钟情，陷入情网的过程简单地对他讲了一遍。

“Oh，my God. Amazing.”迪米听得目瞪口呆，连连称奇。

“你很爱她，你打算怎么办呢?”迪米接着问老严。

“不知道。唉!”老严叹口气。

迪米一口把杯中酒喝干，拍拍老严的肩膀说：“严，你把事情搞复杂了，爱就是爱，不爱就是不爱。你不能欺骗别人，更不能欺骗自己。如果我是你，我会坚定地选择我爱的人。前提是，你确定你的爱是真的。”

他接着认真地说：“你带女朋友给我看，让我评价她是没有必要的。关键是你对她的感情。我觉得你女朋友很 nice，也许你妻子更 nice。可这与我们外人有什么关系呢?你一定要确认你想要的和你不想要的。作为朋友，你认为能让你开心的决定都是我支持的。”

老严突然觉得迪米就是个哲人，只是他对道德层面的东西一点也没考虑。

“好吧，谢谢你的建议。”老严知道他虽然说得很对，但并不适用，毕竟中西有别啊。

“亲爱的，你们在聊什么呀?”不知什么时候辛杨走了过来，端着一杯红酒，笑呵呵地问。

“我们在谈论你，严告诉我你们认识的故事，太传奇了!”迪米的面部表情十分夸张。他重新仔细打量着辛杨，对眼前这个漂亮大方的女孩充满了好奇与好感。

“是啊!我也觉得很传奇，令人难以置信。不过这一切都是真的，我们中国人把这个叫‘缘分’，是上天赐予的，所以我们才特别珍惜。”辛杨兴奋无比，挽着老严的胳膊，得意地说。

“祝你们好运，希望你们永远开心!”迪米举起酒杯，一饮而尽。

这时，那个叫凯瑟琳的比利时女孩凑到他们三人面前对辛杨说：“你们好呀，以后能不能也带着我玩?我想多认识一些中国朋友。”

辛杨看着凯瑟琳蓝色的大眼睛，热情地说：“好呀!没问题。我给你介绍一个好的中国男朋友。”

辛杨听老严讲过凯瑟琳的遭遇，她很同情凯瑟琳，所以很爽快地答应了。

辛杨很喜欢老严的圈子，喜欢老严的朋友和同事们。她觉得这和她以前男朋友的圈子完全是两个世界。她前男友的朋友圈整天玩牌、喝大酒、素质低、很土气，很多都是地痞流氓胡同串子。跟那些人在一起，她觉得无聊压抑，看不到未来。而老严的朋友们却截然相反，让她感到新鲜、向上。她骨子里的小资情结在这里得到了充分发挥，让她觉得十分享受。

她觉得老严浑身上下哪儿都好，令她着迷。就连他的朋友们都让她觉得是那么会生活，有品位，跟他们在一起感觉很舒服。

春末初夏的夜晚弥漫着淡淡的花香。聚会结束时已经是深夜了，老严和辛杨手挽着手走在回酒店的路上。夜空中繁星点点，街道上行人稀少，他们二人柔情蜜意地陶醉在这温暖的夜里。

突然，他们看见面前站立着一个人，满脸怒火，眼里冒着凶光。

老严一愣，仔细一看是辛杨的前男友，那个地痞。

13

“我说怎么哭着喊着要跟我分手呢，原来是这傻×在捣鬼。孙子，看好你的命，回头跟你算账。”

那男人怒不可遏，指着老严吼叫着。

看到自己的前男友，辛杨一愣：“你想干什么？”

“你先跟我回去，咱们聊聊吧！”说着他就去拽辛杨。

“我们已经分手了，跟他有什么关系？你别往他身上扯。咱们好合好散，好吗？”

辛杨紧张而恳切地说，生怕激怒他，干出什么可怕的事情来。她太了解这个人了，头脑一热他什么事都干得出来。

“谁跟你好合好散？散你妈的什么散？你跟我回去，我就放过他。不然老子先废了他再杀了你。”他恶狠狠地威胁道。

老严有点无语，他不知该说什么，只是木然地站在那一言不发。

辛杨看着眼前这个几乎要疯掉的前男友，有点担心。她了解他的脾气秉性，跟他在一起时，他没少跟人打架甚至动刀子，为此被拘留过两次，如果不先把他稳住，事情会变得无法收场。

辛杨只好屈服，她不想这两个男人发生冲突。至少先稳住她前男友再说。

“那好，我跟你走。”辛杨无奈地答应道，然后扭头带着恳求的眼神对老严说：“老严，你先回去吧，我没事。回头再说。”

说完，她一脸歉意地看了看老严，跟着那男人走了。那个男人走了几步，突然转过身来，盯着老严狠狠地瞪了他一眼，然后拉起辛杨扬长而去。

老严在原地站着没动，很久。他点燃一支香烟，猛抽着，一口接着一口。然后又是一支。

他脑子很乱，没有头绪，愤怒、无奈、焦虑。他不知他俩会发生什么，也许他们会和好？不，绝对不会。也许那男人会伤害她？

反正他们会谈，会吵，会闹些日子，至少这事会扯皮很久。

他开始吃醋，埋怨辛杨没把事情处理好，他更担心辛杨的安危。那个男人凶狠、冷漠的眼神让老严想起来就有点恐怖：“但愿别出什么事。”

夜已经很深了，街道上几乎看不到什么人。偶尔有几辆汽车开着大灯从老严身边呼啸而过，扬起尘埃。老严呆坐在马路牙子上，心乱如麻。这种事他从来没经历过，而且他相信自己绝对会远离这种类似三角关系的情感怪圈，因为他最不屑一顾的就是一个女人夹在两个男人之间左右为难。可这事儿真的发生在自己身上，他反倒六神无主了。他想就此离开辛杨，不再和她有任何联系，可发现根本做不到。再说，辛杨是无辜的，是他的前男友死缠烂打，纠缠不休。

天快亮的时候，筋疲力尽的老严回到了家中。妻子被他吵醒了，生气地问：“你怎么天亮才回来，不是跟迪米聚会吗？到天亮？”

“哦，对不起。聚会比较晚，我喝多了，在他家睡着了！”他撒谎时还是心虚得很。

柳婄没有理他，接着睡觉。

尽管又累又困，但是他依然无法入睡，昨晚的事一遍遍在他脑海浮现。

“这叫什么事啊？那孙子怎么发现的呢？他们不是分手了吗？”

老严想着，头痛欲裂。

14

“严，米歇尔打电话了，说下周要来北京。”第二天早上，老严刚到公司，迪米端着刚沏好的咖啡对老严说这个消息。

“哦，是吗？那我们应该准备一下。”老严坐在办公桌前，也冲了杯咖啡，还特意加了两包糖，顺便拿起桌子上的一支笔搅拌着。他不喜欢苦咖啡，总是要加两包糖。他喜欢很甜的感觉。

一会儿的工夫，小小的办公室里弥漫着香浓的咖啡味道。

秘书小霞是准点上班的。可两个老板总是比她来得早，她的活，迪米都干完了。

“米歇尔有没有说待多久，想去中国哪里？”老严整理着资料，大声问道。

“其实他也没什么事，例行巡查而已。他明天到新加坡，然后去日本和香港，从香港飞北京。”迪米笑笑回答。

老板每年都要来中国一次，老严已经习以为常。除了看看市场，老板的其他时间就是吃和玩。他非常喜欢东方文化和餐饮。去年来的时候，老严还请书法家把他的名字写了幅字，裱好了送给他。

中午迪米约老严到楼下咖啡厅共进午餐。他们各自点好了三明治和汉堡，边吃边聊。

“严，你跟那个女孩怎么样了？”迪米关切地问。

老严咀嚼着嘴里的食物，努力地咽下，没有回答。接着一口气喝了半杯可乐，望着窗外，长长地叹了口气：“唉……”

他把聚会之后的遭遇详细地给迪米说了一遍。

“啊？这个很复杂。你们要角斗吗？”他认真地问。

“中国人不角斗，再说我也没资格。你知道我是有妻子的。我结婚太早了，不能再恋爱的。”老严表面是讲给迪米听的，实际是讲给自己听的。

“不管怎样，一定要明白自己想要什么。Good luck. 为了真的爱情跟妻子离婚没有错。”

迪米坚定地说着，用力拍拍老严的肩膀。

迪米在慢慢适应中国的文化和语言，中文对他来说实在太难了。他经常听老严对客户说：“您慢走，再见。”

他问慢走是什么意思？老严告诉他就是小心的意思，等同于英文的“take care”。

后来又听老严批评员工时经常说：“你小心点，别再犯错。”

于是，他批评员工时就说：“你慢走，别出错。”

搞得员工莫名其妙，不明白什么意思。

后来，老严耐心地给他解释了此“小心”和彼“小心”的不同意思，听得他云里雾里，百思不得其解。

为此，他很沮丧，彻底放弃了学习汉语的念头。老严只好扮演着经理和翻译的双重角色。

“你女朋友有消息了吗？她跟那个男人的事情处理好了吗？”迪米关心地问。

“那天之后，她没有跟我联系过，不知道怎么样了？已经第三天了，她没有找过我。我给她打过电话，一直关机。”老严焦虑不安地回答。

“你不用去找她，她会回来找你，如果她处理好了，或者她想见你的话。我们回去工作吧，不要再想这件事了，没有用的。”迪米劝道。

对此老严也无可奈何，毫无办法。“由她去吧，该怎么着，就怎么着了。”他想。

说着他们起身走出餐厅，搭着肩膀走向电梯。

第五章

1

北京东三环三里屯东侧，燕莎购物中心的对面，靠北有家德式酒吧叫“喜鸟”，英文名字叫“Shilers”。

酒吧里面有个漂亮的女招待，名字叫王蓉。她是电影学院大三的学生，打算毕业后去德国留学，经常利用业余时间在这家酒吧打工，顺便练练德语。

王蓉长得很立体，大眼睛、厚嘴唇、白皮肤、身材高大，高耸的胸前一对乳房沉甸甸的，臀部高翘，走起路来上下摆动，跟踩在弹簧上一般。

可她说话的声音却尖细柔软，听着就令人发酥。

车震对她极为痴迷，常对人说这是标准的前挺后撅，性感至极。

周末晚上，车震早早地来到这里，同时还约了林秋、老严和老李。

每次林秋身边都有个不同的女孩跟着，这次他身边的女孩叫多多，小巧白皙，一头染过的金发，鼻子尖尖的，很像个外国女孩。多多穿了件镂空的上衣，里面没穿内衣，白嫩的乳房和褐色的乳头时隐时现，让人眼花缭乱。车震看她穿成这样，幽默地说：“多多，你怎么穿个网兜就出门了呀？呵呵。”

“去你的！你真老土，这是今年最流行的款式，你不懂。”多多

樓上
邂逅
Jägermeister

用手遮盖着胸部，反驳道。

看着多多傻乎乎的样子，林秋无奈地摇了摇头。

老严蔫了吧唧的，一副无精打采的样子，跟在老李身后，皮笑肉不笑的。

自上次辛杨跟他前男友走后，就再也没了她的消息，也没再跟他联系过，这让老严十分焦虑，有点心神不定，坐立不安。老严本想去找她，但转念一想，如果事情没处理好，这时候去找她，反而添乱。老严只好作罢，等着辛杨来找自己。“也许她跟那浑蛋和好了，也许被绑架了。已经十几天了，这丫头怎么了？”他整日胡思乱想，心情很糟。

“哎，哎，你们看这妞很棒吧？”在酒吧里，车震指着在吧台忙前忙后的王蓉兴奋地问。

“嗯，不错。你有戏吗，哥们？”林秋不以为然地对车震说，表示担忧。

这时，王蓉扭着屁股走了过来，热情温柔地问大家：“你们好，各位喝点什么呢？”

车震迎着她的眼神坏坏地说：“我想喝奶，你有奶吗？”

“哥哥，别闹，正经点。说吧，喝什么？”

王蓉反应挺快，边说边笑，胸脯颤抖着。

“妹妹你推荐吧，喝什么都行。不过一会不忙了，能过来陪我们喝一杯吗？”

林秋请求道，目光落在她露出三分之一的胸口。

“不好意思，我还在工作呢。看情况吧，有空我就过来，不过这会儿活有点多。”王蓉愉快地答应道。

“太诱人了，真他妈的喷血，哥们一定想办法把她搞定。”看着王蓉离去的背影，车震眼珠子都快冒出来了。

“各位哥哥，你们可真没出息，真没觉得她有多好，这样的，我们电视台多的是，赶明我给你们介绍几个，喊。”多多感觉受了冷落，愤愤不平。

“对了，介绍一下，这是多多，CCTV 十频道的候补主持人。”

林秋连忙介绍道。

“干吗候补啊？正式的，只不过我们的栏目半夜才播。”

多多不满地白了林秋一眼说道。她的解释引得众人哈哈大笑起来。心情郁闷的老严也被多多的样子逗乐了，他对林秋的品位产生了严重的质疑，心想，林秋是怎么认识的这么奇葩的女孩呢？

不一会儿，王蓉端着装满啤酒的盘子走了过来。我给你们推荐德国爱丁格黑啤和普拉娜白啤，希望你们喜欢。说着把酒分给大家，大方地说：“我叫王蓉，可以叫我蓉蓉，有事就喊我。多喝点啊，车车哥。”

车震听得浑身酥软，直摸嘴角。

“哈哈哈，哈哈哈。”老李突然大笑起来说道，“太好玩了，老车，你真的在流口水啊！”说完又踢了一脚身边的老严问：“你怎么了，跟霜打了似的？”

他能感觉到老严消沉的原因，八成是跟辛杨有关。他甚至有点暗自庆幸，如果真的是那样就太好了，要不表姐那儿他可交代不过去。不管怎样不能动感情，偶尔偷个腥也无所谓的。

“来，喝酒。喝美了什么不愉快的事都忘了。对吧？”

老李举杯跟老严碰了一下，一仰脖喝了下去。老严看了一眼老李，心想：“你小子那点小九九我还不知道？前段时间见面总是不阴不阳的没有好脸。现在看到我被人甩了，可遂了你的愿。唉，也难为他了，生怕夹在我和他表姐之间不好做人。”于是也没说什么，跟着一饮而尽，大喊一声：“服务员，再来五瓶。”

王蓉送来六瓶啤酒，看着老严声音温柔地说：“哥哥，别喝得太猛，悠着点。这瓶算我送你的。”

“蓉蓉，哪天休息啊？哥哥请你吃饭。”车震凑过来问。

他跟王蓉已经混熟了，之前他经常来这儿泡吧。第一次来到这家酒吧，就被王蓉的美貌迷住了。每次来都问王蓉能否请她吃饭。

王蓉看着大大咧咧的，实际很有心计。她并不很喜欢车震，但也不讨厌他，所以每次都找个理由婉拒了。

“谢谢车车哥啊，有空我一定去。你看我平时上课，业余时间都来这儿打工呢！实在没时间啊！”她依然是那么不动声色地谢绝了车震。

老车又一次讨了个没趣，只能无奈地笑笑说：“妹子，哥再等就白头了。”他似乎感觉到了眼前这个貌似风骚的女孩鬼精鬼精的，只好作罢。

晚上十点多了，酒吧里坐了很多客人。这时外面下起了小雨，透过窗户可以看到过往的行人已经打起了伞。

“哎，老车，你看靠窗的那边有个外国妞，一个人坐了很久了。”林秋注意到靠窗的餐桌旁坐着一个外国女子，独自一人，有点郁郁寡欢的样子。他捅了一下车震，指着远处那个外表成熟的金发老外说道。

车震被王蓉拒绝有点臊不搭眼的，听到林秋的话，抬头一看，果然有个丰满性感、风韵十足的女老外独自一人喝着什么，目光长久地盯着窗外，显得无聊落寞。

车震想了想，站起身走到吧台对王蓉说：“蓉蓉，帮个忙，那老外喝的什么酒？你再送份同样的，算我们这桌账上。”

王蓉看了看那老外，会意地一笑说：“哥哥，行啊，眼光不错。没问题，包在我身上。”说完对调酒师说：“二宝，调一份长岛。”

王蓉把调好的鸡尾酒送到女老外桌前然后指着车震说着什么。

老外扭头望着车震他们，微笑着挥手致谢，举起酒杯喊道：“Thank you!”

“哥们，有戏啊!”林秋拍拍车震兴奋地说：“你还不过去？去啊!”

车震把杯中啤酒一口喝光，又倒满了一杯，站起来挤了挤眼睛说：“等我好消息吧。”说着端起酒杯毅然走了过去，看着令人捧腹。

车震的英文纯正、地道，一口浓厚的伦敦腔。很快他们便混熟了。

那个外国女子告诉车震，自己名字叫凯利，是一个来自美国密西西比的未婚妈妈，28 岁。大学毕业时，交了一个男朋友。等她发现自己怀孕时，男朋友却跑了。她坚持把儿子生下来独自抚养。可自己带着一个3岁的孩子在美国不太容易找到工作。有一天，她在报纸上看到一家培训机构的招聘广告，招聘母语为英语的美国人到中国一家国际幼儿园当老师。于是，半年前，她就带着孩子来到中国做幼儿园外教。儿子送了整托，下班没事的时候，她喜欢来酒吧坐坐，不过不太适应中国的生活，想在合同结束后，带孩子回去。

看得出车震很兴奋，睁大眼睛扫描着凯利的全身，从头到脚，从胸到屁股。他很满意，似乎这顿丰盛的宴席已经送到了嘴边。

夜渐渐浓了，小雨还在下着。抬手看看表已经午夜时分了，老李媳妇打来电话催他回家。他歉意地对林秋和老严说自己必须回家了，不然老婆要发火了。

多多本来就不喜欢在酒吧干坐着，她无聊地东张西望着。看到老李要走，立刻嚷嚷着想让林秋陪她去蹦迪。

见多多不耐烦的样子，林秋忙说："一起走吧，我们去蹦迪，老严也去吧?"

老严已经喝完了五瓶啤酒，晕晕的。他根本没心情跟林秋他们去蹦迪，也懒得动。"我想自己再坐会，你们先走吧，我没事。"他点支香烟跟他们挥手道别。

"那我们走了，跟老车说一声，祝他成功。"林秋搂着多多和老李推门出去了。

远处，车震时而跟那女老外窃窃私语，时而哈哈大笑。

老严一个人坐着，一口烟一口酒，突显得如此孤独、孤立。他不想回家，更不想去那些嘈杂的地方。只想一个人静静地待着，捋捋自己烦躁的思绪。

这时，离老严不远的一张桌子旁，一个黑人喝多了酒，突然拉着王蓉不松手。王蓉红着脸喊着："你松开我，松开!"

那人不仅没松开手，反而猛地用力将王蓉搂在怀中。几个客人怔怔地看着，没一个过去帮她。

老严见状，火冒三丈。他正想找个机会发泄一下，趁着一身的邪火，端起一杯冰水走到那个黑人面前，二话没说，直接将一杯冰水泼到那小子脸上。

那黑人被泼得打了个激灵，立刻松开了王蓉，怒视着老严，刚要发作，看到车震站在老严身边，手里拿着一个空酒瓶子，大声骂道："Fuck you，guy!"

那小子估计知道"好汉不吃眼前亏"这句中国俗语，连忙道歉"Sorry，I was drunk"。然后扔下一百元跑了。

老严跟车震对视一笑，各自回到自己的座位。

王蓉吓坏了，脸色惨白，半天才回过神来。她走到老严身边感激地说："哥，谢谢你。"

"哦，没事，别客气。没吓着你吧?"

"吓死我了，有些黑人素质很差的。怎么就你自己了?"王蓉问。

"嗯，呵呵，他们留我埋单呢。"老严开玩笑地自嘲。

"嘻嘻，你刚才的样子真帅！没什么客人了，我陪你喝一杯吧，今晚我请客。"

王蓉紧挨着老严坐下，给自己倒了一杯啤酒，微笑着对老严说："来，谢谢你今晚的英雄救美，干杯!"

被赞美的老严有点不好意思，讪讪地说："应该的，没什么。我就见不得欺负女人的男人，更何况还是个外国人。"

王蓉突然觉得身边这个声音浑厚、睿智敏捷的男人，有点让她怦然心动。

"哥哥一定是个有故事的人，讲给我听听好吗?"王蓉的眼神透着一股魔力，不容拒绝。

2

米歇尔对中国办事处的业务总是很满意。他刚下飞机就直奔办公室，听取了市场报告和下半年计划。希望老严能与经销商合作，在北京、上海的高档商场开几家专柜，以扩大影响。

老严把所有不开心的烦恼，包括辛杨统统抛开，专心致志地接待好老板，尽全力让米歇尔的中国之行开心满意。

当晚他在热带雨林餐厅给老板接风，陪客的还有迪米、西西和凯瑟琳，就是那个交了非洲酋长儿子做男朋友的比利时女孩。

米歇尔是个花花公子，会做生意也很懂女人。当他看到凯瑟琳时，眼睛一亮。觉得在异国他乡居然能遇到这么漂亮的家乡女子，十分开心。他刻意拿出惯用的绅士风度向她敬酒，并抛出温柔的橄榄枝。

凯瑟琳今晚穿得很性感，她知道米歇尔出身贵族，又是个珠宝钻石商，所以从一开始就竭尽全力展示自己的风骚，希望能得到米歇尔的垂爱，以此摆脱那个黑人，即使做情妇也在所不惜。

米歇尔果然中计了，他被凯瑟琳迷得神魂颠倒的。

当他听完凯瑟琳如泣如诉的悲惨遭遇，怜香惜玉的情怀油然而生。他毫不犹豫地答应帮她脱离苦海，凯瑟琳自然是感激涕零，投怀送抱了。

几日后，老板已然和凯瑟琳成双成对出入下榻的酒店了。

一天米歇尔认真地对老严说："严，我打算投资在北京开一家比利时风格的酒吧，交给凯瑟琳打理。"

又是酒吧，老严听到酒吧二字就头疼。他感觉酒吧就是个惹祸的苗子，磨难的源头。可老板的指示他必须照办。

很快老严就在三里屯南街找到一个地方，那时这里已经有好几家酒吧和西餐馆。以前这里是汽车配件一条街，熙熙攘攘的很热闹，后来汽配街整体搬迁到了十里河，一些海归和老外们便陆续在此开酒吧、做西餐了，形成了小气候。当年名气很大的乡谣酒吧就开在这里。

米歇尔经过考察，非常满意，便从比利时国内请来设计师设计，仅仅二十天就装修完毕了。

老严通过一家专门进口比利时食品和啤酒的公司，特为酒吧进口了满满一个集装箱的货物。

很快酒吧就开业了，取了个好听的名字：玛莉安妮。

米歇尔的慷慨相救终于让凯瑟琳脱离了苦海，摇身一变成了老板娘。

为此花掉了米歇尔十万美元。

老板真是缺心眼，他在中国能待几天啊？那个女人根本靠不住。看来天下没有不吃腥的猫啊。真是应了那句外国谚语“No money, no honey”，意思是：没有免费的午餐。老严想到这，直为米歇尔担心。这十万美元可别打了水漂。

3

车震高调宣布他有女朋友了，就是在喜鸟酒吧邂逅的那个成熟有风韵的女老外。

一大早老严就接到车震的电话，被邀请务必周六晚去喜鸟酒吧聚会庆贺。

米歇尔在北京这段时间可把老严折腾苦了，除了工作还要盯着酒吧装修，起早贪黑的，溜溜一个月。有时想想自己还真像个他妈的皮条客。

米歇尔终于回国了，临走时，他请老严帮忙留意照顾凯瑟琳的生意。说是照顾，其实就是监视，毕竟俩人相隔万里，谁知道会出什么事？很快，酒吧也顺利开业了，而且生意出人意料地好。

老严终于可以长出一口气，好好休息几天。所以他痛快地答应了车震的邀请。

林秋带着多多去旅游了，没在。老李也去美国出差了，为了避免当灯泡，老严约了高华。几个月前，给车震接风，高华跟她表姐和林秋在热带雨林餐厅吃饭时认识的老严。当时想请老李给找份兼职促销员的工作，结果老李把这事推给了老严，后来还是老严给安排在一家商场做珠宝推广。高华对此非常感激，认老严做了大哥。他们偶尔一起吃饭，成了干兄妹。

看到老严跟高华走进酒吧，车震红光满面，兴致勃勃地把凯利介绍给老严：“这是凯利，我女朋友，美国人，在北京某大学当外教。”

然后他又搂着凯利说：“Honey，这是老严，我的好哥们，那晚我们相识就是他请的客。”

“Hello，老严，那天晚上你很棒的。”凯利对老严那晚的英雄气概印象很深。

“谢谢，很高兴认识你。你真漂亮！”老严客气地寒暄道。他没想到车震对付老外还真有一套，而且凯利的确姿色不错。然后又对车震说：“恭喜啊，老车，这就叫无心插柳柳成荫。你小子真行！”

说完，他扭头向吧台瞟了一眼，没有看到王蓉。

那晚在酒吧，老严给王蓉讲了自己和妻子以及辛杨的故事。王蓉也敞开心扉，告诉老严自己为什么要去德国学习。

原来刚上大三时，她有机会上一部戏。在一次酒会上被导演灌醉了，醒来后，发现自己裸着身子躺在酒店的客房里，才知道自己被强奸了。她虽不是什么冰清玉洁但也不是很随便的女孩。对这件事她觉得屈辱绝望，突然很厌恶国内的演艺圈，发誓不再从事表演事业。她想出国学习导演专业，将来也做个导演，给那些初出茅庐的学子们一个公正、公平的机会。她爸爸是驻德使馆的外交官，给她联系了一所德国的电影学院，考试顺利的话，明年就走。

听了王蓉的不幸遭遇，老严心生同情。觉得这女孩小小年纪便有如此深刻的坎坷，于是给了她很多安慰。鼓励她好好学习，并且把自己在欧洲生活几年的经验和理念与她分享。

王蓉突然觉得很温暖，很久没有这种感觉了。老严让她感到安全、踏实。在她眼里，老严是个有情有义，有男人味，有担当的人。她对老严充满了好感。

后来她给老严打过几次电话，想和他一起吃饭，都被老严婉拒了。的确那段时间很忙，加上辛杨的事搞得他心情不好，就没再见过王蓉。

连续几次没约到老严，王蓉再没了消息，这反而让老严觉得有点失落和不自在。

“哥们，讲讲你们俩的浪漫故事吧?”落座后老严好奇地问车震。

凯利倒是大大方方的，笑着用英文说道：“It was just love at sight.”意思是一见钟情。

“哦，really?”老严猛然想到了辛杨。他和辛杨就是那种感觉，但却没有车震的运气。他的心一阵发酸，连忙点燃一支香烟。

车震摇头晃脑的，一脸的得意。他端着酒杯，绘声绘色地讲述了那天的故事。

“那天晚上，我端着酒杯走到她身边，夸她漂亮，说被她迷住了，想跟她认识。人家凯莉不像中国人充满了敌意，很大方地接受了我的赞美之词。我们聊啊聊，从美国聊到英国，从英国聊到中国，越聊越开心。加上咱俩共同制服了那个黑人，令她刮目相看。当晚她就跟我回家上了我的床……哈哈哈。”

旁边的高华都听傻了，目瞪口呆的，意思是这么随便也叫浪漫啊？

“嗯，他说的没错。我爱车震，他是个很 nice 的男人。我是个未婚妈妈，跟男朋友分手后，带着我儿子来到中国的。儿子很可爱，3 岁了，在北京一家国际幼儿园寄宿。”

凯利滔滔不绝地介绍着自己的情况，内心充满着幸福。当着众人的面，俩人又接起吻来，搞得老严和高华有点尴尬。

这时服务员过来送酒，车震四处望了望问道：“姑娘，怎么没看到王蓉呀？”

“噢，她辞职了！”

“哦，是吗？什么时候辞职的啊？”老严跟着问。

“有些日子了。”

“估计这丫头在这儿也干不长。”车震说着，转头继续跟凯利亲吻、起腻，对王蓉的辞职并没什么特别的反应。

倒是老严有一点点失落。

就在这时，酒吧门开了，走进来一个穿着白色运动 T 恤、牛仔短裙的丰满女孩。

老严一看，是王蓉。

4

王蓉挺着胸脯径直走到吧台，把随身的包交给那个叫二宝的调酒师，熟练地给自己倒了一杯冰水，一口喝尽。

见王蓉来了，刚刚送酒的那位服务员指着车震他们那桌对她说：“蓉儿，有人找你。”

王蓉扭头看过来，发现了老严。她一脸兴奋，下意识地整理了一下头发，笑眯眯地走了过来。

“车车哥，你好啊，艳遇成功啦？”她跟车震开着玩笑，眼睛却盯着老严身边文静的高华。

老严立刻明白王蓉没有先跟他打招呼，一定是误会地把高华当成他女朋友了。他忙起身主动招呼道：“蓉蓉，你好啊。来，坐会吧！这是我妹妹高华。”

“哦，你好。”王蓉的笑容瞬间自然了很多。她走到老严身边，看着高华微笑了一下发嗲地说：“不好意思啊，我挨着我哥坐好吗？”

高华懂事地往边上靠了靠，给王蓉腾出更多的空间。

“哎，蓉蓉，你怎么不在这儿干了？”老严关心地问。

“快要考试了，我报了个德语班。也是晚上上课，时间安排不开，就辞了。这不，我刚下课，想过来玩会儿，没想到你们也在。太开心了！这回啊我也是客人了！”

她说话时胸部依然颤抖着。

“那你觉得当客人的感觉好，还是当服务生的感觉好啊？”车震逗她道。

“我喜欢酒吧的工作，能观人生百态，认识形形色色的客人，学到不少东西，尤其是车车哥这样一见钟情的故事，常常发生在酒吧。等我有钱了，我也开一家。”她说着，眼里充满了憧憬。

老严觉得王蓉很单纯、很阳光。虽然外表风骚，但内心纯洁，是个有思想的女孩。他的心里也对王蓉充满好感。

“蓉蓉，你想喝点什么，我请你。不是因为你，我跟凯莉也不会认识呢！”听得出，车震是由衷地感谢。

“那我就不客气啦，嘻嘻……嗯，我来份伏特加配红牛吧！”她把头靠在老严的肩膀上笑呵呵地说。

老严被她身上的香水味道熏得够呛，不时地把头往外转。

“哥，跟你吃顿饭怎么那么难啊？”王蓉跟老严撒娇道。

“不是啊，前段时间老板来了，天天伺候着，脱不开身啊！”老严叹口气。

“那老板走了，你这回有时间了吧！”她的语气咄咄逼人。

“嗯，啊。是啊！”老严都不知该怎么说了。

“哎哟喂，这个不对啊，蓉蓉，你太偏心了！我怎么请也请不动你，老严不就是一次英雄救美嘛，你就动心了？”车震的精力已经完全在凯利身上了，他开玩笑，假装抱怨。

王蓉脸一红，有点不自然。她举起酒杯笑着对车震说：“车哥，以前的事你多包涵，有机会我请你跟凯利吃饭。不管怎么样还要谢谢你，不然我跟严哥也不可能认识呀！”

车震把杯中酒一饮而尽，一脸坏笑地看着老严酸溜溜地说：“哥们，我是没戏了，就看你的了。这么好的姑娘，可别落入他人之手啊！”

老严有点不知所措，不知道该怎么接车震的话。他觉得这姑娘似乎对自己有点意思，如果顺着车震的话往下说，那王蓉一定会当真的，要是真那样，可就麻烦了。他忙站起身说：“不好意思，我去方便一下。”他要躲开这个话题，既不想让王蓉失望，也不想让自己尴尬。

王蓉见老严离开去厕所，就明白了老严的意思。她冲着老严的背影抱怨道：“一到关键时刻你就逃避，真没劲！”

从喜鸟酒吧出来已经是午夜时分了。车震挽着凯利跟老严挥手道别，高华也知趣地自己打车走了。王蓉想跟老严单独待会儿，所以执意求老严送她回家。

老严发动汽车问王蓉：“你家住哪儿？”

王蓉坐在他旁边没有说话。她把头靠在车窗边，闭着眼睛。

“问你呢，蓉蓉，你家怎么走啊？”老严又问一遍。

王蓉依旧沉默，假装睡觉。

“嗯？你不会是喝多了吧？”老严扭头看着王蓉，一只手扶着方向盘，另一只手去托她的脸。

突然王蓉扑到老严怀里，紧紧抱着他，低声说道：“我不想回家，我想今晚跟你在一起。”

“啊？别呀。好好的干吗不回家啊？再说我得回家，不然老婆非跟我急不可。”老严一惊，他根本没想到会是这种情况。

“反正我不想回家。”她把脸紧紧贴在老严的胸前。

“蓉儿，不回家去哪儿啊？听话啊。改天我一定请你吃饭。”老严试着把她从身上推开，但她抱得很紧。

“你不是在一家大酒店长期包房吗？就去你那儿好吗？我有话跟你说，你就带我去吧！”王蓉恳求道。

老严暗自叫苦，上次跟她聊天，讲述辛杨的事，他无意中提到了酒店的包房。

王蓉确实喝得有点多，又坚持不回家，这半夜三更的，还真不能把她扔大街上。

“好吧，好吧。你松开我，坐好，带你去。”犹豫片刻，老严不得不答应了。

王蓉把头从他怀里移开，顺势在他脸上亲了一口，开心地笑了。

六月的夜晚晴空万里，繁星点点，银河划着一道美丽的弧线，令夏夜如昼。

5

亚洲大酒店里老严长包的那间客房，除了辛杨，他还真没带别的女孩来过。

老严婚后的生活平淡乏味，辛杨的出现唤起了他埋藏在心底的情感。他喜欢而且享受那种牵挂和想念一个人的感觉。那是一种发自内心的，让他痛与爱并存的真实体验。他能为一个人流泪，为一个人开心，甚至为一个人魂不守舍要比麻木不仁、平淡如水刺激得多。他为自己能拥有这样的情怀而惊讶，想让那份情，那份爱在心里活得更长久一些。他不敢肯定辛杨是否会是自己今生唯一的真爱，至少跟妻子在一起，他从未体验过。尽管辛杨失踪快两个月了，音信皆无。辛杨甚至可以对不起他，但他不能对不起这份来之不易的情感，至少现在不能。他很惊讶，自己这种人居然能有这么纯洁的情感，真他妈的令人感动。

所以当王蓉柔情似水，心甘情愿地把自己交给他时，老严竟能正襟威坐，不为所动。

王蓉脱掉白色的T恤，把长发拢起来。白色的乳罩几乎托不住那对沉甸甸的乳房，洗得发白的牛仔短裙下是白皙而修长的双腿，匀称、健美。

老严躲开她那火辣的眼神，走到吧台，给她倒了杯茶水。

“哥，你还想着她呢?”王蓉无法判断是老严不喜欢自己还是心里只有辛杨。

“哦……”老严低低地含糊其词。

“是我不够好，你不喜欢我吗?”她自怨自艾地问。

“当然不是。你非常漂亮可爱，我也喜欢你。我只是对之前的感情还没放下，心里还想着她，我觉得这样对你不公平。”老严实话实说。

“可她都不要你了！你干吗要守着一份虚无缥缈的感情呀?”她边说边拉着老严的胳膊使劲摇摆着。

“蓉儿，给我点时间好吗?难道你会喜欢一个感情不专一的男人吗?”老严耐心地劝道。

“我没觉得你不专一，而且是她先不理你的。反正我不管，就是喜欢你。”

其实他越是这样，王蓉就越喜欢他。这样的男人令人踏实，也激发出她征服的欲望。

“我不是什么好人，也并非多么洁身自好。可你是一个那么好的姑娘，我不想伤害你。”老严诚恳地表白。他觉得这女孩其实挺单纯的，已经受过一次伤害了，自己不能像那个禽兽导演一样再次伤害她。

“你怎么就伤害我了？我知道你心里是怎么想的。不就是怕万一辛杨回来找你，你觉得对不起我吗？可我不在乎，真的。我从小就是个有主意、爱较劲的人，再说我也是成人了，知道自己在做什么。你别有压力好吗？”王蓉动情地说。

老严一时语塞了，不知该说什么。其实，如果没有辛杨，自己也许会爱上王蓉，他说不清楚，但有一点他可以肯定，如果仅仅才过去两个月，自己就跟另外一个女孩上床，甚至爱上另外一个人，那这种所谓的真爱一定是假的。

他沉默了一下，叹口气，伸手摸了摸王蓉的头。王蓉趁势倒在他怀中，闭着眼睛一动不动。

“你喝了那么多酒，去洗个澡，好好休息吧！今晚你睡床我睡沙发。”老严说着把她推到浴室门前。

王蓉站在浴室门口没有动，扭头看着老严动情地说：“不，你也要睡床。我答应你给你时间，今晚我只想挨着你，我突然觉得自己好孤单。”她的眼神里充满着期待。

“蓉儿，那可不行，这可不合适啊，听话。”老严有点不知所措，他想不出更好的词来拒绝她。

王蓉依然站着没动，也不说话，只是盯着他，眼圈开始发红。

“嗯，好吧！”老严见状摇了摇头只好答应。也许潜意识里，他并不反感这个女孩。

王蓉破涕为笑，高兴地走进浴室。从浴室出来，她突然看到床头柜上摆着一个相框，里面是老严在酒吧喝酒的一张照片。照片上的老严穿着白色T恤，咧着嘴憨厚地笑着，像个阳光大男孩，非常可爱。

“哥，你这张照片在哪儿拍的呀，好阳光啊，我喜欢。”裹着浴巾的王蓉拿起照片认真看着，雪白的肌肤露在浴巾外面，令老严心猿意马。

“上个月在 CARWASH 拍的，多傻呀，有啥好看的，快睡吧。”老严一边回答，一边脱去上衣走进浴室。

夜里，老严做了个梦，梦到辛杨躺在他身边不停地吻他，从眉毛吻到嘴，而他也幸福地回应着。那长长的吻深情、甜蜜。

突然他醒了，努力地睁开眼睛，是王蓉在吻他，搂着他的脖子，闭着双眼，喘着粗气。

老严没有出声，假装睡着，任由她的热唇在自己脸上、嘴上吻来吻去的。

“天快亮吧！这夜好难捱，真他妈难受。”他暗暗祈祷着。

第二天一早，王蓉有课。起床后，她穿好衣服，蹑手蹑脚地走了。老严还在熟睡，这一夜可把他折腾得够呛，直到天快亮时才迷迷糊糊地睡去。几天后，老严才发现，自己摆在床头柜上的那张照片没了。

后来，他陪王蓉看电影，从电影院出来，问王蓉是不是把自己的照片拿走了，王蓉笑着摇头否认了。

接下来的一个月，王蓉俨然就把老严当作自己的男朋友。老严说：“不是男朋友，是哥。”王蓉却说：“就是男朋友，你承认不承认都没关系，反正我承认是。”

老严被她搞得哭笑不得，慢慢地开始疏远她。他可不想让王蓉把错觉变成现实，至少在辛杨的事情没有搞清楚之前，他不想跟王蓉有什么实质性的发展，万一辛杨回来找他，怎么收场啊？

6

八月的北京晚上下雨，白天冒火，热得人抓耳挠腮的。大街上，颇具北京特色的没有空调的黄色面的渐渐少了起来，越来越多的配有空调的夏利出租车开始涌上街头。那一年，市政府开始有计划地削减面的数量，以减少尾气排放对城市的污染。

老严站在办公室的落地窗前凝神思考。炎热的空气把户外的建筑扭曲变形如海市蜃楼般在他眼前舞动飘忽，偶尔有一两辆黄色面的驶过，在热浪升腾的街上，远远看去犹如荡起的小船。

销售计划遇到些麻烦令他烦躁。他想不出更好的办法解决遇到的问题，索性停下手头的工作，不去想这些令人头疼的事。

他想到了辛杨，这个令他牵肠挂肚的女人似乎已成为昨天的故事。他的思念之情随着时间的推移在慢慢地淡去。他实在想不出会有什么样的理由让她音信皆无，除非她不想跟一个已婚男人再有牵扯，这也是唯一能让他放下纠结的理由。

他又想到了王蓉，那个性感女神，那个痴情女孩，充满着诱惑和吸引力。如果仅仅是上床，他是求之不得，但偏偏王蓉动了真情，声言绝不放手，让老严头疼发愁。

为了爱，王蓉可以不顾尊严。老严不想也不能伤害她，他承受不起，而且给不了人家什么承诺，至少在如此纯洁的感情面前，他还算是个有责任心的男人。

这些日子，王蓉每天一个电话，不是让老严带她看电影，就是陪她吃饭。自那晚和王蓉同床共寝之后，虽然老严抵抗住了诱惑，没跟她做什么，但王蓉早已下决心非老严不嫁，她愿意等，十年，甚至一辈子。

王蓉是不会轻易放弃的，怎么办？不能粗暴地拒绝，又不能温柔地默许，真是头疼啊。我怎么会陷入这样的情感旋涡啊？他理不出头绪，在落地窗前走来走去，没有了方向。

“嘿，严，你怎么了？”

迪米推门进来，看到老严一筹莫展的神态，关心地问道。

“你来得正好。”老严把心中满腹的郁闷和心事跟他说了一遍，希望得到迪米的建议。

“哈哈，这很简单。正好米歇尔让我们去杭州和广州开发钻石专柜，那你去吧，离开北京一段时间，等你回来时会有不一样的想法。”

迪米很轻松地给了他最有用的建议。

“嗯，这主意不错，我怎么没想到呢？”

说走就走。老严让秘书小霞订了第二天飞杭州的机票，期待着再次回到北京时翻开新的一篇。

飞机是上午十点四十五分的，老严九点半就到了。他换好登机牌，刚通过安检，机场扩音器传来熟悉的声音："我们抱歉地通知，由于流量控制，您乘坐的飞机延误，具体起飞时间待定。"

"你什么时候准点过呀？"老严骂骂咧咧地开始四处转悠。

中午十二点时，终于有了起飞的时间，推迟到了下午两点起飞。

总算有个起飞时间了，老严这才觉得肚子有点饿，决定去吃点东西。他走到一家候机楼的快餐店，点了一碗牛肉面，无聊地看着过往的旅客。

航班一个接着一个地落地，到达的客流渐渐大了起来。旅客们陆陆续续从登机口走出，或伸着懒腰，或行色匆匆。突然，他看到了一个熟悉的身影，那是令他几个月以来魂牵梦绕的人，推着行李车从登机口出来，随着人流往机场出口方向走去。

"天哪，是辛杨。"老严立刻冲出餐厅，追上她，一转身站在她的面前。

7

几个月不见，辛杨消瘦了很多。她留长了头发，眼窝深陷，显得眼睛更大了，人也黑了。

她看到突然出现在自己面前的老严，惊愕不已，不由得张大嘴巴，"啊"了一声，怔怔地看着他。

"你，你，你怎么在这儿啊？"辛杨一怔，接着身体微微颤抖起来。

"你去哪儿了？"老严设想过无数个与辛杨再次相见的场景，酒吧、大街上或者在他公司门口，辛杨泪流满面地求他原谅，不住哀求解释，然后他把门一摔，潇洒离去，再也不理她。

可现实的情景是老严未曾预料到的，他们重逢的地点居然是在机场。她回来，他要离开，这是一种怎样的预示呢？

老严满腹的委屈与责备，几个月来的折磨、焦虑，在见到辛杨时立刻统统散去。他的心情顿时有一种说不出的放松和宽慰。

辛杨把车推到过道边上，一把拉着老严的手，面容焦急地问：“你先别急啊，一会我再给你解释。”接着，她问老严：“你怎么在这儿啊，是要去外地吗？”

老严感觉到她的手由于激动而剧烈地颤抖着，她的眼神透着焦急与疑问。

“噢，我去杭州出差，飞机晚点了。”

“啊？那几点飞啊？”

“两点。”

辛杨连忙看看手表，现在是十二点半。她不假思索地问：“我能跟你一起去吗？我刚从泰国回来，准备直接去找你的。”

“什么，你去泰国了？那你回来之前，怎么不提前打个电话呢？”老严实在搞不明白这到底是怎么回事儿。

“我不敢给你打电话，怕你挂电话不理我。这几个月发生了很多事，你一定误会我了。”她说着眼泪流出来了。

“别哭，别哭！我们去看看还有没有机票，我带你去，路上再说。”老严心疼地说。

要感谢飞机延误，不仅遇到了辛杨，而且由于晚点时间太长，有很多人退票，辛杨很顺利地办好了一切登机手续，刚回到候机楼，就通知登机了。

登上飞机后，两人紧紧依偎在一起，手拉着手，生怕再次分开似的。

辛杨把头靠在老严的肩上，清秀的脸庞带着淡淡的倦容。老严明显地感觉到她这几个月一定遭受了难以想象的打击和折磨。这让他变得焦虑不安起来，迫不及待地让辛杨把事情的原委仔细讲给自己听。

8

那天辛杨跟老严分开后，跟那男人回到他家。再一次激烈的争吵后，那男人气急败坏又一次动手打了她。辛杨前脚跑回自己家，那男人后脚就追了来，先是痛哭流涕，低头认错甚至下跪哀求，希望辛杨再给他一次机会。见辛杨去意已决，一切都无法挽回，他当着她父母的面暴跳如雷威胁要杀了她，然后杀了老严，最后再一次动手打了她。辛杨的父亲经受不起这样的刺激，心脏病突发被送到医院，但抢救无效去世了。那男人一看大事不好，彻底溜了，跑到了外地。辛杨的妈妈受不了老伴离世的打击而病倒了。几天之后，悲恸欲绝，满怀愧疚的辛杨把妈妈送到远在昆明的妹妹家，悉心照顾调养。这期间她根本无暇给老严打电话，而她妈妈听说老严是个有家庭的男人，也坚决反对辛杨再跟老严联系。为了不刺激妈妈，她忍痛没再联系老严。随着时间的推移，她越来越痛苦，越来越想念老严，既不能联系又怕被老严误解，那种感觉令她痛不欲生，绝望无助。她祈求老严别误会她，依然能爱她，等着她。

韩梅来电话，得知发生的一切，立刻邀请她来泰国散心。辛扬看到妈妈恢复得不错，她就去泰国待了十几天。在泰国时，她好几次想给老严打电话，可又担心万一老严不理解而拒绝接电话，那她一定会受不了的。思前想后，她还是决定直接飞回北京，冲到老严面前，任由他打骂，以取得他的原谅。

真玄哪，她不敢想象如果在机场错过了老严，而她这次回到北京扑了空，又会是怎样的结局与未来呢？

飞机落地的时候，辛杨刚好讲完那噩梦般的一切。此刻老严早已听得泪流满面、无比自责了，他怎么也没想到，辛杨遭遇了人生如此痛苦的重大变故。

9

从萧山机场到杭州市区需要一个多小时的车程，那时还没有高速公路，也只有一座大桥横跨钱塘江。

老严特意将之前预订的酒店取消，改住当地最好的黄龙香格里拉饭店，这是一家五星级酒店，就坐落在西湖边上，风景幽雅如画。

等他们来到酒店进入房间时，已经夜幕降临，华灯初上了。

老严紧紧地把辛杨抱入怀中，抚摸着她的头。他无法想象这个女孩怎样熬过了这痛苦的三个月，那一定是一种令人窒息的挣扎与折磨。亲人的离去、思念的痛苦以及母亲的生病与责备，让她在孤独与绝望中煎熬。

辛杨为他付出了惨重的代价，这种痴情让老严惶恐不安。

我怎么能承受得起，万一对不起她，这女孩可怎么生活下去呢？

老严暗想。他此刻的心情复杂混乱、心痛、自责、感动、疼爱，令他不知所措。

“唉……”他不由得长叹一声。

“怎么了，亲爱的？你还在责怪我吗？”辛杨抬头看着他，看到老严泪光闪闪的。

“噢，没有。你受苦了，我心疼啊！”老严擦干眼泪，看着消瘦、憔悴的辛杨，一阵心酸。

“对了，这三个月你是怎么过的？有没有想过放弃，或者跟别人好了？”辛杨半开玩笑半认真地问。

老严的心咯噔一跳，他想到了王蓉，“哎哟妈呀，多亏我立场坚定，不然可就惨了。”他暗自庆幸，有点心虚。

“我除了等你就是工作，老板来了，一直陪着，还帮开了个酒吧。”老严把米歇尔和凯瑟琳的事说了一遍。

“这样啊？你老板真够风流的。还好你没跟他学坏，我就知道你会依然爱我等我的，不然我受了这么多罪，你若不要我，我就去死。”

辛杨说话的神态，温柔中夹杂着悲壮。

老严听着她说死，就是一激灵，连忙岔开话题问道：“亲爱的，饿了吧，我带你去楼外楼吃西湖醋鱼。”

“嗯，早就饿了，哈哈。跟你在一起吃什么都香。”

夜幕下的西湖一片漆黑，远处游船上的灯火时隐时现。让人想起那句诗：“月落乌啼霜满天，江风渔火对愁眠。”

10

九月的杭州，桂花已经悄悄开了，那种香气透人心扉，满城飘荡。

老严和辛杨在经历了三个月肝肠寸断、寂寞相思之后终于团聚了，杭州的几日如蜜月般令他们销魂难忘，甜蜜幸福。

一日他们漫步在西湖八景之一的断桥时，聊到了白蛇传，据说白娘子就是在这里与许仙相遇相爱的。

“亲爱的，你说断桥是悲剧的象征吗？白娘子和许仙是因为在断桥认识才以悲剧结束的吧？”辛杨忧伤地问。

“别瞎扯，断桥的由来是因为雪后，阳光照射一半桥在阳面，另一半在暗阴面，所谓断桥残雪，才有的断桥一说，并不是真的桥断了。你没听说过杭州三怪：‘断桥不断，孤山不孤，长桥不长’吗？”老严笑着解释道。

“那也是因为法海的阻挠，他们才分开不能相见的。”辛杨依旧不依不饶地说。

“那倒是。不过没有法海怎么能体现他们的悲壮爱情呢？”老严望着湖对面的雷峰塔感慨地说。

“你觉得我们之间有法海吗？如果有会是谁呢？”辛杨暗示法海就是他老婆柳焙。

老严听到辛杨的话一惊，“是啊，柳焙那边该怎么办呢？还有孩子，还那么小。”

一股无形的压力让他顿时愁云密布，大好的心情蒙上了一层阴影。

辛杨见此情景，立刻后悔自己失语了，忙挽起老严的手臂充满歉意地说：“对不起，亲爱的，我说错话了。咱不想那些了，只要跟你在一起我就开心满足了。”

空气中湿漉漉的，乌云开始聚集了，一会儿的工夫，细细的小雨便飘落下来，西湖上雾气荡起，瞬间便烟雨蒙蒙了。

第六章

1

从杭州回来，老严就在公司附近租了一套一室一厅的小公寓房子，跟辛杨同居了。

他骗老婆说："公司需要他筹备上海办事处，这几个月暂时常驻上海，每月回京一次。"

柳婄工作忙顾不上他，也没多问，由他去吧，反正家里有他没他都一样。

于是，老严就和辛杨幸福地过起了小日子。由于心情愉快，爱情甜蜜，他越发显得年轻了，红光满面，气色非常好。

迪米常常对老严和辛杨开玩笑说："爱情是最好的化妆品，令人越来越美丽。"

那段时间老严下班或者周末就带着辛杨泡酒吧，看电影，约朋友唱卡拉OK。或者跟迪米两口子参加他们外国人组织的聚会，偶尔也开车去郊区度假，把怀柔、密云、门头沟的山山水水玩了个遍。

辛杨开心极了，乐得嘴都合不上了。她感谢上天又给了自己重新认识生活的机会，整天心里想着的就是换着花样地给老严做好吃的，打心眼里把老严当作了自己的全部世界，无微不至地照顾着他。

老严突然发现，原来二人世界，能如此地美好、幸福，居然是那么轻松、自在。他渐渐清楚地发现他跟柳婄的日子过得实在很沉重、无奈。

记得去年夏天一个周末，老严的一个外地同学去家里看他。天气炎热，老严家里又没装空调，老严就跟同学脱了上衣，光着膀子在阳台上喝茶聊天叙旧。柳婄见状，皱着眉头，脸色不太好看地对老严说："你光着膀子像什么样子，跟大街上的流氓、混混有什么区别？"吓得老严的同学忙穿起上衣，神色不安起来，没坐几分钟便匆匆起身告别。这让老严特别没面子，再也不敢请同学朋友来家做客了。

他感觉自己在老婆面前就是个小男人，只有在辛杨面前才像个大男人。越是这样，老严就越是喜欢跟辛杨在一起的感觉，成天在一起也不觉得腻。

而车震、林秋他们每次聚会都被老严婉拒了，搞得大家怨声载道，大骂他不够意思，不知他神秘兮兮地在忙些什么。老严也很无奈，他不想让老李知道这事，不然很快柳婄就会知道，那可就麻烦了。

幸福日子过得总是那么快，转眼就快到1999年元旦了。

立冬后的夜来得早，不到六点天就完全黑了。辛杨跟往常一样做好了美味的晚餐等着老严回来，看看表，已经九点了，老严还没回来，她有点心慌意乱，坐立不安起来，焦急地在客厅走来走去，一会看看表，一会听听门口的动静。她突然有种不好的预感，忙拿起电话打给老严："对不起，您拨的手机不在服务区，请稍后再拨。"这让她更加心神不宁。"不会出什么事吧？以前回来晚，他会提前打电话的呀。"她不停地自言自语。

半小时后家里电话响了，辛杨冲过去，连忙拿起话机。她以为是老严，刚要责怪，话筒那头是迪米急促慌乱的声音："不好了，严被人用刀刺伤了，生命垂危，正在医院抢救，你快过来吧。"

"啊！"辛杨差点晕倒，忙问："哪个医院啊？"

"就在朝阳医院，我们都在这儿呢，你快来吧，他要死了！"迪米气喘吁吁地说。

辛杨的头嗡的一声，眼前就是一黑，一个踉跄差点摔倒。

2

从租住的亮马河路到朝阳医院相距不到四公里，可坐在出租车里的辛杨心急如焚，觉得路程怎么那么远，车开得怎么那么慢。她不断地催促司机：“师傅快点，再快点。”似乎她去晚了，就再也见不到老严了。

“他怎么会被人捅了呢？会不会抢救不过来呢？”

她脑海里不断出现老严浑身是血的画面，就像十二年前那种场景，越想越害怕，心都跳到了嗓子眼了。

“什么人干的啊？这么大的仇恨？”突然她想到了自己的前男友，不由得冒出一身冷汗。

车刚到医院门口，还没停稳，她便扔给司机五十块钱，冲出车门，跑向手术室。

迪米和沈杰正在手术室门外焦急地来回走动，看到辛杨，忙迎上前去。

“杨，你别着急，正在抢救。”迪米先安慰道。

“发生了什么事？很严重吗？有没有生命危险啊？”辛杨喘着气，哭着问。

“很严重，流了很多血，送到医院时，他已经昏迷了。”沈杰惊魂未定地说。

辛杨这才发现他们两人的衣服上沾满血迹。

“怎么会这样啊？什么人干的呀？”她已经泣不成声。

“晚上下班，我跟老严一起出来，刚走出大厦，就有个男人冲到老严的面前，二话不说，拔刀就刺，刺完就跑。跑出老远后那人喊着：‘老子今天宰了你，我警告过你，去你妈的，去死吧！’”

“那人向严猛刺两刀，我还没反应过来，老严当时就倒在地上，血流如注。迪米刚好出来，我们叫了救护车，就来医院抢救了。”沈杰把事情的经过讲了一遍。

“那男人长什么样啊？”辛杨哆嗦地问。

“高个儿，偏瘦，板寸，脸没看清楚，不过你别急，我们已经报警了，警察马上就到。”沈杰回忆并简单地描述了一下。

“啊!”辛杨眼前一黑，大叫一声晕了过去。

3

四个小时后，老严被推出手术室，送到重症监护室。然后，几个穿着蓝色手术服，脚踏拖鞋的医生、护士走了出来。

迪米、沈杰和后赶来的西西赶忙围上前去问：“大夫，怎么样啊？抢救过来了吗？”

先出来的护士看着众人喊道：“病人家属来了吗？赶快缴费去。病人进 ICU 一天一万。”

这时主刀的大夫走出来，摘下口罩对护士轻声说：“小李，别喊了，我就是病人家属，伤者是我丈夫。”

啊！啊！在场所有人都傻了，惊讶不已。

“柳主任，您刚才给动手术的人真是您丈夫啊？对不起，我不知道。”小护士站在主刀大夫面前低声道歉。

“你先去休息吧，辛苦了！住院费我会结的。”主刀大夫和蔼地对小护士说。

说完，她走到迪米面前礼貌地问：“你好，你是迪米吧？我是柳婄，老严的妻子。”

“哦，你好，我是迪米。”

迪米仔细打量着眼前这个面容端庄、双目如炬的女人。迪米怎么也没想到抢救老严的居然是他妻子。这是他第一次见到柳婄，内心一阵紧张：上帝啊，多亏辛杨晕倒被送到楼下输液了，不然太可怕了。

“老严手术很顺利，需要观察。谢谢你及时送他到医院，不然就没救了。请你跟我去办公室一下吧，我想问你点事。”

柳婄很客气地感谢着迪米，看不出任何悲伤和情绪变化。

4

迪米跟随柳婄来到外科主任室，内心有点忐忑。他初次见到老严的妻子，不知她是什么样的人，会问什么样的问题。但这个女人气场很强大，让他紧张甚至不安，自己的丈夫都生命垂危了，她居然还能如此冷静与镇定，这可不是一般的女人。

“我只是想问下，老严怎么在北京？他不是去上海开设办事处了吗？什么时候回来的？”

柳婄开门见山，甚至没请迪米坐下。她眼睛里充满了疑问与怀疑。

“噢，是这样，他今天刚回来的。”迪米有生以来第一次说谎，脸红得厉害。好在是老外，天生就是一张红脸，不容易被看出来。

“今天发生了什么事？他怎么会被人谋杀呢？生意原因还是其他？”

柳婄的语气有点缓和并带有焦虑。

“对不起，我们也不明白怎么回事。警方已经介入，会告诉我们的。严有生命危险吗？我很担心。”迪米焦急地问。

“没有生命危险，受伤的部位在腿上和胸部，不是什么危险部位，只是流血过多，还在昏迷。唉……”她说着轻叹一声，冷静的神情里也透出一丝的不安。

迪米有点恍惚，分不清她是医生还是病人家属，这个角色实在太难了。

柳婄看上去很疲惫，她抬手揉揉眼睛，接着说道：“恐怕一两个月，老严不能上班了，请你帮他向老板请个假。警方有什么消息也麻烦你告诉我。今天的事，我代老严谢谢你。”

“你们先请回去吧，辛苦了。等他醒了再来看吧。”

这个女人总是那么得体、沉着、有礼。

迪米点点头，心想我还是赶紧离开吧，不然她再问什么，万一我回答不上来或者说漏了嘴，老严就惨了。于是他忙客气地说：

"那我们回去了，再见。"说完转身出来并带上了门。

离开柳婄办公室后，迪米又跟西西来到楼下的输液室。辛杨已经苏醒了，看到迪米他们赶来，她急忙问老严的情况，紧张惊恐的样子就跟人是她杀的一样。

迪米把老严的情况和见到柳婄以及他们交谈的内容毫无隐瞒地告诉了辛杨，嘱咐她不要着急担心，好好休息，而且这几天先不要去看老严，有柳婄在，老严绝对没问题。

"我们要做的就是配合警方尽快抓住凶手，老严一定认识那个浑蛋，等他醒了就知道是谁干的了!"迪米说着，西西在一旁点着头。

"唉，"辛杨叹口气自责地说，"凶手就是我以前的男朋友，这个浑蛋。本来我就怀疑是他干的，听你们的描述，我确定是他。都是因为我啊!"

"啊？原来是这样啊！那你赶快跟警察说明情况吧，不然那人还会再害老严的。"迪米听老严说过辛杨和她男朋友的事，经辛杨这么一说他就全明白了。

"我也没想到他会做出这样的事情，太可怕了！我现在就去派出所向警察说明情况，不然他连我也不会放过的。"辛杨说着穿上外套就往外走。

根据辛杨提供的情况，很快凶手就被抓获了。那小子倒也不抵赖，当时就什么都承认了。为此他得到了被判刑五年的应有惩罚。

5

老严在医院里度过了1999年的元旦，睁开眼睛首先看到的是柳婄。这些日子她日夜守候在老严身边，白天工作，晚上就陪护着他，吃住都在医院。其实柳婄是个外冷内热的人，跟丈夫生活这些年，她表面冷若冰霜，内心对老严还是很关心的，只是不会表达。她看到丈夫被人伤成这样，自己比谁都着急担心，无论如何要亲自手术，挽救他的生命。有时她会偷偷地流泪，但一定是在夜深人静身边没人的情况下。

最初她觉得很奇怪，老严得罪了什么人，非要置他于死地呢？她觉得自己对丈夫了解得太少了，什么也不知道，等他醒了再问问清楚。

“你醒了？感觉怎么样？”看到老严醒来，她轻声问道。

老严想张嘴说话，但没说出来，只是吃力地点了点头。

“你别说话，先养着，等恢复了再说。你问题不大，很快会好的。”柳嫔安慰道。

老严无力地闭上眼睛，一行热泪流出。

柳嫔心一酸，也眼眶发热，连忙说道：“你好好养着吧，我明天要去外地参加一个会诊，过几天就回来。我安排好了科里的护士照顾你，孩子先放在爷爷奶奶家里吧。我没告诉老人，怕他们着急上火。等我回来，你告诉我这到底是怎么回事，是什么人这么仇恨你啊？”

柳嫔的话让老严一阵紧张，他大声咳嗽起来。他闭上眼睛假装睡觉，脑子里却盘算着如何编套谎话让妻子相信这就是一个意外。

6

就在辛杨待在家中憋得快要发疯的时候，柳嫔出差了。几乎是和柳嫔前后脚的工夫，她带着亲自炖好的鸡汤，第一时间出现在老严面前。

老严被自己前男友刺伤令辛杨十分痛苦与自责，没想到那个浑蛋是如此穷凶极恶，丧心病狂。这一切都是因为她。待在家里她如坐针毡，心慌意乱可又不能去看老严，去照顾他，这些天她几乎要发疯了！

有时候她觉得自己非常晦气，老严怎么一跟她在一起就厄运不断呢？这已经是老严第二次为她受伤流血了，差点还把命搭上。也许我真的不应该跟他在一起，不然以后还不定会发生什么事呢。想想她就汗毛倒立，心神不宁。

“老公，我对不起你，都是因为我才把你害成这样。”她眼泪汪汪地说。

“没事，都过去了。这事怎么能怨你呢？是那小子狗急跳墙，输红了眼。”老严握着她的手安慰道。

“那你好好休养，等你好了，我加倍地补偿你。来，喝点鸡汤吧，以后我每天都给你做好吃的。”辛杨止住眼泪，把一勺汤送到老严嘴里。

“对了，那个浑蛋已经被警察抓起来了，听说要判刑，不过你也需要出庭做证。不管怎么样，以后他再也不能威胁我们了。”辛杨说。

老严嘴角上扬，微笑着看着辛杨说：“我这也算是因祸得福吧，不然怎么证明我对你的一片真情，而且还能喝上这么美味的鸡汤呀？”

辛杨知道老严把话说得这么轻松是为了给她减轻压力和内疚。以前她在电影和小说里看过，两个男人为了一个女人拼得你死我活的，万万没想到这种事居然发生在自己身上。她一点也不觉得自己有多么优秀，除了害怕，还是害怕。她暗想，万一当时老严没有被抢救过来，那她也一定不活了。

“想啥呢？”老严喝着鸡汤，看着辛杨发呆的样子好奇地问。

“哦，我在想，万一以后我要对不起你，你这一刀不是白挨了呀？所以，我要加倍对你好，无论发生什么事，我都不离开你。”辛杨的语气充满了温柔。

听她这么说，老严很开心。暗想，这回好像还赚了，挨了一刀换得一个心仪的女友，值啊！

跟辛杨在一起，老严很放松。他不用担心自己会做错什么事，也不用考虑自己穿什么衣服吃什么饭，他的一切生活都被辛杨安排得井井有条，细致入微。最重要的是，在她面前，他可以随心所欲地抽烟喝酒，胡说八道，连说脏话都那么性感。这些是他在柳婄面前无论如何都做不出来的，当然他也不敢。

7

凌晨四点，柳媗就醒了。昨天老严拆线后，死活要出院。无奈之下柳媗给他办好出院手续，接回家休养。她看看身边熟睡的丈夫，给他掖好被角，起身下地，轻轻地走进书房，打开台灯，静静地坐着发呆。

丈夫被人刺伤，她始终没有搞明白到底怎么回事。他说根本不认识凶手，就是个普通的抢劫。他是与凶手搏斗时，被刺伤的。这个解释有点牵强，而且她也觉得老严的同事和朋友神秘兮兮的。按说出了这种事，作为朋友应该义愤填膺，追查凶手。可他们基本不怎么说关于凶手的话题，只是关心老严的伤势。

柳媗觉得丈夫跟自己越来越陌生了，出了这样的事，他很少跟自己交谈沟通，更多的是沉默，而且他一直在外地出差，怎么回来也不跟自己打个招呼，当天就被刺伤了呢？

她感到胸口发闷，给自己倒了杯白水，喝了下去，打开窗户，一股清冽的冷风吹来，不由得打了个喷嚏。

“坏了，要感冒。这段时间太疲劳了，免疫力很差，可别病倒。”她连忙去关窗户，突然看到楼下有个黑影在自己窗下徘徊，且不时地朝自己家张望，由于是五楼，她看不太清楚。柳媗不由得一阵紧张，不会是凶手的什么同伙吧？他想干什么？柳媗连忙把窗户打开，伸出头想看清楚些，可那个黑影看到窗户开了，连忙一闪，扭头跑开，消失在夜幕之中。

“会是什么人呢？看身影像个女人。也许不是冲着自己家来的，只是个过路的。”

“算了，哪有精力去追问丈夫遇刺的细节，由他去吧，至少他已经伤愈了，等他彻底好了，再找个机会跟他谈谈吧。”

想到这里，她走进浴室，想冲个澡让自己更清醒些。

8

一周后的一天早晨，老严看到餐桌上摆放着他最爱吃的早餐——豆浆和油条。他有点纳闷，看到柳嫱端着一盘咸菜进来，忙问："这是哪儿来的油条啊?"

"我特意给你买的，吃吧。"柳嫱平静地回答。

"给我买的，你?"他不敢相信。平时柳嫱根本不让他吃油条，说这是垃圾食品，而且很厌恶老严吃这些东西。

"你喜欢就吃吧，别经常吃就好。"柳嫱微微一笑。

"谢谢，亲爱的。"老严拿起一根，大口吃起来。

"对了，今天我想去公司上班。再不去，老板该有意见了。"老严在家待得实在有点心慌了。

"你行吗？伤口还疼吗?"

"没问题。放心吧!"

"那好吧，你多注意，别剧烈运动就行。"柳嫱把一杯果汁喝完，起身穿好外套，上班去了。

9

看着柳嫱走出楼下，老严拿起手机拨通了辛杨的电话。

"宝贝，我今天上班，下班后我们一起吃饭吧!"

"嗯，知道了!"对方说完便挂了。

奇怪，她好像一点也不兴奋。老严有点诧异。

从电梯出来，老严一眼看到站在楼门口的辛杨。只见她在寒风中战栗着，那条黄色的围巾随风飘动。

"你怎么来了，这么快?"他吃惊地问。

我早就在你家楼下了。自从你出院回家，我每天早上都会过来，在你家楼下站会儿。辛杨说着不停地搓着手，跺跺脚。

"啊？我说呢，给你打电话你一点也不兴奋，原来你早就在这儿守着了。可是，外面多冷啊，你是不是傻呀？”老严对辛杨的一片痴情，感动不已，心疼地责备道。

“这段时间你不在身边，我都快要疯了，一个人在家根本待不住，只有每天过来待会儿，站在楼下偷偷望着你家的窗户，这样心里才踏实，前几天差点被你老婆发现呢。你都好彻底了吗？”说着她接过老严的背包跟他走向车库。

“真难为你了，对不起啊，亲爱的。”

老严一阵心酸，眼眶一热，一行热泪止不住地流出。他一把将辛杨拥入怀中，低声抽泣。

“你别哭，亲爱的。让人看见多不好啊，再说我乐意的。”辛杨连忙把他推入车里，转身坐在驾驶座上，匆忙把车开出小区。

第七章

1

燕莎和亮马河大厦中间有条人工河，叫亮马河，将两个著名建筑分隔南北两岸。而燕莎的西南角也有个五星级酒店，就是昆仑饭店，昆仑的对面是兆佳市场。老严属于外方人员，所以领取的工资是美元，而不是通过 fesco（外企服务公司）领取人民币。每月发了工资，他都会到昆仑对面的兆佳市场通过外汇贩子换成人民币。

伤愈上班后，老严领取了两个月的工资。利用午餐时间，他走到兆佳市场找熟悉的贩子把工资换成人民币。

外汇贩子叫刘全利，看老严来了，忙点头哈腰打招呼："严哥，有日子没瞧见您了，是不是出国了？"

"没有，生病住院了。你怎么样，挺好的？"说着老严递给他一支外烟，自己也点上一支。

"还成吧。多些您这样的大款，兄弟日子能好过点。"他拍着老严的马屁。

"成啊，回头我介绍几个哥们给你。你可别切人的汇啊！"老严笑着警告道。

切汇，就是说好的数目，在你点钱的时候还一张不差呢，可当你把钱拿到手就会少了几张。老严记得第一次来这儿跟外汇贩子交易，问清楚了汇率，他说换两百美元，贩子说一比八，他把两百美元交给贩子，贩子把人民币交给老严。老严一数，只有一千五百，说差一百。贩子说，不可能，明明是一千六，然后说，我亲自数数。老严把钱交给贩子，他一数，结果的确是一千五，于是加了一张，当着老严的面又数一遍。而老严一看对了，接过钱，就没再数，装进上衣兜就走了，结果回家再一数，变成了一千二。

这就是切汇，打那以后，老严只跟固定的贩子交易，免得再次被骗。

他警告刘全利不能干切汇的事。

“不敢，不敢。哥哥，您就放心吧，切谁也不能切您哥们啊。这不，上次您介绍的叫王蓉的大学生前几天找我购汇，两千马克，兄弟我可是给的最低价。看哥哥您的面子，仗义吧?”刘全利紧着表白。

“噢?她来过了?哪天来的啊?”老严连忙问道。

“上礼拜五来的。说是去德国留学啊！您不知道啊?她不是您的蜜吗?”刘全利笑着问道。

“别他妈胡说。就是我一妹妹。”老严急了。

“对不起了，哥哥，是那丫头自己说的。”他忙解释道。

跟辛杨从杭州回来，老严就没再见过王蓉，中间倒是通过两次电话。记得最后一次是老严住院前，她得知老严跟辛杨重归于好，甜蜜幸福，伤心欲绝，但是依然礼貌大方地祝他幸福，说自己过段时间就去德国，别忘了曾经有个喜欢他的小妹妹，而且会把老严放在心里，希望下辈子有缘。

看到王蓉伤心欲绝，老严心里也不是滋味。他也喜欢王蓉，对她有种特殊的感觉，但那种感觉更多的是一种疼爱，跟对辛杨的深爱不同。对他而言，没有辛杨自己几乎无法呼吸。

他苦口婆心劝王蓉，别钻牛角尖，希望她在德国开心幸福，并承诺临行前为她送行。

也许这几天她就该走了。我得说话算数，请她吃个饭，安慰安慰吧。老严想着，拿起电话打给王蓉。

“喂，蓉儿，你哪天走啊?”

“哥，后天。”

“那明晚我请你吃饭给你饯行好吗？”

“不用了。我怕见到你。”

“不行，你不认我这哥啦？”

“不是……那好吧。明天中午十二点，喜鸟酒吧，行吗？我怕晚上见你，不想自己太难过。”

“嗯，好吧。中午十二点，不见不散。”

挂了电话，老严有点惆怅，有点失落。他点燃一支香烟，对刘全利说：“全利，忙吗？陪我到对面昆仑喝杯酒吧？”

2

昆仑饭店的大堂富丽堂皇，精美大气。大堂里面有个跃层的会客区，摆放着十几个豪华沙发。会客区外侧有一排栏杆与大厅隔开，背景是流水的壁瀑。每到晚上，会客区挤满了穿着迷你裙，打扮妖艳入时的各种女孩，看上去像是待客的小姐，等待客人召唤。远看会客区的小姐很像仙女下凡，加上背景墙上的人工瀑布，很像王母娘娘的后宫，所以人们称之为瑶池，惹得很多人驻足观看，甚至慕名而来。

酒店的二层便是北京著名的KTV歌厅之一，玻璃屋，是当时大款、名人和暴发户必去的娱乐场所，老严和朋友们也常去消遣，所以对这家酒店熟悉得如自家庭院一般。

老严的同事和下属沈杰原来就是昆仑饭店超市的销售主管，后来被他挖到公司的。

刘全利跟老严来到大堂的酒廊，找了个靠窗的餐桌坐下。

老严抽出一支香烟，又扔给刘全利一支，然后对走来的服务员说道：“来两瓶米乐啤酒，一碟花生米吧。”

“谢谢严总，让您破费。您是不是遇到什么烦心事了？”他满脸堆笑，小心翼翼地问。

“也没什么，快两个月没出来了，透透气。”老严心不在焉地回答。

“怎么样，你这行好干吗？”老严反问道。

“不好干啊，这就是个副业，我在市场还有个摊，相互照应着，让我妹妹盯着，不然就该喝西北风了。”刘全利苦笑着回答。

“哦，不容易啊。”老严表示同情。

“严哥，您那还要人吗？让我妹去您那儿干吧，她是个销售好手，可惜在我服装摊发挥不出来，有点委屈了，而且她英语口语也还凑合。”

“哦，是吗？那来试试吧。”老严最近在各地跟经销商计划设立专柜，需要帮手。

“真的啊？太好了。多谢严哥，我敬您一杯，以后有个鞍前马后的、跑腿的活，您一个电话，我随叫随到。”刘全利激动得不知该说什么好了。他知道老严的公司是外企，挣的是美金，能进这样的公司简直是天下掉馅饼的大好事。

“你先别谢我，回头让你妹妹来找我，面试一下，如果合格就用。”

“别回头啊，她就在市场呢，我现在就让她过来，您今儿就先面试呗。”

老严看看表，还有时间，于是点点头说：“那你叫她过来吧。”

一会儿工夫，一个瘦高的女孩走了过来。她不是一般的高而是特别高，看样子至少有一米八，眼睛很大，脸很小，像个外星人。

“伟丽，这是严总。严哥，这是我妹妹伟丽。”刘全利热情地介绍着。

“严总好，嘿嘿。”伟丽只会憨厚地笑着。

经过简单交谈，老严感觉伟丽是个朴实、勤奋的女孩，尽管长相有点怪异，但给人感觉踏实听话。他决定先试用一个月再说。

这兄妹二人自然是感激涕零，千恩万谢。

3

第二天中午十一点半，老严从公司出来，穿过亮马河走到燕莎。燕莎隔一条街就是喜鸟酒吧。三月的季节尽管有些花木开始发芽泛绿，但北京依然是春寒料峭，风沙肆虐。走到酒吧门口，老严拍了拍身上的尘土，推门进去。

在酒吧深处的角落里，老严一眼看到早到一步，正在无聊地翻阅杂志的王蓉。有小半年没见，她消瘦了很多，依旧是一身白色运动服，长发披肩，双眸有神。

“哥……”她起身招呼，略显憔悴。

“你来得够早的，好久不见了，最近好吗?”老严装作一副若无其事的样子打招呼。

“我也刚来一会儿。哥，听说你住院了，没事吧?”她没有了往日青春的笑容，眼神里充满淡淡的哀愁。

老严一怔，心想，她怎么知道我住院的事啊?也许是给公司打过电话吧。这事还是别让她了解内情为好，免得她又受刺激。“噢，没事，生了场小病。”老严轻描淡写地回答。

王蓉看着老严有点将信将疑，见老严没有想告诉她详情的意思，也没好多问，轻轻点点头说：“哦，没事就好，算我多虑了。”

“这么快就要走啊，去德国哪里读书呢?”老严忙换个话题问道。

“去柏林，柏林电影学院，读导演专业。”

“不错啊，好学校，我听说过，真为你高兴。哪天走呢?”

“谢谢哥。后天就走。”说完，她抬头看着老严，低声问道：“你去欧洲会去看我吗?”

“当然，一定。”

听到这话，王蓉的脸上露出曾经熟悉的笑容。她喝了口咖啡，看着老严认真地说：“哥，说来你不信。你是我第一个爱上的人，也许不会再有第二个了。我这人外表和内心严重不符，你还不了解我，我认死理，感情上绝对一根筋。可惜我命苦，爱上了不该爱的人。没办法，我认命了，愿意为自己这份感情守候。希望你别忘了我。”

老严慌忙躲开她哀怨的目光，把脸转向窗外。他心酸酸的，有点痛。过了一会才扭回头看着王蓉安慰道：“我以后就是你亲哥哥，真心希望你幸福。其实你还小，也许你目前的世界不大，我相信，等你到了德国，视野开阔了，就不会这么想了。不管怎么样，哥祝你学业有成，到了那边顺利平安。”

“我会好好的，等着你来看我。我对未来充满信心，我的未来也包括你。”王蓉说着，拿过老严的酒杯，一饮而尽。

王蓉的话，让老严一惊。看来这姑娘还真是一根筋，一时半会儿还没办法说服她。

“你跟她怎么样了？”王蓉犹豫了一下，还是想知道他跟辛杨的情况。

“还成吧。对了，你都准备好了吗？缺什么跟我说。”老严再次转移话题，他不想再刺激王蓉。

“哥，还记得你床头柜上那张照片吗？是我偷偷拿走的。我想把它带在身边，想你了就拿出来看看。你不会怪我吧？”王蓉的语气幽幽的。

老严眼圈一热，忙用手捂着自己的嘴巴。他很感动，使劲点了点头说：“嗯，你喜欢就带着吧。其实挺傻的，有啥可看的。”

从饭菜摆上餐桌到最后离开，王蓉几乎没吃什么，只是时而低头摆弄着咖啡勺，时而双唇抿着，或大口喝着咖啡，虽然强颜欢笑，但眼眶始终红红的。

老严也是鼻子酸酸的只想哭。他甚至有点迷茫，不知为什么这么伤感。王蓉的痴情像火一样烤着他，让他既温暖又煎熬。他很怕这种场面，想潇洒地告别又表达不出来，只能默默地看着她，眼神里充满了无奈。

走出酒吧的大门，他从身上掏出一个信封塞到王蓉手中说：“这个你拿着。到了那边照顾好自己。我朋友多，有困难告诉我。”

王蓉打开信封，里面是厚厚一沓美金。她刚想推辞，手被老严用力地抓住：“拿着！”

他的声音低沉而有力，不容拒绝。

“后天我就不去送你了，免得难受。你多保重吧。”老严抬手帮王蓉理了理被风吹乱的头发，挤出一丝笑容说道。

王蓉听话地把装钱的信封放入随身的挎包中，深情地看着老严说：“等我到了那边，就给你打电话。你不会不接我电话吧？”

老严微笑着摇摇头说：“怎么会呢，有事你就给我打电话。”

“哥，你能再抱抱我吗？”王蓉的语气带着祈求。

老严上前一步伸开双臂，把她抱入怀中。王蓉也紧紧地拥抱着老严，随即放声大哭起来，引得来往的路人投来惊诧的目光。

4

北京的春天很短。从冬天到夏天也就一个月的时间，过了四月，太阳便开始发威了，风开始升温，空气中充满了紫外线的味道。

这段时间发生了很多事。车震跟他的外国女友订婚了，他变卖了北京的所有财产包括那辆吉普车，辞去了外教的职位，跟随凯利到美国定居了。临行前，他信心满满，对未来的生活充满期待并邀请哥几个务必抽时间到美国他的家中做客，见证他幸福美满的家庭生活。

出乎所有人的意料，林秋居然也坠入爱河，谈起了恋爱。在出差去上海的飞机上，他邂逅了《时尚》杂志的摄影师，一个漂亮前卫的北京女孩，于娜。这个女孩出众的相貌谈吐，气质品位令他迅速坠入情网，不能自拔。他终于有了以身相许，甚至结婚成家的念头。

事后，林秋打趣地说：“我说以前怎么不想结婚呢，原来地上的缘分不适合我。我跟于娜是来自天上的缘分，所以我也要结婚。”

老严逗他：“看来你认识的肯定是天神的女儿，那于娜就是七仙女了？”

老李辞去了美国卡夫公司高管的职务，自己投资成立了一家进口食品国际贸易公司，凭着他丰厚的人脉关系和国际、国内的销售与进货渠道，很顺利地拿到了世界几个知名食品品牌在中国总代理的合同。有这几个国际大品牌在手，加上有区长岳父的背景，他的事业顺风顺水，业绩火爆令人羡慕。短短几个月时间就已经发展到分销商布满全国各地，产品覆盖近三千家超市的惊人业绩。老李的口头禅是："成功总要付出牺牲与代价的。"

他常告诫老严："男人应以事业为重，不能随心所欲，为了成功要家庭稳定，忍辱负重，牺牲很多所谓的爱好，不要贪玩、贪欲，即使做个乏味的人也不能因风花雪月而影响事业成功。"

老李的家乡在河北农村，父母都是村里的小学教师，家境并不富裕。考上大学后，他发誓要改变自己的命运，立志成功，出人头地。

老李之前有个交往了三年的女朋友，那女孩是同校日语系的北京女孩。去美国之后，他又认识了现在的老婆，北京某区长的千金彭博。为了前途，他抛弃了相恋三年的女友，疯狂追求彭博，终于成了区长的乘龙快婿，使得自己的前途光明平坦。

这件事令老严他们颇有看法，觉得老李过于实际、无情。但他们也表示理解，毕竟人生道路是自己选择的，别人也无权干涉。

老严知道当初老李跟老婆结婚并不是感情有多深，而是看重女方博士的头衔和岳父领导干部的背景。而且他能忍辱负重，牺牲自己，只要老婆喜欢的事他都会去做，即使这是一件令他讨厌的事。

老李认为"婚姻以利为先，次为义，情为后。情乃最不靠谱之事"。

而这些恰恰是他无论如何也做不到的。

老严公司的生意依然按部就班地稳定发展着。跟迪米商量后，老严让伟丽来公司上班了，负责北京几个大商场珠宝专柜公关与客户服务。跟伟丽同时来公司的还有一个叫小胡的青岛姑娘，这个耿直豪爽的女孩负责公司的财务工作。由于文化和观念的差异，最初，迪米和中国雇员之间发生了很多摩擦和冲突。公司要求所有员工上班时必须穿上公司为他们定做的工服，以显示公司的统一性和严肃性。一天，伟丽穿着便装上班，被迪米看到，他大发雷霆，动手将伟丽推出公司大门，而小胡当时就挺身而出为伟丽打抱不平，她跟迪米怒目而视，大声吵闹：“你凭什么不尊重女性？必须向她道歉！”迪米觉得你不按照规定着装就是对制度的不尊重，拒绝道歉，而且要立刻辞退伟丽和小胡。老严经过了解得知伟丽是工服洗了还没干，所以才不得已穿便装上班的。于是，耐心对迪米解释，气头上的迪米根本听不进去，转而跟老严大吵了一架，气得老严跑回家，撂挑子不干了。冷静下来的迪米意识到自己误解了大家，扭脸追到老严家里，低头认错，又向伟丽和小胡道歉。大家都觉得这是个真诚可爱的欧洲小伙，虽然脾气火爆但知错就改，反而相处得其乐融融。不久，迪米接到老板的通知，要去菲律宾筹建东南亚办事处，这趟差事至少需要两个月的时间。

5

这段时间老严的心有点空荡荡的。怎么都他妈走了，真够巧的。他感觉到从未有过的孤单。辛杨没有事做，每天的大事就是做好饭，等老严下班回来吃。赶上老严回自己家里，她连饭都白做了。偶尔她也会去老严公司待会儿，或者跟朋友逛街购物，日子过得很无聊，也很无奈。她的心情变得空虚、压抑起来，常常在想：我全身心地爱着老严，而他却不是百分之百属于我。他还要分出一半的时间和精力给别人，这不公平。她很郁闷，时不时也会跟老严发发牢骚，小脾气也比以前多了。也许该找个机会跟他谈谈他跟他老婆离婚的事了，她常常在想这件事。

老严呢，游离于自己家和辛杨之间也是疲惫不堪，身心俱损。这边要编着谎话骗柳嫱，而且每次离家都要有不同的能令人信服的谎话，那边又不断地说着好话赔着笑脸安慰辛杨。

在家时，他压抑窒息，恨不得立刻见到辛杨，而跟辛杨在一起时，他又心存愧疚，不得踏实，常常心里发慌，那种感觉跟小偷没什么区别。如果连续几日平安无事，反而让他心里发慌，有些做贼心虚的不安。他感觉跟辛杨度过的每一天似乎都是偷来的，不出问题就算赚了，一旦出了问题反倒是正常的。

这种日子什么时候是个头呢？

周六的晚上，辛杨跟往常一样煲了猪手汤，拌好一盘五香牛肉，油炸花生米，炒菜，准备了二两牛栏山二锅头，这些都是老严最爱吃的。

“亲爱的，把电视关了，过来吃饭，饭菜摆好了。”她喊着。

厨房的事，她从不让老严插手。买菜、做饭、收拾、洗碗，她觉得这都是女人干的活。她做这些从无怨言，而且乐此不疲。

“亲爱的，你真棒，都是我爱吃的。嘻嘻，辛苦了！”老严嘴也甜，一句这样的话，辛杨立刻跟打了鸡血似的神清气爽。

老严吃饭比较快，每次都以风卷残云的速度三下五除二，吃完饭，嘴一擦，坐在沙发上看电视。不过有酒的时候，他就慢多了。辛杨不喜欢他吃饭太快，总假装生气地说他：“你能慢点吗？饿死鬼投生的呀？”

当老严吃饭喝酒时，辛杨并不吃，而是盯着他呆呆地看着，那神态就跟妈妈看儿子吃饭似的。搞得老严不知所措：“你总看着我干吗？怎么跟傻子一样啊？”

“我乐意，就喜欢看，就看，你别管，吃你的。”她的回答充满了满足与幸福。

吃完饭，老严腆着肚子，又窝在沙发上，打开电视看新闻。

辛杨收拾好餐桌，洗碗、刷盘子、收拾厨房、碗筷归位，十分利落干净。

“哎呀，什么味儿啊？又是你的臭脚！真拿你没办法，就是个猪。”辛杨数落着老严，走到他面前命令道：“抬脚！”

老严依旧目不转睛地盯着电视，只是把脚高高抬起。辛杨扒掉他脚上的臭袜子，扔到洗衣机里，然后端过来一盆热水，把他的双脚放入盆中，帮他洗脚。

洗完脚，接着给他剪指甲，一边剪一边疼爱地数落着：

“大爷，您能再脏点吗？”

老严也不反驳，只是嘿嘿一笑，猛地搂着她狂亲几口，然后接着看他的电视。

深夜十一点多，老严洗完澡，把脏衣服往浴室地上一扔，换上辛杨给他准备好的内衣内裤，钻进被窝。

辛杨洗完澡，换上粉色的内衣，扑到老严身上，用自己挺拔的双乳压在老严的脸上，细声细气地挑逗他：

“官人，想要吗？”

只要老严回到辛杨这边，他几乎每晚都要，而且极度亢奋，欲望十分强烈。这样的女人简直就是上天赐予的完美礼物，令他如醉如痴。

暴风骤雨过后，满足的老严如一摊烂泥，昏昏欲睡。

“亲爱的，先别睡觉，问你个事。”

“嗯，什么事啊？”

“你说，万一我怀孕了，怎么办？”

“啊？你怀孕了？”

老严一惊，立刻坐了起来，睡意全无。

“没有，我是说假如。”辛杨哈哈大笑。

“你想咋办？”他反问道。

“当然想留着，把孩子生下来啊！如果能跟你有个孩子，死了都值得。”她一脸认真的表情。

“那就留着呗。”老严心想，反正也是假如，我可别让她失望。

“可是，怎么留啊？那不成私生子了？”她有点生气。

原来在这等着我哪！老严明白了，心情立刻沉重起来。也是啊，总不能这么黑不提白不提地过一辈子啊！他沉默了片刻，把辛杨搂在怀里说：“老婆，给我一年时间好吗？我一定离婚，娶你！”

“真的？这可是你说的，老公，谢谢。”她眼里放着光。

“嗯，放心吧！”

辛杨心满意足地睡着了，睡梦中的她一脸的幸福。

老严却睡不着了。他许诺的一年离婚可不是件简单的事，常听朋友们说，离婚是一项大工程，不死也得脱层皮，想想就害怕，但他知道自己必须面对，别无选择。

也许我应该先给她找点事情做，让她把精力和注意力转移到别的地方，我也能轻松一些。可是做点什么呢？

他起身下床，来到客厅，站立在窗前，点燃一支香烟，望着窗外闪烁的灯火，绞尽脑汁，苦思冥想着。老严感觉有点闷热烦躁，他打开窗户，呼吸着窗外的新鲜空气。

初夏的夜晚，百花盛开，新鲜的空气中夹杂着花草的清香，扑面而来，沁人心脾。突然，他有了主意：我给她开一家花店吧！

6

一个月后，老严给辛杨投资的花店开业了。位置就在东四路口，取名：千姿彩。

辛杨是个聪明有品位的女孩，把这家店装修打扮得与众不同，极有特点。加上她办事干脆利落，能吃苦耐劳，很快千姿彩成了一家小有名气的花店，客人络绎不绝，生意好得让老严吃惊不已。

辛杨非常忙碌，起早贪黑的，一门心思扑在自己的小店上。

老严的目的达到了，他为自己的聪明决策而扬扬得意。

第八章

1

盛夏的七月末，迪米从菲律宾回到了北京。在马尼拉机场登机前，他给老严打了电话，让老严去机场接他，并告诫老严别让西西知道他要回来的消息。

“出了什么状况?”老严有点奇怪，可迪米没有解释，匆忙挂了电话。

傍晚时分，在首都机场，老严接到被晒得黝黑的迪米，只见他神采奕奕，满面红光。

“你看上去气色不错啊!”老严接过迪米的旅行箱，帮他放到自己的别克车上。

“谢谢，这是一次特别的旅行。你猜发生了什么事?”迪米兴奋地想告诉他什么。

“你不会是遇到什么美女了吧?上车说。”老严开玩笑道。

老严将车开出机场，把冷气开得足足的，驶入机场高速路。

“严，直接带我到亮马河饭店吧，我不回家。”迪米拍着老严的肩膀说。

“啊?什么?”老严没明白。

“去亮马河饭店，今晚我住那儿。”他重复道。

“Why?你们吵架了?”老严有点蒙。

“没有。不过，有一点真让你说对了，我遇到一个美女，而且爱上她了。在马尼拉的一次商务聚会上，我认识了邬娜斯。这次去菲律宾事情办得很顺利，多亏了她。她对我非常好，十分热情，不仅帮我疏通与当地政府的关系，而且还给我介绍了很多客户。我被她成熟优雅的气质迷住了，很快我们就相爱了。”

迪米坐在副驾驶座上，从上衣口袋里掏出一块白色的手帕，放在鼻子上闻了一下，然后兴奋地说：“这是她送我的，一个不可思议的优秀女人。”

“天哪！你在开玩笑吧？什么样的女人能让你这么神魂颠倒啊？那西西怎么办？”老严觉得迪米不会是走火入魔了吧？除非这个女人是个天仙、女神什么的。

“她叫邬娜斯，比我大5岁，是个已婚的菲律宾女人。她的丈夫是个国会议员，但是他们已经分居三年了。她非常优雅，非常漂亮。我被她彻底征服了，心里只有她。我想我已经不爱西西了，不然我怎么能轻易地爱上别人呢？所以，我不能再回到以前的家里，不能欺骗西西。我想先住到酒店，明天我就找西西谈这件事。我知道很对不起她，但没办法。我想她会理解的。”

迪米真情流露地说道。

“可是，可是……”

老严的意思是，可是西西有恩于你，而且跟你好了六年，怎么能说分手就分手呢。他把没说的话咽了回去，因为他知道这就是西方人和东方人的不同之处，在他们眼里感情是不能有任何欺骗的，感恩和感情完全是两个概念，而且他了解迪米，说了也白说。

“别担心，我明白你的意思，相信我会把这件事处理好的。我也很难过，可要是欺骗西西，我会更难过的。”

迪米语气坚定地说。

半个小时后，汽车驶入了饭店的停车场。迪米打开车门，取出行李，对老严说：“你先回去吧，我想一个人思考一下明天怎么跟西西谈。祝我好运吧。”说完他拉着行李箱快步走进酒店。

老严坐在车里，怔怔地，半天没动。他极度的震惊与触动：我靠，这么大的事怎么在老外眼里就那么简单呢？我每天都在欺骗柳婄，难道我就是个浑蛋？这样的事对我来说怎么就那么难，那么优柔寡断呢？我该怎么办？

他索性熄火下车，坐在隔离墩上，抽着烟，陷入了沉思……

2

“哎哟，老严，你一个人蹲在这儿干吗呢？”

一身休闲打扮的林秋带着于娜刚从亮马河公寓走出来，就看到老严坐着在隔离墩上发呆。

“哦，没事。刚送我同事回酒店了，抽口烟，你们这是去哪啊？”老严尴尬地笑笑回答。

“我俩准备去绿波廊吃晚饭呢。你要没事一块去吧。”林秋说。

“不了，谢谢。我待会就走。”老严婉拒道。他可不想当电灯泡。

“去吧，去吧，你就会假客气。我正好有事跟你商量呢。”林秋过来不容分说，拉起老严就往酒店里面走去。

于娜笑呵呵地跟在后面。

绿波廊是来自上海的一家老店，在亮马河饭店一层开了个分店。由于价格比较贵，加上南方口味的原因，吃饭的客人并不多。

服务员极其热情地把他们三人带到靠窗的一个餐桌，递上菜单，语气谦卑地问道：

“请问三位喝点什么茶水？”

“来壶菊花吧。”林秋答道，低头看着菜谱，迅速点好了几个菜，把菜单还给服务员。

“最近怎么样？伤好利落了吧？”林秋问。

“早好啦。你们俩挺好吧？真让人羡慕，郎才女貌的一对。”老严寒暄道。

“谢谢。严哥就是会说话。林秋常夸你，说你们几个特别好，跟亲兄弟似的。”于娜一头短发，显得很干练，一笑俩酒窝，两排洁白的牙齿，穿着时尚前卫，气质十分好。

“哈哈，那是。我们十二年的交情了。遇到你，这下好了，终于有人能治他了。他可是个自恋的家伙！”老严笑着对于娜说。

这时，服务员端来饭菜，微笑着说：“您点的菜上齐了，各位慢用。”

“老严，你跟辛杨怎么样了？咱是哥们，你跟我说实话，是不是陷进去了？你打算怎么办啊？”

林秋边吃边问，一脸的认真。

“我说你怎么哪壶不开提哪壶啊？”当着于娜的面，老严并不想说自己的事。

“没事。”林秋明白老严的意思，他把于娜搂在身边，笑着说，“她又不是外人，你就直说吧。再说，我俩的事跟你也差不多，还想跟你商量商量呢。”

“哦？什么意思，什么差不多？”老严一怔。

“唉！是这么回事。我跟于娜好了以后才知道她已经结婚了，只不过在分居。这不，正发愁呢，想帮着她把婚先离了。”林秋叹口气，告诉了老严真相。

“我靠，”听他这么说，老严一愣：“真的假的？”他不敢相信林秋也遇到了跟自己同样的事。

“唉，是真的，我怎么能拿这事开玩笑啊？”林秋叹了口气，表情严肃认真地说。

“这叫什么事啊，来，先为我们的共同遭遇干一杯，再从长计议。”老严苦笑道，举起酒杯，一饮而尽。

“我们四个同学，这么多年跟亲兄弟一样。遇到天大的事都无所畏惧，能相互帮衬，拿个主意。这么多年，再难的事我也能扛过去，可感情这事，真他妈让人头疼。好不容易遇到自己爱的人却不能光明正大地交往，相爱，还得偷偷摸摸，真是压抑。”

林秋连喝了两杯白酒，满脸通红，接着动情地说：“老车去美国过他的好日子去了，老李又是那种不解风情，自我实际的人，他根本不理解感情是什么。所以我只能跟你商量了，我知道你也正烦呢，可我只能找你，谁让我踩着你的大脚印子也走到这条路上了呢？”

林秋的话准确地描述了老严这一年来的感受和心情，他完全相信，没有那种经历的人绝对说不出这样的话，至少他确定林秋是真的爱上了于娜。

“于娜，你们不是分居了吗？离了不就得了？”老严看着对面的于娜不解地问道。

“他不离啊，所以只能分居。就这还三天两头地找我，让我回家住呢！真是烦死了。”她一脸无奈地回答。

“这样啊。那你是铁了心要离婚吗？还是遇到林秋后才有这念头呢？”老严问。

“我的严大哥啊，我跟林秋认识半年前就分居了，那个人不能要！”

“我有个主意哈，你们的情况跟我还是有点不一样。我是想离婚，不敢离。我老婆有恩于我，而且还有孩子。你们不一样，你们是死心塌地要离婚的。我有个朋友是个大律师，很厉害，哪天我把他约出来，让他帮你们出个主意，只要他出面，这事没问题的。”

“真的呀？太好了，你怎么不早说啊？害得我整天愁眉苦脸的。你瞧，都有白头发了。”林秋高兴极了。

“你屎不到腚门子，才不会急着找茅坑呢！干吗不早说？”老严埋怨道。

林秋给老严斟满一杯酒，拉起身旁的于娜说：“宝贝，咱俩敬老严一杯酒吧，谢谢他帮咱俩早日脱离苦海。”

看着面前这俩人欢天喜地的，老严心里一阵阵的发酸、绝望。他知道自己的事可不是律师能解决的，也许只有像迪米那样才是唯一的出路。他自认为自己不是一个拖泥带水、优柔寡断的人，但那是在不影响他人的前提下。结婚、离婚是两个人的事，一个武断错误的决定都有可能影响和改变另一个人的命运。他除了被动地等待似乎没有更好的办法。

3

迪米三天没来上班。老严猜想这事没那么简单，就没给他打电话，暗自祈祷他能圆满地处理好跟西西的事。

他给米歇尔发了邮件，把近期的市场分析和销售向老板做了汇报。米歇尔回复让他立刻去他投资的那家酒吧——玛莉安妮去看看。凯瑟琳有日子没跟他联系了，打电话也不接，不知出了什么事？

下班后，老严打电话告诉辛杨，今晚别做饭了，去外边吃。辛杨的花店招聘了个助手叫小李，是个来自东北的鲜族姑娘，很能干，这段时间辛杨可以抽出时间早走，在老严回家前把晚饭做好。

他们约好晚上六点半在“玛莉安妮”见，去吃比利时比萨。

老严最后一个离开公司。他锁好门刚要进电梯，迪米的电话打来了，问他下班有没有空，想一起吃个饭。

老严估计他跟西西的事处理好了，就让他也去那家酒吧见。

从亮马河大厦开车到三里屯南街也就十分钟。老严停好车，一眼就看到这个极具中欧特点的酒吧，外表看上去像个中世纪的小古堡，门前一排排绿竹和一棵参天的古树，古树的后面就是酒吧的门脸，红蓝两色的霓虹灯打出中英文对照的两排字：MARIANI Bar，“玛莉安妮”。

他推门进去，里面几乎坐满了客人，多半都是老外。一股香浓的咖啡和奶酪的味道扑鼻而入，蓝调乐曲时隐时现，瞬间令他有点恍惚，感觉回到了寂静空灵的安特卫普。

老严朝吧台望去，没有看到凯瑟琳。他正在巡视四周，听到辛杨在喊他：“老公，这呢，这呢！”

在靠近厕所的边上，老严看到早到一会儿的辛杨。

“你怎么找这么个地儿啊？”他穿过一排排餐桌，走到辛杨面前有点不满地问。

“哪儿还有空台子啊，都满了，就这还是等来的呢。”辛杨委屈地说。

老严刚坐下，迪米就进来了，后面居然跟着西西。

西西的眼睛是红肿的，一看就没少流泪。见到老严，她不自然地打着招呼，默默地坐下一语不发。

迪米对辛杨点点头："嗨。"他的话也不多。搞得气氛怪怪的，有点压抑。

"你怎么选这里呢？太吵了。"迪米问。

"没办法，老板说凯瑟琳不理他了，让我来看看怎么回事。"

"哦，是吗？那你见到她了吗？"

"没有啊。"

"请问各位点什么？"一个穿西服的服务员过来问道。

"你老板在吗？"老严问服务员。

"在啊，那不在吧台呢。"服务员指着吧台低头抽烟的青年男子说道。

"什么？他是老板？"老严有点蒙，"这儿的老板不是个外国女的吗？"

"噢，你说凯瑟琳啊？她早不管事了，也不怎么过来。这里是她男朋友经营着呢，就是吧台那个。"服务员说。

"天哪，不会吧，这么大的变化啊？"迪米也傻了。

老严先点了两个奶酪火腿比萨，两瓶督威啤酒，两瓶智美啤酒和两盘恺撒沙拉，然后对迪米说："我们先吃，一会儿你给凯瑟琳打个电话，让她过来一趟，我们问问清楚，好给老板个交代。"

"我现在就打。"

迪米拨通了凯瑟琳的手机，很快她就接了电话，犹豫片刻最终还是答应过来。

服务员把比萨和啤酒端上来，大家立刻低头吃起来，谁也没有说话。辛杨看看老严，又看看西西，想说什么，见没人回应，只好作罢。

几分钟后，迪米终于打破了沉默对老严说："严，我们谈好了，西西同意分手。"

说完，他举起酒杯又对西西说："对不起，我祝你找到更好的男朋友，我永远都是你的朋友。”

西西也举起酒杯，红肿的眼睛再次流出痛苦的泪水。她没有说话，点了点头，把杯中酒一口喝下。

“西西，很抱歉。迪米他不是有意的，我想，他……”老严有点语无伦次，不知道怎么安慰她。

西西擦了擦眼泪，跟老严要了一支香烟，平静了一下心情对老严说：“其实，我感谢他对我说实话，没有骗我。尽管我还爱他，但是他已经爱上了别人，我留下他的人留不住他的心，没有用的。我很伤心，我两天两夜没有睡觉了，请原谅我的样子，只是因为我们在一起已经六年，留下那么多美好的回忆。我为过去伤心，不是因为分手伤心。”

她猛吸两口烟，呛得直咳嗽，她不会吸烟，只好把烟头拧灭，接着对迪米说：“以后你要照顾好自己，你的头冬天不能受风，最好准备一条围巾或者帽子，不然你会头疼。”说着摸了摸迪米的头，又拍了拍他的脸，憔悴的面容勉强挤出一丝微笑。

迪米终于没能控制住自己，他心一酸，眼圈发红，瞬间便潸然泪下了。

辛杨本就是个善良的女孩，前天老严回家告诉她这个消息时，她惊讶得不敢相信，大骂迪米不是人，怎么能做出这样的事情来。可看到眼前的场景，她哭得比谁都伤心，好像被伤害的是她而不是西西。一方面她为这对相恋六年的情侣分手而伤心，另一方面她又为迪米的勇气和魄力所折服。

要是老严能这样做该多好啊！她暗想。

“西西，以后不开心了就来找我好吗？我陪你。我们还是好朋友。”辛杨走过去拥抱着西西。

“谢谢你，我想离开中国去澳大利亚。之前总部就想派我去澳洲，我不想跟迪米分开，就拒绝了，现在正好是个机会，我打算下周就走，这次也算是跟你们告个别。”西西平静地说。

老严四人各自想着心事，默默低头不语，只有刀叉与餐盘碰击的声音，与酒吧活跃热闹的气氛相比显得有点格格不入。

这时，凯瑟琳走了过来。她比一年多前胖了一圈，一脸的憔悴，像个中年妇女。

4

迪米给米歇尔写了长长的一封邮件，把事情的经过原原本本地告诉了他。

原来米歇尔走后，凯瑟琳在酒吧认识了一个与她同龄的中国男人，长得很帅。那小伙子疯狂地追求她，几乎每天都去酒吧陪她说话聊天。本来凯瑟琳就是个耐不住寂寞的年轻人，加上很长时间跟米歇尔也见不上一面，很快就跟这个中国小伙子上了床，而且还同居了。时间长了，她已经离不开他了。为了能彻底留住他，凯瑟琳把酒吧交给了他，自己在家做起了家庭主妇。

偶尔凯瑟琳也会去酒吧看看，帮帮忙。可不知什么原因，那小子总是不让她去。每次一见她来酒吧，就生气地骂她，找碴跟她吵架。为此，凯瑟琳几乎不敢再去酒吧了。后来她觉得不对劲，一天晚上，她偷偷去了酒吧，看到她所谓的男朋友跟一个女孩打得火热，又是接吻又是拥抱的。

凯瑟琳终于明白了，那小子根本不爱她，目的是她的酒吧，顺便玩玩她。

凯瑟琳气得大病一场，又不敢跟迪米和老严说明真相，怕米歇尔知道了跟她拼命。她只好忍着，打算跟那小子分手，找个律师把酒吧要回来。可当初她决定把酒吧交给那小子时，还在协议书上签了字，不知道能不能把酒吧夺回来，所以米歇尔最近给她打电话，她都不敢接，不知道该怎么对米歇尔交代呢。

邮件发出去后，迪米问老严："你觉得米歇尔会有什么反应？"

"肯定气疯了，然后买张机票飞来，跟凯瑟琳算账呗。"老严想，换作自己一定这么做。

很快老板就打来电话，希望老严和迪米出面帮助凯瑟琳跟那小子谈谈，酒吧不要了，让他给笔钱，给多少都无所谓。如果凯瑟琳愿意，给她买张机票，让她回国。

至于跟凯瑟琳的事，米歇尔说他会自己处理好的。

“米歇尔脑子进水了，一定是气糊涂了。他干吗还管凯瑟琳啊？要是我根本不理她，那就是个忘恩负义的骚货，直接找个律师把酒吧夺回来，自己派人管理经营。生意多好啊，不要太可惜了！”老严惋惜地对迪米说。

“算了，米歇尔一定有他的难处。我们尽量照办吧。”西西走后，迪米的心情不太好，懒得给自己找麻烦。

老严发动人脉关系找到自己当律师的哥们，又找了十里堡一带的流氓混混，答应事成之后给百分之十的辛苦费。

律师出示了老严投资选址开办酒吧的证据，混混们整天到酒吧捣乱，整得那小子苦不堪言，经过谈判，只好同意拿出50万彻底盘下这家酒吧。

一周后，钱款到账。“玛莉安妮”酒吧正式易主。

老板让老严留下五万，作为对他的奖励，其余的钱说交给凯瑟琳。老严觉得米歇尔真是个有情有义的男人，感觉自己做他的雇员很幸运。

凯瑟琳死活不要老严送来的钱，只是留下一万元买机票，让老严把剩余的钱给米歇尔还回去。她说，她要回比利时请求米歇尔的原谅，如果米歇尔不嫌弃，她仍旧愿意跟着他，即使还做他的情人。

5

酒吧的事刚处理完，迪米就兴冲冲地跟老严商量想把他的新女朋友邬娜斯接到北京来，长期跟她在北京生活。

“好啊，那你打算让她做什么？”老严自然是欢迎了。

“我想跟米歇尔商量一下，让她给我们做财务主管，你看好吗？我没有别的意思，只是我们的英文账目需要有专人来做。米歇尔也希望我们加强财务管理，而且在中国找一个懂英文的财务很难。这样一来，我们两个就能在一起。”迪米实话实说。

“好啊，我同意。这个主意不错。”老严打心眼儿里赞同。

一个月后，被迪米整天挂在嘴边，令他日思夜想的邬娜斯终于走进了亮马河大厦公司的办公室。

这是个非常优雅大方的女人，三十五六岁，皮肤黝黑，一头短发，一双乌黑明亮的大眼睛，身着黑色套装，面带微笑，说着一口流利的英语，跟办公室每个人礼貌地打着招呼。

会计小胡悄悄对老严说：“严总，原来成熟女人更有魅力啊，难怪迪米神魂颠倒呢。”

“去，你懂什么？干你的活吧。”老严虽然数落着小胡，心里也暗自赞同她的观点。

小胡吐了吐舌头，做了个怪相，忙坐回自己的办公桌。

“严，你好。很高兴见到你。迪米常跟我提起你，说你们工作配合得很默契，是难得的好搭档。希望以后我们也一样，请你多帮助我。”邬娜斯微笑着对老严说，露出一口洁白整齐的牙齿。

“我也很高兴你加入我们的团队，相信我们一定会相处得很融洽，有什么不明白的尽管问我。”老严热情地回答。

“迪米经常跟我提起你，说你对他帮助很多，希望我也能成为你的好朋友。”邬娜斯说话的神态的确很有魅力。准确地讲，她是个成熟妩媚的女人，口气充满了温柔。

老严点点头，给了她一个热烈的拥抱。

一旁站立的迪米早已乐开了花，整整一上午，嘴巴居然都没有合拢。

安顿好了邬娜斯，老严给林秋打了个电话约他楼下咖啡厅见。他很感慨：昨日还哭天抹泪地告别旧人，今天就欢欢喜喜地迎接新人了。人生大致如此，有合就有分，有泪水就会有欢笑。

帮于娜离婚的律师已经安排好了。他一会儿打算跟林秋约个时间见个面，抓紧把事办了。这些日子他净忙活老板和迪米的事了，给林秋找律师的事差点给忘了。

6

老严一个人在咖啡厅抽完了一支烟，才看到林秋磨磨叽叽地走了进来。他戴了副墨镜，嘴角明显地肿胀着，一脸的尴尬。

“你怎么这德行了？”老严一惊。

“操他大爷的。你看看。”林秋摘下墨镜，右眼黑黑的一圈，跟熊猫似的。

“谁干的？你跟于娜吵架动手了？不能啊，于娜哪来的力气把你揍成这样啊？”看他那样老严就想乐。

“不是她，是她那傻×老公！”

“啊？怎么回事儿啊？”老严又是一惊。

原来，前几天一个晚上，林秋送于娜回她自己的住处。到了楼门口，临下车时，林秋跟于娜拥吻告别。突然从楼门口蹿出一个人来，二话不说抡起手里的棒子就砸车。林秋以为是遇到劫道的了，就冲下车跟那人搏斗。那人边打边骂于娜是偷人的婊子，骂林秋偷他老婆。林秋这才知道是于娜的老公，在门口堵着他。他就有点心虚，结果被那人臭揍一顿，眼睛也被打青了，嘴也被打肿了。情急之下，于娜拨打了110，他老公才夺路而逃。

“那你没事吧？”老严关心地问。

“没事。就是车风挡被砸烂了，已经换了新的，不过眼睛还没好。”说着他又把墨镜戴上。

“我靠，你怎么跟我一样倒霉啊？”老严真是哭笑不得。

“可不是嘛，我也觉得咱俩遇到的事都他妈像得邪乎。”

“那后来呢？”

“后来于娜也急了，跟她老公大闹了几天。那傻×一方面觉得理亏，另一方面觉得跟于娜彻底没戏了，就答应离婚了。这几天就等谈好了财产分割，然后去办事处办手续了。”

老严长出了一口气，他掏出一支烟递给林秋，然后说道：“那就不用找律师了。我今儿约你还说安排你跟律师见面呢，得，省了！”

服务员端来啤酒，老严对林秋说：“来吧，喝点酒压压惊。你这顿打挨得值。”

“是啊。”林秋点头赞同，反问道：“你的事怎么样了，还拖着哪？你总得解决啊，时间越长越痛苦。”

“唉……”老严叹口气，说道：“难啊，难啊！我哪里敢跟我老婆提离婚的事啊？”离婚对他来说简直就是天方夜谭，他根本没有勇气向柳婄提出来。他甚至不敢想象怎样去面对妻子和女儿的眼神，这两个人几乎就是他身体的一部分，如果砍掉，即使不疼死也差不多了。

7

就在老严看着别人一对一对，有情人终成眷属，羡慕嫉妒抓耳挠腮之际，柳婄已经得知老严外边有了别的女人，而且已经好一年多了。

事情的起因是缘于老李。

当初他介绍表姐给老严的时候，觉得表姐是个非常优秀的才女。柳婄是他亲舅舅的女儿，从小学习就好，是他乃至所有邻居家孩子学习的榜样。表姐为人清高，性格内向不太容易跟人交往，更别提找对象了。

他跟老严四年同窗，知根知底，而老严的家庭与为人也能配得上表姐，他相信凭着表姐的才华和气场，桀骜不驯的老严一定会服服帖帖，专心过日子的。

随着表姐的回归，孩子的出生，老严事业的上升，他觉得自己做了一件大好事，常常为此扬扬自得，俨然一副成功红娘的样子出入舅舅家和老严家。

然而辛杨的出现，令他紧张、心慌。起初，他以为老严也就玩玩而已，毕竟表姐过于严肃，过于忙碌。老严偶尔偷个腥，逢场作戏之后，还得回家过日子，所以也没当回事。

可后来，事情越来越不对劲，老严越陷越深。直到老严被刺伤住院，警方公布案情，他才意识到问题的严重性。为此他曾找老严谈过几次，劝他立刻放手，离开辛杨，并警告他如果再发展下去，后果将不堪设想。

老严表面上痛快地答应他，还表了决心，做了保证，可并没有什么实际行动，反而越来越疏远他，明显地躲着他。

每次给老严打电话，不管是见面还是吃饭，他都找借口推托，不是说忙就是说在外地出差，总是找出各种理由避免跟他见面。

他干脆去老严家里堵他，柳婄说，老严去上海筹备办事处，很长时间没有回家了。老李一听就傻了，明明听林秋说他就在北京呢，怎么去外地了呢？

他明白了，老严这小子一定是骗老婆说出差去外地，然后偷偷地和辛杨同居。他意识到问题的严重性，决定必须出手，极力挽救老严，挽救他们的婚姻。

他也担心过，老严也许会为此跟他翻脸，也许会毁了他们十几年的交情。但他没有别的选择，等以后明白过来，老严会理解这么做也是为他好。

老李决定跟表姐谈谈。他没敢去家里找表姐，而是选择了打电话，这样就不会因看到表姐的表情而畏惧。他拨通了柳婄的电话。

“怎么了，吞吞吐吐的？”柳婄觉得老李怪怪的。

“表姐，跟你说个事。那什么，老严好像最近跟一个女孩打得火热。”

“什么？什么时候开始的？那女孩是谁？”柳婄有点蒙。

“我见过那女孩，好像是开酒吧的。他俩去年认识的，不清楚好了多久。我觉得老严是一时糊涂，是那女孩勾引他的。”

柳婄大吃一惊，半天没有说话。她不敢想象这是真的，但表弟从来不会对她撒谎，何况这么严肃的事儿。

“表姐，你没事吧？”

“我没事。”柳婄觉得自己有点失态，忙说：“我知道了，先挂了。”

“你先别挂，表姐。我之所以给你说这些，是想和你一起挽救老严。我知道你一定很生气，但是老严只是一时糊涂。希望你教训他一顿，再给他个机会，好吗？”

老李又千叮咛万嘱咐，直到表姐答应他之后，才挂上电话。

8

晚饭后，老严跟辛杨在他们租住的房子里兴致勃勃地商量着买家具的事，柳婄打来电话，让他明天回家一趟。

老严心虚地问：“什么事啊？”

“你回来再说，很重要的事。”柳婄平静地说完，便挂了电话。

老严预感事情不妙，神色不安起来。柳婄很少给他打电话，除非孩子病了或者跟孩子有关的事。现在孩子放暑假被送回外婆家了，至少这事与孩子无关。

老严就是这样的人，只要有心事立刻表现在脸上。看他一脸的沉重，辛杨就知道没好事，忙问“怎么了？”

“不清楚，只是让我回家一趟。”他意识到可能柳婄知道了自己跟辛杨的事，一夜没有睡好觉。

第二天下午，老严忐忑不安地回到自己的家中。

早已在家等他的柳婄看上去很憔悴，一看就没有休息好，不过依然很平静。

“出什么事了？还得当面说？”老严虚张声势地问道。

“这段时间你在外面都忙什么呢？你明明在北京，为什么要骗我说在外地？”柳婄的语气不高但有点严厉。

老严一惊，心想这回完了。他脑子飞速旋转着希望找到应付柳婄的理由。“没，没有啊，谁说我在北京呢？”他虽想死扛到底，但语气有点结巴。

“你还骗我？表弟都跟我说了！”柳婄明显提高了声音。

“我靠，这他妈老李。”老严暗暗叫苦，真是怕什么来什么。他下意识地反问道：“他都跟你说什么了？”

“他说什么你应该最清楚。我们已经结婚十年了，有什么话不能说出来，非要偷偷摸摸的呢？我承认我不够温柔，对你关心不够，但我绝不会背叛你。即使我对你不满意、失望甚至是绝望，也会跟你明确说出来，离婚后再找。你怎么那么龌龊，做出那么不要脸的事情来？”

柳婄的语气变得激动愤怒起来。她不是泼妇，愤怒至极也就这样了。

“我没干什么呀！我怎么了，就不要脸了？”老严还在狡辩，但已经崩溃了。结婚十年，柳婄从未跟他红过脸，更别说发这么大的火了。

“那女孩是谁？听说你背着我跟她好了一年了，有没有这回事？你必须跟我说清楚，别以为我什么也不知道，你想风流，先把婚离了。不然你这就是道德败坏，就是无耻！”

柳婄脸色铁青，双眼冒火。

这下彻底完了，想不承认都不行了。该怨谁呢？老李的确很操蛋，可这一切都是自己造成的，事儿是自己做的。他就怕以这样的方式跟柳婄谈离婚，所以才遮遮掩掩，想找个更好的办法和机会主动坦白交代，总比被逮着强，可偏偏就被逮着了，瞬间自己就变成了罪犯，家就是法庭，柳婄就是法官。

老严一支接着一支地吸烟，沉默不语，双腿不停地抖动着，大脑一片空白。他低着头，不敢看柳婄，不知该说什么，怎么说。

“问你话呢，那女孩是谁？你们发展到什么程度了？”柳婄不依不饶的。

这三个问题就像三颗炸弹，把老严炸得体无完肤，没有任何招架之力。他把烟蒂掐灭，咳嗽了两声，稳定一下情绪，低声回答：“她是个北京女孩，开一家小店，也没怎么样。我们好了差不多有半年吧。”

“瞧瞧你的品位，连小商贩都不放过，真让人恶心！我怎么这么倒霉啊，居然输给个小商贩。”柳婄气得哭了起来。

“对不起，我……你别生气，都是我的错。”老严浑身冒汗。

“你，你给我滚！”柳婄终于爆发了。

柳婄其实并没想好是不是该离婚，或者再给老严一次改正的机会。依照她的性格，应该立刻离婚，这种事在她看来是不可饶恕的。考虑到孩子的因素，加上老李千叮咛万嘱咐让她不要冲动，希望再给老严一次机会，所以她没有立即表态。她朋友不多，即使朋友多，也不愿意跟别人透露自己的隐私，何况是这么丢人的事情。她需要时间自己思考消化，于是让老严最近不要回家了，先分居一段时间，各自冷静一下，再做决定。

9

夜里十点多，被轰出家门的老严心乱如麻。他没有回去找辛杨，而是一个人开着车顺着三环转了一圈，他也不知道该去哪里，脑子乱得很。最后鬼使神差般停在了CARWASH酒吧门口。他停好车，走进酒吧，找了个安静的角落坐下，然后让服务员给他来一瓶芝华士，一桶冰块，一会儿的工夫三杯酒下肚了。

这时他的手机响了，是老李来的电话，问他在哪里。

“去你大爷的，你还好意思给我打电话?”他破口大骂，挂了电话。

手机铃声再次响起，他看也没看，索性直接关机。

他接着又连喝三杯，然后抽着烟，双眼直不愣登地发起呆来。

他怎么也没有想到事情会发展成这样，他的眼前一会是柳婄愤怒的眼神，一会是辛杨哀怨的神情。离，还是不离？离？不离?

他头痛得想死。

一个小时后，老李和林秋走进酒吧，一眼就看到窝缩在角落里半死不活的老严。

“估计你就在这儿。”林秋喘着气，挨着老严坐下。

“你给我滚蛋!”看着老李走过来，他气就不打一处来。

老李没有说话，面带微笑，看着他。

“老严，你也别怪老李，他也是为你好，再说你老婆是他表姐，你俩是他介绍的，他总不能不管吧？有话好好说嘛！发什么火啊?”林秋劝道。

老严顿时安静了下来。他知道林秋说得有道理，也没多恨老李，只是这一肚子的邪火没地方撒，就撒在老李身上了。

他抬头看看老李，又看看林秋问道："你们怎么知道我在这儿？怎么你们都知道了，怕我想不开去自杀？"

"那你打算怎么办？"这是老李最关心的。

"我？这得去问你表姐，她打算怎么办？我是有罪之人，这不已经把我从家里轰出来了。"

"我知道，她跟我说了，说你们刚谈过，不欢而散，所以我才四处找你呢！"

"你到底怎么想的，总得有个意见吧？"林秋看着老严颓废落魄的样子，着急地问。

"唉，我要知道该怎么办，就不来这儿喝酒了。"老严叹口气，一脸茫然。

"老严，我跟老李的意见是你回家跟老婆认个错，恳求她原谅，还是跟辛杨分了，玩玩差不多就得了，回家踏实过日子吧，再说孩子都有了，你可别犯糊涂啊！"林秋拿过酒瓶也给自己倒了一杯，边喝边劝着老严。

"是啊，表姐心眼好，为了你拒绝了美国那边的高薪和身份，二话没说毕业就回国了。上次你住院，要不是表姐亲自做手术，你不死也得残疾。这么好的老婆，哪儿找去啊？"老李附和道。

"我×，你们怎么突然都变成说教高手了。漂亮话谁都会说，可这事搁你们身上试试？你们只会从外部看问题，可你们谁知道我的感受？难道我仅仅就是想出轨吗？凡是婚外的感情难道都是邪恶的吗？"老严听他们这么说，气就不打一处来。

这些话，不用他们说老严也明白。他脑子里曾经无数次地回忆着柳嫔的好，柳嫔的恩情，他相信任何人都会站在柳嫔这一边。这就是道德的势力，违背道德规律的一定是被批判和孤立的。

可所有支持柳嫔的人并不了解他和辛杨的感情，感受到这种感情带给他的幸福和快乐。

他知道自己需要的是内容而不是形式，就像迪米和西西那样，爱就是爱，不爱就是不爱。他需要的是辛杨，而不是柳婄。可如何跨过道德这一关呢？

婚姻中除了爱情，还有责任，毕竟要对孩子承担父亲应尽的责任。这才是令他矛盾和纠结的地方。

“我们是多年的哥们，说这些都是为你好。你好好掂量掂量，可别丢了西瓜捡个芝麻。”老李叹口气，语重心长地对老严说。

“好了，好了。我们今晚只喝酒不谈情。让我自己好好想想，这段时间我就住酒店，放心吧，我不会跟辛杨住一起的。等我想好了，我会给大家一个交代的。”老严不耐烦地说。他不想继续这毫无意义的争论了，他知道他俩要说什么。老严一杯接着一杯地喝起酒来，一会儿的工夫，他便烂醉如泥了。

10

第二天醒来，老严头痛欲裂。他脑子一片空白，就跟得了失忆症似的，昨晚发生的事，一点也记不起来了。他想，估计是林秋、老李他们把他送到酒店的。

口渴得要死，嗓子眼儿直冒烟，他走到吧台，打开一瓶矿泉水，一口气喝完，然后掏出电话给迪米请了个假，说今天不舒服，就不去了。

迪米问：“怎么了？”

他就把跟老婆谈话的事以及分居的事简单说了一下。迪米说：“你好好休息吧，晚上在酒店大堂等我，下班我接你去吃饭。”

放下电话，老严又给辛杨打电话说这几天处理离婚的事，先不过去了，让她放心，好日子就快来了，耐心等些天吧。

他看看表，已经是中午十二点多了，该吃午饭了，可他一点胃口都没有。昨晚的酒还没完全消化，胃里很难受。于是，他走到窗前，把窗帘拉得死死的，屋里顿时一片黑暗。老严倒在床上，继续昏昏睡去。

一觉醒来已经是黄昏时分了。老严拉开窗帘，一抹余晖穿过玻璃照进来，半个房间立刻镀上一层薄薄的金色，刺得他双眼发疼。

老严走进浴室，舒舒服服地洗了个澡，立马感觉神清气爽。他穿好衣服，夹着他用了几年的LV手包，来到酒店大堂，迎面看到刚走进来的迪米和邬娜斯。

“严，今晚我跟邬娜斯请你吃饭。我知道你心情不好，那我们就去个安静的地方，给你些建议吧？”迪米走上前拥抱了一下老严，拍了拍他的肩膀说。

老严很愿意跟迪米聊自己的感情困惑，在他看来，外国人的思维观念是以人为本，没有受到中国礼仪道德传统的浸泡和影响，有独立客观的思维观念，听听他们的意见有助于自己做出明智的决定。

“好的，谢谢你。坐我车去吧。”

他们来到位于工体西门对面的一家名叫地中海的意大利餐馆，这家餐馆整洁、幽静，口味很纯正，老板是来自夏威夷的美国亚裔大卫·陈。

大卫三十多岁，是迪米来中国后认识的朋友，总喜欢穿一件熨烫笔挺、颜色鲜艳的POLO衬衣，透着朝气蓬勃。

看到他们三人进来，大卫一脸阳光般的微笑，露出两排洁白整齐的牙齿，热情地说：“Hi，迪米，你好吗？给你留了位子，老地方。”

所谓的老地方实际就是靠近款台第一个窗户边上，一个四人餐桌，视线很好，透过玻璃可以看到绿树成荫的后花园。

迪米酒量不大，但喜欢喝法国干红，而邬娜斯既喜欢喝酒又喜欢抽烟，只要在休闲场所，总能看到她烟不离手。老严常常会觉得好奇：如此嗜烟的她如何保持那一口洁白如玉的牙齿呢？

这时，服务员送上各自点好的饭菜，其中包括老严最爱吃的意式奶油火腿宽面条和鲁古拉沙拉。

坐在邬娜斯身边的迪米看上去完全就是个小弟弟，他每次说话之前总要看看邬娜斯，似乎在用眼神征求她的意见。而邬娜斯呢，也总是用微笑或者点头回应着，给人一种恩爱和谐的感觉，像结婚多年的老夫妻。这让老严想起以前迪米跟西西在一起时完全不一样的状态，那时俩人好起来惊天动地，争论起来也面红耳赤，像一对长不大的小朋友，而那样的场景在邬娜斯身上似乎永远不可能发生。

看着面前这两人如此放松的神态，老严由衷地为迪米高兴，同时也打心眼儿里羡慕。

“迪米，你看上去气色真好。”

“是吗？谢谢。这都是她的功劳。”说着迪米幸福地看着身边的女友。

“先不说我们，说说你吧。你打算怎么办？”

“不知道，事情有点糟。”老严摇摇头，如实回答。

“你爱上了别人，说明你已经不爱你太太了，你明白吗？”迪米说着，又扭头看看身边的邬娜斯：“对吗，亲爱的？”

邬娜斯微笑着点点头，没有说话，不时地把烟灰弹在烟灰缸里。

“可是，中国的传统观念里，婚姻除了爱情还有责任，而且我还有孩子，我女儿怎么办？”老严想通过反驳迪米以证明自己离婚的难度。

“那就更应该离婚了。你怎么能把一个不相爱的家庭展现在你女儿面前，让她从小就看到婚姻是那么可怕。那样对她是一个坏的榜样，她长大后会对婚姻产生恐惧的。”

迪米的话无懈可击，这是典型的西方人的观点。

“你知道，我妻子没有做错什么，而且有恩于我。我……”老严提出了最困扰他的问题。

“你别说这个，”迪米打断他，接着说道：“我跟西西的事，你最清楚。但我们依然分手了。如果说感恩，西西救过我的命呢。”

迪米的话令老严振奋。不管怎么样，至少还有人支持他离婚。

“其实，我已经想好了。我打算离婚，跟辛杨生活在一起。不过我需要时间去说服反对我的人，那些人都是我的亲人和朋友，他们的意见需要尊重。没办法，我是在中国，所以有些事也许要按照中国的方式去办。谢谢你们。”

他端起酒杯，举在空中。

“祝你好运。”迪米和邬娜斯也把酒杯高高举起。

这时，餐馆外面乌云密布，狂风四起，一场暴风雨就要来了。

11

原以为分居能让自己轻松一些，能安静地考虑一下自己下一步该何去何从。因为问题是客观存在的，只要不解决，它永远都在那里。可结果恰恰相反，老严吃不好，睡不好，每天除了上班还算好过，可一下班，他便百无聊赖，无所事事。这些日子不是跟林秋他们喝酒，就是跟一帮社会上的朋友玩牌。斗地主、诈金花，玩得昏天黑地的，使得分居变得毫无意义。不到一周，老严就坚持不住了，他实在太想辛杨了。于是，他给辛杨打电话说，今晚搬回去住，让她准备点好吃的。

从老严回家跟他老婆谈话到今天，辛杨的心就提到了嗓子眼。她心慌意乱，就跟丢了魂似的，整日胡思乱想，吃不香，睡不好，连自己的花店也无心打理，每天从早到晚坐在款台发呆，还常常算错账。

她生怕老严迫于妻子的压力，或者亲戚朋友的劝说而改变主意，最终屈服。那样她可就惨了，也许连活下去的希望都没有了。

店员小李看她魂不守舍的样子，就傻傻地问：“你是不是跟大哥吵架了？我去跟大哥说说，让他别总惹你生气。”

辛杨只能摇摇头，苦笑着沉默不语。

那几天她实在受不了，就给韩梅打电话，说说自己的烦躁心情。韩梅信誓旦旦地确定，老严一定会离婚的，让她绝对不要担心。

韩梅的话令她的心情平复很多，果然老严如韩梅预料的那样又如愿回到了她的身边。

老严回到他和辛杨的小家时，已是晚上七点多了。虽说是租来的房子，但被辛杨收拾得干净整洁，井井有条。

推门进屋，老严喊道：“亲爱的，我回来了。”

穿着粉色围裙的辛杨从厨房忙跑出来，给了他一个温柔的拥抱。俩人长久、热烈地吻着，泪水顺着辛杨的脸颊止不住地滑落。一股巨大的热流涌上老严的心头，令他百感交集："我们爱得太辛苦了！"

平静之后，老严换好拖鞋，把袜子、棉衣脱下，随手扔在地板上，然后一屁股栽倒在沙发上，长出一口气。

辛杨一边捡起地上的棉衣挂在墙上，一边欢喜地说道："老公，辛苦了。你先歇会儿，饭马上就做好。怎么样，想我没？"

饭菜一如既往的丰盛可口，老严一边喝酒，一边把跟柳婄的谈话内容和自己的最后决定告诉辛杨。最后他面带歉意地对辛杨说："婚是必须要离的，只是需要点时间。记得有人说过，离婚是一项工程，不死也得脱层皮。我觉得柳婄不是那样的人，是我自己心里有愧，想尽量找到一个不要太伤害到彼此的方法。"

"其实，时间不是问题。只要你想好了怎么办，我就踏实了。唉，她也挺可怜的，我心里也很不是滋味。"辛杨叹口气，一脸的内疚。她说的她是指柳婄。

"所以，我才说需要时间，让她提出离婚，这样既顾及她的面子，又能让她不太恨我们。"老严的话一半是说给辛杨听的，一半是说给自己听的。

"那你说她会主动提出离婚吗？"辛杨有点含糊。

"一定会的！她是个骄傲的人，眼里揉不进沙子，以我对她的了解，不出三个月，她就会要求离婚。"老严的口气坚定而自信。

"那等离婚后，我们好好弥补她吧，毕竟她救过你的命。"辛杨还是那么一如既往的善良。她想，不管怎么样，她跟老严的恋情，柳婄已经知道了，这起码算迈开了第一步。这事挺对不住柳婄的，她一定很痛苦，甚至痛恨自己。她并不愿意扮演拆散别人家庭的角色，也看不起那样的人，但事情摊到自己身上，也是实在没有办法。她爱老严已经到了骨髓里，没有老严自己根本活不下去。因此，只要能跟老严在一起，什么样的代价，她都愿意付出。没有尊严，遭人白眼也认了。这就是命。

吃过晚饭，辛杨哼着歌曲，心情愉快地洗碗，收拾屋子。她好久没有这么开心了。

12

2000年的春节到了，这是跨世纪后的第一个春节。大街小巷张灯结彩，超市商店熙熙攘攘，热闹非凡，空中不时响起震耳的爆竹声。人们大包小包购置着年货，谈论着跨世纪，千年虫，一派祥和喜庆的气氛。

除夕晚上，柳婄和孩子待在家中，冷清、凄凉。本来她就不太会做饭，跟老严分居更令她心烦意乱，只是买了几包速冻饺子，给孩子煮好，让孩子吃，而自己只吃了一个苹果。往年的春节不是去婆婆家，就是三人一起回河北的娘家。如今的这种情形，她怎么也没想到。她实在想不通自己哪里做得不好，老严居然会变心爱上别人，连春节都不回来看看孩子。她沮丧、愤怒、失落、孤独。望着窗外烟花灿烂，万家灯火，她不禁悲从心来，一个人钻进浴室放声大哭起来。

这时，电话响起。女儿落落大声喊道："妈妈，电话。"

柳婄擦干眼泪，忙走到客厅接起响了半天的电话，是婆婆打来的。

"小婄啊，你们干吗呢，怎么半天才接电话？"婆婆有点着急。

"哦，是妈啊，我在卫生间来着。"刚哭过声音仍然带着哭腔。

"你没事吧？君君呢？你们明天几点回家？我跟你爸好准备。"婆婆听出柳婄的声音像刚哭过。

"他，他没回来。"柳婄从未撒过谎，不知该怎么说。

"哦？他去哪儿了，这大过年的？"婆婆一惊，接着说道："你让落落接电话。"

落落抢过电话说："奶奶好。"

"你爸爸呢？"

"不知道，爸爸不在家，他不要我们了，跟妈妈吵架了，好长时间都没回家了。”

电话那头哐当一声，没了声音，像是什么东西摔倒了。

其实老严就在家门口的楼梯上坐着。吃过午饭，辛杨就劝他回家看看孩子，陪陪老人。辛杨既聪明又善良，她可不敢在这个时候把老严拴在身边。如果那样，所有人都会戳她的脊梁骨骂她，未来的公公婆婆更不会原谅她。

老严有点犹豫，不想回去。辛杨苦口婆心地劝他，最后急了，拿起东西要回自己家。老严这才极不情愿地开车把辛杨送回家，然后又开到自家楼下。他坐在楼梯台阶上，望着万家灯火，犹豫不决。楼门口贴着喜庆的对联，透过邻家的窗户可以听到电视上春节晚会的声音。

这时，手机响了。他一看是父母家的号码，赶忙接起。

“你在哪儿呢？”父亲的声音威严而焦急。

“在家门口，正准备进门呢。”老严听出父亲的不满，忙回答道。

“是吗？那好，你马上进门，我打家里的座机。”父亲急中生智。

老严赶忙开门进屋。女儿落落看到他，开心地喊着：“爸爸回来了。”

老严抱起女儿，从身上掏出买好的礼物交给女儿说：“落落乖吗？想爸爸没有啊？”

“想，天天想。”

女儿的话，让老严心如刀割。这些日子，最让他揪心的就是女儿，所以每个周末他都亲自开车去幼儿园接孩子，陪孩子玩上一会儿，再送回家交给柳媗。

柳媗看他进来，没有说话，独自走进卧室关上门。

老严刚放下女儿，座机就响了。他接起电话心虚地问：“爸，怎么了？”

“怎么了？你还是人吗？你妈差点心脏病犯了。明天带你老婆孩子准时回来，看我怎么收拾你。”

“我……”没等老严说完，那头电话挂了。

完了，完了。这事算是闹大了，连父母都惊动了，看来这个年不太好过了。他躺在沙发上，瞪着眼熬到天亮，脑子跟灌了铅一样沉重。

第二天一早，老严从沙发上起来，洗漱完毕后，柳婄也领着落落从卧室出来了。

老严不自然地对柳婄说：“一会你陪我带着孩子去看看爷爷奶奶吧？”

“今天医院值班。我不知道你回来，就跟别人换班了，本来要带落落去的。既然你回来了，那就带孩子去爷爷奶奶家吧。我得去值班。”柳婄语气平静而陌生。

“不能再换回来吗？”老严恳求道。

“不能，今天初一，本来就没人愿意值班。再说，我去你家太尴尬，我也不想去。”说完，柳婄走进卧室，把门关上了。

老严暗暗叫苦，无奈之下，只好独自带着孩子开车去了父母家。

这个年过得自然是糟心郁闷的。在一片骂声和叹气声中，老严总算熬过了这个漫长而痛苦的春节。从初一到初五，父母把他关在家里，软硬兼施，恩威齐下，用尽一切能利用的手段让他检讨反思。在他保证绝不主动离婚后，父母才放他离开。刚过初五，他便买好机票带着辛杨去昆明旅游了。

这个春节也是辛杨有生以来最难熬的一个春节。她把自己关在家里，哪里也不去，谁也不见，满脑子都是老严一家幸福团圆的欢乐场景，让她痛苦、忧伤。

第九章

1

距离北京市区以南十五公里紧挨着京津塘高速收费口，有个小镇叫亦庄。90 年代末期，这里还只是一片接着一片的农田和几座破旧不堪的楼房，一条坑洼不平的马路从蒿草丛生的荒野穿过，伸向旧宫和东高地，每到夏天的晚上，蛙声此起彼伏，震耳欲聋。后来市政府批准在此设立经济开发区，一些著名的国际企业陆续圈地入驻，地产开发商也把宝押在这里，短短两年的工夫，已经有几个公寓楼和别墅区建成了，渐渐地高楼多了起来。

江小民打算把自己的第十一家连锁超市开在这里，还计划在开发区新开盘的一个公寓楼买套房子。

这一天，他开车拉着老严到亦庄转转，顺便帮他看看新选的公寓。

这段时间，小江跟老严走得比较近。老严因个人问题，受到老李的指责，他尽量躲开自己的同学圈，省得唠叨起来没个完，令他心烦。同时他觉得小江为人实在，聪明有魄力，虽年少却老成，跟他在一起玩，感觉舒服有活力。

汽车穿行在亦庄刚刚建成的唯一的一条马路上，老严看到马路边有家野味餐馆和小歌厅，歌厅门口挂着几串红灯笼，迎风摇曳，灯笼下站着几个花枝招展的柴火妞，看到过往的车辆便招手扭屁股地招徕生意。

“我怎么感觉来到河北的小县城啊？北京还有这样的极品啊？”老严盯着窗外搔首弄姿的村妞笑道。

“严哥，你可别瞧不上这儿，过不了几年，这一带一定火。怎么样，买几十亩地吧？才二十万一亩，而且可以申请银行贷款。”江小民认真地说道。

“哈哈。”老严大笑着不置可否。他觉得江小民的话不靠谱，根本没过脑子。

后来，果然被小江言中。短短十年后，亦庄已经是高楼林立，学校、医院、购物中心比比皆是，成为北京城南炙手可热的地段，当年二十万一亩的土地价格，如今只能买十平米，而且连一块多余的地都没有了。

老严恨不得扇自己一顿，肠子都悔青了。还好，后来在小江的说服下，贷款买了套联排别墅。几年后，老严白手起家时多亏用这套房子作抵押得到银行贷款，才得以翻身，不然他已经悔死了。

江小民把车停在一个新建的小区里，带老严上楼去看房子。

“毛坯房，一百五十平米，两千八每平米，小区有会所、绿地，公摊很小，物业费才一块二。怎么样，来一套吧，严哥？”

他的样子像是个售楼先生，令老严忍俊不禁。

“什么时候交房啊？”老严问。

“一年后，我买的是期房。”

“我喜欢复式的。”老严想起辛杨总羡慕人家楼上楼下的那种房子。

“有啊，走，我带你去看看。”江小民希望把老严也拉到亦庄跟他做邻居，相互有个照应，于是热情地推荐另一个叫花式洋房的楼盘，他筹备中的十一店就在那儿。

几天后，老严开车带辛杨看了那套房子，她喜欢得不得了，前后左右，仔仔细细地看了大半天，才依依不舍地离开。来到售楼处，辛杨跟打了鸡血似的，滔滔不绝地跟售楼小姐说着什么，最后，生生从售楼小姐手里砍下去百分之一的折扣。

老严看着她激动无比的样子，原本犹豫的心情立刻坚定了起来，二话没说，当时就交了定金，签了合同。一年后，他们就能拥有一套属于自己的楼上楼下大房子了。

办好购房手续后，辛杨兴奋得好多天都没睡着，一天到晚抱着一摞一摞的家装家居杂志看，憧憬着新家的样式和家具，跟犯了魔怔似的。她太渴望有个自己的家了！

辛杨隔三岔五地就会跑到建筑工地来看看，围着刚刚盖了一半的房子转来转去的。其实她也不知道来看什么，只是每当来到这里就倍感兴奋，满脑子都是对未来的憧憬。

周日早晨，吃过早饭辛杨对老严说："亲爱的，你带我去工地吧，我还想去看看。"

老严不明白刚刚才建设一半的破砖烂瓦有什么看头，可又不想破坏她的兴致，便无奈地说："好吧，不过中午我跟迪米要去见个客户。我就先把你送过去，如果我回来得晚，你自己打车回家好吗？"

送完辛杨，老严陪着迪米开车来到位于东四环附近的华润饭店咖啡厅，与来自香港的王先生见面。王先生是香港人，从事电器和珠宝生意，每次来京都喜欢住在这家港资背景的四星级饭店。

老严是第一次跟王先生见面，在咖啡厅接过王先生递过来的名片一愣，只见名片上写着三个字：王霸金。他以为是名字，顺嘴念出声来："王霸金先生。"王先生一脸尴尬地笑着说："严总，那不是我的名字，是我代理的一款电池品牌叫'金霸王'。香港的语言习惯是从右往左念，而且我的名字在名片的背面。"

老严脸一红哈哈大笑起来："真抱歉，怪我没有常识。"

迪米不明白老严他们在笑什么，等听完老严的解释，也笑出声来说："中文真是太奇怪了，含义无穷啊。以后，我更不敢学习中文了。万一顺序搞错了，意思就全反了。"

跟王先生谈好进货合同后，老严起身要走，他想赶回去接辛杨。但王先生一脸热情地说："我想请二位吃个饭，请务必赏光。"

盛情难却，老严只好给辛杨发了个信息，说接不了她了，让她自己打车回家。

跟着王先生来到位于酒店二层的港式餐厅，老严看到一张圆桌旁早已坐着一位身穿红色运动服的女子，身材高挑，棕色皮肤。

老严一愣，十分惊讶，这不是大吉普吗？尽管两年没见，但老严仍然一眼就认出了她。

王先生带着老严他们来到大吉普落座的餐桌旁，温柔地对她一笑，充满爱意地说："Honey，让你久等了！"

然后他回头对老严和迪米说："这是邢小姐，我的朋友。"

尽管他没有说明二人之间的关系，但老严从王先生亲昵的动作中能看得出他们肯定是情人关系。

大吉普也认出了老严，她表情十分尴尬，不知该承认认识老严呢还是装作初次见面。她怔怔地站在那里，一副不知如何是好的样子。

倒是老严十分老练，装作刚认识的样子，走上前去跟大吉普握手，礼貌地说："你好，邢小姐，很高兴认识你。"

大吉普见状也顺势跟老严客气地寒暄，只是在跟老严握手时暗自使劲地用力。疼得老严心里直叫苦：不愧是运动员出身，你要捏死我呀？

这顿饭吃得那叫一个别扭。老严和大吉普各怀心事，沉默寡言的，只有迪米跟王先生不知情地东聊西扯说得起劲。

其实老严心里倒是很坦然，虽说眼前这个女人是自己曾经的情人，但已经过去两年。自己不能给人家任何承诺，干吗不能接受人家寻找新的感情寄托呢。他甚至有点暗自窃喜，大吉普已经成为过去，他们的关系可以安全地告一段落了。

第二天，老严收到大吉普发来的一条短信："老严，希望你理解我的苦衷。我实在忍受不了那种守活寡的感觉，希望我们还是朋友。"

老严心情有点酸楚。他回复道："我为你高兴，我们依然是朋友。"

2

日子如水般悄悄流淌着，流过了春天，转眼又流到了夏天。

这几个月老严的工作很忙，除了出差，还是出差，国内国外地飞。有时候，他一天飞三个城市，早上飞上海，中午飞广州，晚上飞厦门。迪米在电话中叫他 SUPER FLY.

在厦门还发生了一段美丽的邂逅。圆满完成了厦门的工作，原本打算第二天回北京，和老严一起出差的沈杰说，整天飞来飞去的，累坏了，也没停下脚步逛逛这城市的风景。老严一想，是啊，那就后天再回北京，明天去鼓浪屿逛逛。于是，他们把机票改签推迟了一日，可一摸钱包，俩人加起来总共只剩下三百块钱了，只好把原来住的四星级东南亚大酒店退掉，搬到一百元一晚的洪雅宾馆，反正也快回去了，没啥花钱的地方了。

第二天一早，俩人乘渡轮赶奔著名的鼓浪屿。在甲板上站着两个身材优美的女孩，个子高高的，在拥挤的客流中，鹤立鸡群般惹人注目。

沈杰目不转睛地盯着那俩女孩，不时地对老严说：“你看，这身材，真棒啊!”

老严也注意到那俩与众不同的女孩，正在相互拍照，嬉笑着。

沈杰已经没有了欣赏风景的心思，盯着俩女孩蠢蠢欲动。突然，其中一个穿紧身衣的女孩弯腰时拉锁崩开了，露出了白色的后背，急得她面红耳赤的，不知如何是好。

沈杰脑子一转，走上前去，从随身的双肩背里取出两个别针递给那姑娘热情地说：“哎呀，拉链坏了？先用这个别上吧。”

另一个穿白衬衣牛仔裤的女孩，回头看看沈杰，犹豫了一下，还是接过别针，给紧身衣的女孩别上，长出了一口气。

然后俩人对沈杰的义举千恩万谢。

很快四个人便混熟了，老严得知紧身衣女孩叫韩玉，白衬衣女孩叫林颖。她俩来自江西南昌，是走穴的模特兼歌手。在厦门演出结束了，回家之前，她们决定到鼓浪屿逛逛。

接下来的时光，充满着浪漫与回味。沈杰和韩玉手挽着手，林颖挽着老严的臂膀漫步在椰林、沙滩，一路欢笑一路歌声，直到落日的余晖把四个身影镀满金色。

林颖把歌声挂在嘴边，是张信哲的，“对你有一点动心”。那声音如天籁，让老严陶醉，很多年后，他在 KTV 依然一遍遍唱起。

晚上，回到市区，老严请她们吃饭，然后唱歌，然后蹦迪，花光了仅剩的三百块钱。天快亮时，老严和沈杰送俩女孩回酒店。他们相拥告别，泪光闪闪，相约北京再见。

回到首都机场，身无分文的老严给迪米打电话：“你必须来接我们，没钱打车了。”

几年后，韩玉嫁给了沈杰，而林颖却不知所踪。

事后，老严好奇地问沈杰：“你哪来的别针啊？”

“酒店的啊，我有个习惯，收集酒店的针线包，那天刚好带着。”

老严感慨万千，一个小小的别针换来一个如花似玉的老婆。“你真他妈值。”

3

老严几个月的辛苦终于得到了回报，这年夏天生意最好。米歇尔一激动，给他发了十万元奖金和十五天假期。

这一年的夏天，发生了两件事，让老严百感交集。

第一件事是车震回北京了。

就在老严开始休假的当天晚上，一身疲惫的车震从大洋彼岸的美国悄然回到北京，他面容憔悴，黯然神伤，随他回来的还有一个旅行箱，一个双肩背。

那晚，北京下着小雨，似乎在配合他落寞的心情。

在机场接他的老严，看到他如此狼狈不堪的样子，就猜出个八九不离十。果然一上车，他的开场白就是：“我们分手了。”

跟凯利刚到美国时，车震先是独自一人去芝加哥姐姐的家里住了几天，由于思念凯利心切，他婉拒了姐姐让他多住几日的要求，开着姐姐送给他的一辆汽车，来到密西西比一个名叫杰克逊的小镇，与凯利会合。

最初的日子也是充满甜蜜幸福的。凯利在镇上找到了一份助理的工作，而车震由于是外国人，没有工作许可，只能在附近的一家餐馆打工。

餐馆老板很惊讶，觉得车震英语流利、地道，又是英国名牌大学毕业的高才生，怎么会屈就在自己的小餐馆做侍者洗盘子呢？

“只要你愿意在这干，我很欢迎你。”老板热情地说。

“没关系，我愿意，做什么都行。”车震一脸的真诚。

车震每天起早贪黑地工作，积攒着辛苦所得的每一分钱。他收到的小费都是一块两块的，攒了满满一个钱罐子。

一天，凯利在商场看到一个漂亮的戒指，十分喜欢，想让车震买下送给她。车震从中国来的时候，把变卖家产所得的一万美元，几乎都给了凯利。这个戒指需要六千美元，老车根本拿不出来。

车震心想：“为了你我恨不得把自己都卖了，哪里还有钱啊？”他发现回到美国后，凯利变得虚荣、懒惰，跟在中国那会儿完全不一样了。在中国时，凯利热情、浪漫，对他照顾有加，俩人经常在家做饭吃，生活虽简单，但充满乐趣。

车震耸了耸肩，对她说：“亲爱的，等我赚了钱给你买个更好的戒指。这次先不买了，好吗？”

凯利很不高兴，从此对车震变得冷若冰霜。凯利不再像以前那样热情，更不再吻他，不再和他拥抱，经常摔摔打打的，指桑骂槐。俩人关系开始紧张起来。心情郁闷的车震无法接受这种变化，常常去小镇上的酒吧喝酒解闷，令凯利十分不悦。

一天深夜，大雪纷飞。车震从镇上的酒吧喝完酒回家，凯利又开始数落他。心烦的老车便推门出去散心。一会儿一辆警车鸣叫着停在他的面前，说他女朋友凯利报警举报他酗酒闹事，自己有人身安危。尽管没有证据，但一身酒气的车震还是被警车带走，被关进

SANLITUN
SQUARES
Premium Chocolate
COLLECTION

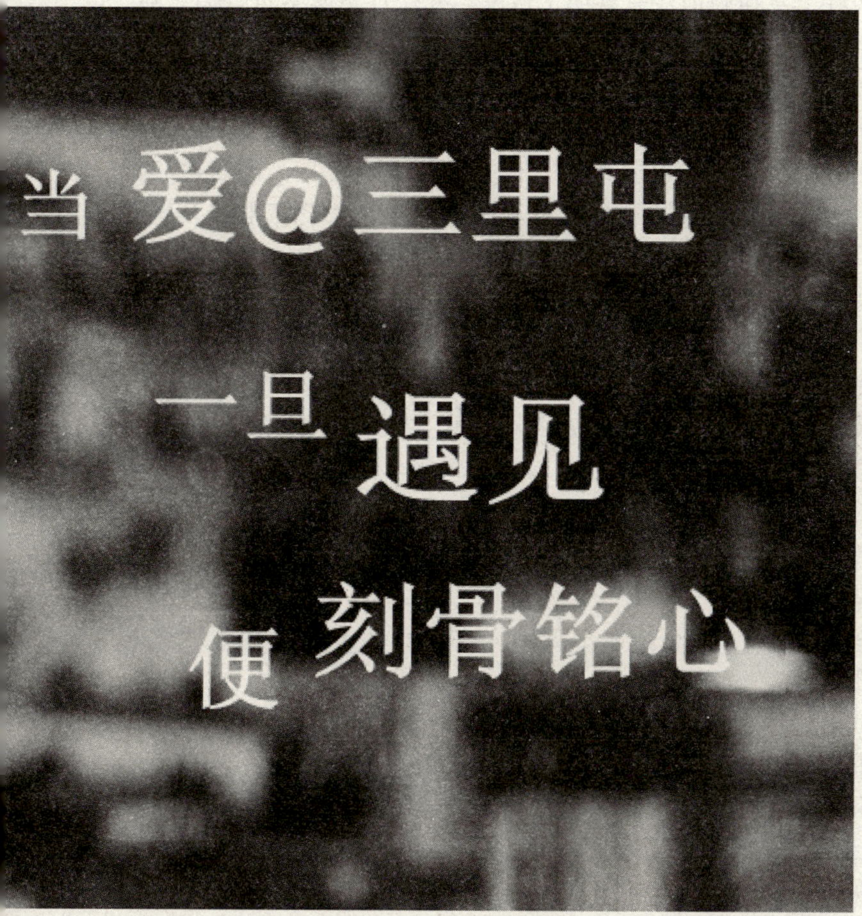
当爱@三里屯
一旦遇见
便刻骨铭心

了监狱。

第二天，法官指定的律师了解了事情的真相，告诉车震说：不要担心，这件事也就跟一张汽车罚单一样简单，明天你就能自由了。

在法庭上，律师向法官说明了情况，并保证车震不再饮酒之后，车震被释放了，但前提是不能再靠近凯利所住房子二十米范围内。

被释放的车震失望至极，他实在无法理解凯利的报警行为，毕竟是恋人，怎么能如此狠心把他送入监狱呢？这个女人一定是疯了，或者彻底要跟他恩断义绝了。他打算回去取走自己的东西和汽车，然后开车去姐姐家。当他踏着厚厚的积雪，在严寒中敲开凯利的家门时，凯利先是一愣，然后恶狠狠地对他说："法官判定不允许你接近我的家，你难道不知道吗？"

"我只是想拿走我自己的东西和车。"车震解释道。

凯利没有让他进来，使劲把门关上，接着，她又一次报警。

很快，倒霉的车震再一次被送入监狱。美国南部密西西比的小镇监狱里，几个罪犯看到一个中国人被关进来，非常好奇，以为他是偷渡客或者是间谍什么的。当他们听了车震的叙述，同情地对车震说：American women are bitch. 意思是，美国女人都是母狗。

律师看到车震，哭笑不得。对他说："这次有点麻烦，可不像汽车罚单那么简单了。不过你是英国人，只要你答应离开密西西比州，就没事了。"

法庭上，法官判决车震十天之内离开密西西比境内，然后派了两名警察陪他去凯利家中把自己的东西拿走。

凯利早已把车震的行李扔到他的汽车上，还把车震的汽车牌子换上自己的，企图占为己有。

心灰意冷的车震突然发现，美国女人坏起来真是太可怕了。

车震开着没有牌照的汽车，找来一张白纸在上面写上 PLATE LOST（牌照丢失），失魂落魄地回到纽约姐姐家中，姐弟俩抱头痛哭。

一场噩梦之后，车震决定收拾行囊回国。于是，他告别了姐姐一家，登上了回国的飞机。

“还是祖国好啊！”坐在副驾驶位的车震望着窗外熟悉的山山水水，由衷地感叹。

老严听出这不是调侃，而是发自内心的感慨。

老严把车震送到临时落脚地，他哥哥的家中，两人挥手道别，相约等他安顿好了，叫上那帮弟兄们给他接风洗尘，压惊镇魂。

而第二件事发生在老严自己身上。

那天，北京刮了立秋后的第一场大风，空中垃圾飞舞，地面落满了树叶，折断的树枝、广告牌随处可见。

老严站在十八层办公室的落地窗前，望着窗外的一片狼藉，正在感叹大自然的威力，以及人类的渺小。他觉得人类的情感纠葛说大就大，说小就小，堪比无穷尽的自然，调整好了是正能量，调整不好就是毁灭。

这时手机响了，不认识的号码，他犹豫了片刻，还是接了。

“你好，我是柳婄女士委托的律师，想约你商谈你们离婚的事宜。”对方的语气礼貌严肃，不卑不亢，一听就很职业。

她果真要离婚了。尽管在意料之中，但老严还是觉得意外。

他跟律师约好一小时后，楼下咖啡厅见，就是那家他常跟林秋喝咖啡聊天的酒廊。

当着老严的面，律师出示了自己的证件。然后他从公文包里取出一份文件说：“这是柳婄女士起草的离婚协议书，您请过目。如果您同意，请在上面签字；如有异议，我将代柳女士到法院提起离婚诉讼，由法院最终判决。”

协议书上除了女儿的抚养权和单位分给她的房子，柳婄没有任何财产要求，甚至没有提孩子的抚养费。

看着协议书，老严突然感到一种从未有过的失落，一种悲凉。他日思夜想的东西就摆在眼前，可他一点儿都高兴不起来，相反内心充满了负罪和自责。

“我可以考虑几日吗？一周后给你答复。”老严不知道为什么突然产生了某种犹豫。

“那好吧，请您尽快。我等您电话，协议书留给您，我还有一份。再见。”律师礼貌地起身告退。

接下来的三天，老严把离婚协议书揣在身上，心情沉重，犹如背了一座山。

第四天吃过晚饭，老严并没有像往常一样窝在沙发上看电视。辛杨觉得诧异，问道：“你怎么不看电视？发什么呆呢？”

老严迟疑了一下，从包里取出离婚协议书，递给辛杨说：“你看看这个。”说完坐在沙发上，接着点燃一支烟，看着她。

“她起草的？”辛杨看了很久，然后把协议书还给老严，沉默着。

“嗯。她找了律师，让我尽快签字。”

“那你签吗？”辛杨小心翼翼地问。

“嗯。”老严点了点头，从包里摸出自己的万宝龙笔。

“你想好了？可别后悔！”辛杨神情凝重地说。

老严看了看辛杨，没有说话。他认真地在尾页写上自己的名字，然后用力在签字的地方吹了吹，交给辛杨看。

辛杨拿着签字的离婚协议书，坐在老严身边，然后把头靠在他肩上开始抽泣，继而号啕大哭，浑身颤抖。两年来悬在嗓子眼的心终于落下，她似乎摸到了幸福的影子。

4

车震找好了新的工作，在一家电视台做纪录片翻译。他在东三环附近租了间一室一厅的房子，就算安顿下来了。

他很快又恢复了往日的自信与放浪，电话中邀请大家聚会：“你们今晚给我接风洗尘，谁也不许缺席，把你们的家眷小秘们都带着，哥们不怕受刺激。”

聚会的地点选在蓝岛商场对面的西部酒城，楼下就是著名的东方斯卡拉，一个可以唱歌跳舞的地方。

林秋带着离婚后的于娜高调出席，老李和老严都是一个人来的。辛杨忙于店里的事，加上避免跟老李见面，就没跟着来。

自打车震去美国后，他们四人这还是第一次聚会。一年多没见，每个人都发生了很大变化。

老李的生意做得更大了，除了老婆没换，车、房都换了。

看到林秋跟于娜，车震感慨地说：

“我们中最不可能结婚的钻石王老五，居然要结婚了，而我这个总结婚的爱家男人却变成了光棍。真是造物弄人啊！”

老李一语惊人：“老车，你其实不适合婚姻。你根本就耐不住家庭寂寞，随心所欲，天马行空的，你只适合找个女伴，烦了就再换一个。”

“对对对。”老严和林秋随声附和，表示赞同。

“可是我想结婚啊。我们四个人当中，我对家庭最渴望。但是我运气不好，屡战屡败。唉！”车震哀叹自己命苦。

“也不尽然，你虽然渴望家的温暖，但你似乎缺乏耐性。婚姻除了能给你稳定和温暖的生活，还要很多包容和付出，我看你很难为婚姻牺牲自己的一些爱好。”老李的分析一针见血。

老严点点头，对车震说：“老李说得很有道理。要不是他为家庭牺牲了很多，哪能有他今天的成就啊？”

“唉。我得好好想想。对了，你怎么样啊？”车震扭头问身边的老严。

“我还是老样子，可能就要离了。”他想都是多年的同学，就别隐瞒了。

“啊？真的吗？这可是大新闻，是为辛杨那小姑娘吗？”车震没想到。

“也不全是啦，我老婆主动提出的。”老严半遮半掩，想把责任推到柳婳身上。

“老严，你最终还是把自己搭了进去。虽然是你老婆提出来，你就不再考虑考虑了吗？”林秋觉得有点遗憾。

“什么老婆提出来的？你就是个浑蛋！”老李突然大骂老严。

“我怎么了，什么意思嘛。”老严理屈，不敢发火。

“二位，别发火啊，有话好好说嘛。”林秋忙起身打着圆场。

“我表姐哪点对不起你了，哪里又配不上你了？我看你就是个不知好歹的傻×。”老李越说越激动。

大家从没见老李发过这么大的火，想必是愤怒到极点了。

“表姐最近受了很大刺激，经常不吃不睡，以泪洗面，已经在医院打了好几次点滴了。”

老李的话让老严惊愕不已，他没想到外表坚强的柳媂会如此痛苦，只是不住地用手搓着额头，一脸的尴尬。

老李的话一点没有危言耸听，就在为老车接风聚会三天后，柳媂住院了。

周末，老严跟往常一样，到幼儿园去接女儿落落。柳媂住在医院，老严本想带女儿到他租住的地方，可孩子死活要回家，又哭又闹的，无奈之下，老严跟辛杨打了招呼，带女儿回到跟柳媂的家里。

有些日子没回这个家了，屋里乱糟糟的，看样子很久没有收拾了。他不知道柳媂得了什么病，只是听老李说疲劳过度，精神衰弱。他心情很沉重，毕竟是因自己跟辛杨的婚外恋才导致了柳媂抑郁和愤怒而住院的。

他赶忙收拾屋子，抹桌子擦地，给孩子做饭。女儿很久没跟爸爸在一起了，兴奋得又蹦又跳的，还拿出在幼儿园画的画给爸爸看。看着孩子开心的样子，老严心里很不是滋味，一阵阵的酸楚。

深夜了，女儿沉沉地睡去。老严看到卧室的床头柜依然摆放着他们一家三口的合影，老严抱着女儿，柳媂依偎在身边，三人开怀大笑。他想起来，那是去年六一儿童节时，带女儿去海洋馆，让一个一次成像的小贩给拍的。打那以后，他们再也没拍过全家照了。

那晚，老严想了很多很多，辗转反侧，无法入睡，那份离婚协议书就像一根刺，扎得他心痛。

他想起有人说过的一句话：“你就是那种良心被狗吃了，还剩下一半的人。”

第二天早晨，老严醒来，发现女儿不见了，找遍家中每个房间也没有。老严一惊，额头冒汗，手心发凉。

就在这时，女儿落落气喘吁吁推门进来，手里还提着一个塑料袋。

“小祖宗，你干吗去了？吓死我了。”老严惊魂未定地问。

“爸爸，我去给你买油条了。”女儿说着，打开塑料袋给老严看。接着她一脸稚气地说：“妈妈不让爸爸吃油条，说不卫生，所以爸爸才不回家的。今天妈妈不在，落落给爸爸买，吃了油条爸爸就不走了，对吗，爸爸？”

听到女儿天真的理由，老严先是一怔，随即热泪盈眶。他的心都要碎了，忙抱起女儿，亲了又亲，哽咽道：“落落真乖，爸爸不走，再也不走了！”

5

不知哪位哲人说过：人生充满了变数。命运又一次跟老严开了个玩笑，把他从高空狠狠地摔下。

周二上午是律师跟老严约好取签好字的离婚协议书的日子。老严依旧很纠结，想再拖些日子，可律师不依不饶的，说如果今天拿不到协议书，就去起诉，因为这是委托人的意思。

估计柳婄是彻底死了心了，即使自己不离，她也会坚持离婚的。老严知道，柳婄给过他机会，等了他几个月，如今态度异常坚决。这符合她的性格。

算了。老严把牙一咬，让律师下午来公司楼下取协议书。

中午，老严跟迪米正要下楼吃饭，看见老李神色慌张地冲进老严的办公室，二话没说拉着他就走，边走边说：“不好了，表姐遭遇车祸了。”

老严一怔，随即笑着说道：“不会吧，这玩笑可开大了。她根本就不在北京。”

他觉得太不可能了，昨天她才带了支医疗队去山西给贫困山区老人检查身体，怎么可能出车祸呢。

“没跟你开玩笑，医院刚来过电话，说医疗队的车在山里遇到泥石流翻到沟里了，司机当场死亡，其余四人重伤，当地政府已经实施抢救了。”

老严只觉得嗡地一下，头变大了，差点没站稳。

“她在山西哪里啊？”老严想马上动身去山西。

医院已经派飞机去接了，在当地医院呢，明天就能送回来手术。老李说。

第二天，柳婄和其余受重伤的三人被送回北京抢救。她的腰椎部、脑部重伤，昏迷不醒。手术进行了六个小时后，她立刻被送进ICU重症监护室，依然在昏迷中。

老严和老李被请进院长办公室，柳婄是因公重伤的，自然是院长亲自接待说明情况。

“我们在动用所有的力量，尽一切可能抢救柳主任，她伤势比较严重，有可能终身瘫痪，不过你们别急，只是可能。”院长一脸歉意地安慰道。

老严突然有种要窒息的感觉，呼吸急促困难，他努力喘着气，让自己镇定。

已经一天一夜没合眼的老严瘫坐在ICU病房门外等候区的椅子上，正胡思乱想着，护士出来对他说：“柳主任醒了，你可以进去看看她，只能待三分钟。”

老严忙换上医院的看护大褂，随护士走进病房。

柳婄闭着眼睛，面色苍白，身上插满了各种管子，带着氧气面罩，还输着满满一袋子血。老严努力控制着自己的情绪，不让眼泪流下，但眼眶已经浸满泪水了。

“柳主任，您丈夫来了。”护士俯身对柳婄轻声说道。

柳婄慢慢睁开眼睛，神情恍惚地看着老严，然后又慢慢闭上。泪水从她眼角流出，滑入耳根。

6

辛杨最近右眼皮不停地跳，总有种不祥的预感，似乎要出什么事，因此每天都要给老严打好几次电话，叮嘱他开车注意安全，没事早点回家。

可她万万没有想到，出事的人是柳媗。

她得知柳媗车祸重伤，还有可能瘫痪，当时就绝望了。她宁肯受伤的人是自己，那样至少老严会永远陪伴着自己。

可偏偏是柳媗。以自己对老严的了解，这个时候，老严一定会陪在他妻子的身边。其实，大多数人都会那么做的，包括她自己。

她觉得这就是命，根本抗争不过的命，要么坦然接受，要么去死。

那天晚上，她把店员小李叫来跟她做伴，喝了半瓶二锅头，抽了整整一包香烟，她想醉死、毒死自己。

清醒过来，她依然理智地告诉老严，这段时间，就好好陪护柳媗吧，直到她伤愈出院。告诉他不要担心自己。

最后临挂电话时，她嗓音沙哑地对老严说："我爱你!"

这种绝望无助的心情蔓延在她的全身，她的花店和居所，以及她的四周。她看一切都是灰暗的，终于快要彻底崩溃了。

一天晚上，她跟韩梅通了一个多小时的电话，她知道自己唯一能倾诉的人，了解她的人只有韩梅了。她反复问韩梅："我该怎么办呀?"

"你来泰国吧，住些日子，我陪你聊聊天，也许会有答案。"韩梅总是这么建议，但每次都很管用。

辛杨跟老严打了招呼，让小李辛苦照料好花店，一切安排妥当后，她登上了飞往曼谷的飞机，那天刚好是立冬。

7

一周后，柳媗从ICU转入普通病房，这意味着她已经度过危险期，老严终于出了长长一口气。

但是柳媗还要做一个骨椎手术，就是在她骨椎处植入两根钉子，以加固承受力，不然受伤部位压迫坐骨神经，人就会彻底瘫痪了。

柳媗早已经清醒了，但还瘫痪在床，身上挂着导流管和导尿袋。

看着老严忙前忙后地伺候着自己，她很感动也很感慨。老严一会儿喂饭，一会儿倒尿，一会儿帮她擦洗身体，虽然医院派了护工，但这些活他都是亲自去做。也许不放心别人，也许是在赎罪，连他自己也说不清楚。

“你休息一会儿吧，有些活还是让护工去做。”柳婄看着老严，轻声说道。

“你少说话，多休息。”老严坐在病床前，握着柳婄的手说。

“孩子好吗？”她问。

“挺好的，周末接回来我就把她送爷爷奶奶家了，吃得好，睡得也好，你就放心吧。”

“我想孩子了，下周你带她过来吧。”她说。

“嗯，好。”他答应道。

柳婄注视着老严，一脸的憔悴，双眼布满血丝，胡子拉碴的，一点儿都没有了往日的风度。

她终于心疼地说：“你受累了，也要照顾好自己。”

柳婄的话让老严满怀愧疚的内心有了一丝的安慰，他是带着某种负罪的心在照顾妻子的。每当他守在病床，看着妻子因伤痛折磨而痛苦的表情，就心如刀绞，恨不得替她挨刀受罪。说实话，最初和柳婄结婚，他并不确定很爱她，更多的是敬佩和羡慕，是被她的外在条件所吸引。那个年代，能找到一个德才兼备、事业有成的女朋友，不仅是他的荣耀，更是全家人引以为傲的资本。母亲常自豪地说：真是祖上积德，让儿子娶了这么优秀的媳妇。

实际上俩人真的生活在一起，他才知道自己娶的更多的是一个偶像，而不是妻子。在柳婄面前，他说话做事小心翼翼的，活得很累，很谨慎。

直到辛杨的出现，他才明白自己真正想要的是什么。

这次柳婄遭遇车祸，生活不能自理，老严反而找到了自己的位置，才明白妻子也是一个弱女子，也需要被关心、被照顾，他体会到作为丈夫和父亲的责任。

被需要、被依靠才是存在的意义。

这个家需要他，需要他这个丈夫，需要他这个父亲。

想到这里，老严从包里取出那份签好字的离婚协议书，拿到柳媗的面前，用手把它撕烂，折叠后再撕烂，直到粉碎，变成一堆纸屑。

看着丈夫的举动，柳媗想阻止，但抬不起手，眼看着他把那份变成纸屑的协议书丢进垃圾筐，柳媗的双眼模糊了，低声嘟囔了一句："这又何必呢？"

8

泰国曼谷是东南亚第二大城市，人口六百多万，是闻名世界的旅游之都，灯红酒绿，高楼林立，熙熙攘攘，游客云集，是个典型的不夜城。

第三次踏上曼谷的辛杨却一点儿也兴奋不起来，她孤独沉重的心情与这热闹非凡的旅游度假天堂格格不入。她满脑子都是老严和那张离婚协议书。

韩梅帮父母在曼谷打理一家中餐馆，三年前，老严的老板米歇尔就是来这家餐馆就餐时与韩梅相识并成为朋友的。辛杨第一次到曼谷旅游时，也是在这儿跟韩梅认识的。

韩梅没有想到，自己的北京之行居然把老严和辛杨扯到了一起，而且改变了一个家庭，一对恋人的命运。

她有点后悔，如果那次不去北京，也就不会发生那么多事情，更不会让这些人遭受感情的煎熬了。

她觉得自己有责任帮助辛杨摆脱痛苦，尽量让她开心、快乐。所以这些日子，她跟父母告了假，从早到晚地陪着辛杨，带她游览、购物、泡吧。

这天吃完早餐，辛杨忧郁地说："咱别去逛来逛去了，你带我去寺庙拜佛烧香吧，我想求佛祖保佑，能跟老严结婚。"

"对呀，泰国的寺庙最灵验了，那我就带你去卧佛寺吧。"

收拾完毕，韩梅开车带辛杨来到位于曼谷大皇宫南边的卧佛寺。

这是泰国最大最古老的的寺庙，建于1793年。这里青烟缭绕，香客云集。辛杨虔诚地点燃香火，与所有的善男信女一样，倒地叩拜，嘴里念念有词，表情神圣。不用猜，韩梅也知道她许的是什么愿望。

她不禁感慨万千：“这人世红尘，怎一个情字了得啊！”

从寺庙回来，她们来到一家环境优雅、客人不多的咖啡馆。各具特色的咖啡馆是曼谷的风景之一，每隔三五十米就有一家，三三两两地坐着几个客人。一本书、一杯咖啡或者冰镇果沙，就能在这泡上大半天。看着辛杨低头不语，盯着咖啡发呆的样子，韩梅心疼得要命。突然她想到了什么，认真地问：“辛杨，你有没有想过离开老严？”

辛杨先是一愣，然后瞪大眼睛，惊讶地看着韩梅，迷茫地摇摇头，没有说话。她似乎听到了韩梅在问什么，又感觉她是在开玩笑。这种问题，韩梅也问得出口。

韩梅明白她的意思，她停顿了一下，喝口咖啡，继续说道：“老严目前的情况，很难离开他妻子，如果她真瘫痪了，老严也许要照顾她一辈子。你的感情太辛苦，太被动了，看不到希望。为什么不尝试着离开他，开始新的生活呢？”

“那我就等他一辈子。”辛杨语气坚定地说。

“那你觉得这样做老严会开心吗？他妻子孩子会开心吗？你自己会开心吗？”韩梅问题很尖锐，就像刀子，处处戳入要害。

辛杨开始冒汗了，她了解老严，知道他是个有情有义的男人。这个时候，他肯定不会撒手不管而跟自己在一起的。

“你很爱老严，对吗？”韩梅问。

“当然。”辛杨觉得她的问题很白痴。

韩梅笑了笑，对她说：“在我们泰国，流传着一个关于爱和喜欢的故事，有人问佛祖：喜欢和爱有什么区别呢？佛祖指了指一个孩子，只见孩子站在花前，久久不肯离去，最后，孩子被花的美丽迷醉，不由得伸手把花摘下来。佛祖说，这就是喜欢。接着佛祖又指了指另一个孩子，只见孩子满头大汗地给花浇水，又担心花被烈日暴晒，就站在花的前面。佛祖说，这就是爱。喜欢是为了得到，而爱是为了付出。这就是最本质的区别。”

辛杨被这个故事震撼了，她突然觉得自己才刚刚明白什么是爱。韩梅的话的确有几分道理，她要重新考虑韩梅一开始对她说的话：“试着离开老严，爱一个人不一定非要拥有他。”

“你看，海鸥！”韩梅指着天空，兴奋地喊道。

辛杨抬眼望去，一群海鸥在天空展翅飞翔，是那么自由、舒展、自然、和谐。

9

2001 年元旦刚过，辛杨悄然回到了北京，她没有告诉任何人，包括老严。

那天，北京刚刚下过一场大雪，整个城市被白雪覆盖着，像一个巨大的童话世界。没有了枝叶的树木被厚厚的积雪压弯了腰，不时有大片的雪花坠落，发出沙沙的声响。

泰国之行一个多月，辛杨想了很多，也明白了很多。痛定思痛，她决定把老严还给他的家庭。他的家庭更需要他，既然爱他，就别让他为难。放手，也许是最好的选择。

同时，自己也该开始新的生活，她的世界除了老严还应该有其他东西。她会默默地关注着老严，即使不能在一起，也会把他放在心底好好珍惜。

韩梅帮她办好了去泰国的工作签证，她悄悄地回来，准备把花店转让了，看看妈妈，然后再悄悄地离开。她明白，如果老严知道她回来，那自己肯定走不了了，就算老严不阻拦，自己看到老严，也会失去离开的勇气的。

她来到曾经跟老严共同生活了近两年的小屋，小屋一个多月没人居住收拾了，地面、桌子和家具上布满了一层薄薄的尘土。她打开衣柜，开始收拾自己的衣物，看到老严的衬衣被熨烫得整整齐齐地挂在里面，那还是她临走前，一件一件熨好，又一件一件挂上去的。还有他换洗的内衣和袜子，也是自己整齐摆放在抽屉里的，她上前闻了闻，上面依旧散发着自己熟悉的味道。

沙发背面的墙上挂着几张她和老严的合影，那分别是他们俩在杭州和昆明旅游时的照片。她取下照片，抚摸着老严的笑脸，一切就像发生在昨天。她的泪水，一滴，一滴，很多滴，落在照片镜框的玻璃上，她擦去，又落上，擦去，又落上，直到泪水彻底挡住了视线，模糊了双眼。

她长叹一声，挽起袖子，戴上那件粉色的围裙。把屋子上上下下，犄角旮旯彻底清扫一遍，又擦得干干净净，然后坐在餐桌旁，拿出纸笔，冥神思考了片刻，给老严写了一封长长的信。

最后，她把写好的信装入信封，信封上写上三个字：老公收，把信封摆在餐桌上。她久久地站在门口环顾四周，然后锁上门，拉着自己的行李，头也不回地离去。

十天后，办好了一切手续的辛杨，把门钥匙交给小李，请她转交给老严。在一个北风呼啸的早晨，她登上了飞往曼谷的班机。

10

就在辛杨离开北京的三天后，柳嫱出院了。

走出住院部的大门，站在户外的大街上，她深深地呼吸着新鲜的空气，尽情地沐浴着久违的阳光。这次从鬼门关走了一遭又幸运地回到人间，她比常人对生命多了一份认识，对亲情多了一份理解，更重要的是，把丈夫从离婚的悬崖拉了回来，她感慨生命的脆弱，人生的无常。

这时，老严开车从停车场过来，把车停在她的身边，然后打开车门，温和地对她说："上车吧，咱们回家。"

柳嫱坐在车厢的后座，望着丈夫开车的背影，突然产生了一种欲望。她想知道辛杨究竟是个什么样的女孩，会令老严如此迷恋甚至不惜抛弃自己和孩子。她对辛杨产生了浓厚的兴趣，想了解她，甚至想见见她，想知道自己到底输在哪里。

而此刻的老严并不知道辛杨已经在三天前远走泰国，更不知道她已决定离开自己，不再回来。他一边开车，一边想着如何向辛杨解释自己的不离婚的决定，并恳求她的原谅，他想了无数个理由，可没有一个能说服他自己。

“唉！”他本能地轻轻叹了口气，又摇了摇头。

“怎么了？”柳婄觉得奇怪。

“噢，没事。”老严一阵心慌，唯恐心事被柳婄看穿。

“我是感慨，你这次好危险啊！”他忙补充了一句。

“她是个什么样的人？”柳婄望着后视镜里老严的眼睛，突然问道。

“谁？什么？”老严没反应过来。

“就那个女孩，辛……”她故意没说出辛杨完整的名字，这样才能显得她漫不经心。

“怎么想起问这个？都过去了。”老严一怔，不知她想干吗。

“没什么，只是好奇。”她淡淡地说，然后转头看着窗外，沉默起来。她也觉得这个时候谈论有关辛杨的话题不太合适，于是把一肚子的疑问咽了回去，等以后机会合适了再说吧。

老严也没再吱声，安静地开着车，眼睛盯着前方，脑子里想着心事。

他想，高智商的女人会了解对手，找出自己的弱点，而低智商的女人会哭哭啼啼，或者大骂对手。这就是区别。

也不知辛杨最近怎么样？如果她得知我把离婚协议书撕掉了会不会失望至极，伤心欲绝？

车里一片沉默，只有发动机的轰鸣声。这时，老严的手机响了，他接起来低声问道：“你好，哪位？”

“是大哥吗？我是小李。”是辛杨的店员小李打来的。

“哦？”他先是一惊，小李从来没给他打过电话，然后忙问道：“小李啊，有事吗？”

“嗯，大姐有东西让我交给你，我去哪里找你呢？”

老严又是一惊，但柳婄在车上，他没敢多问，只好说：“那明天你来我公司吧。”

挂上电话，老严开始胡思乱想，他不明白“大姐让她转交”是什么意思。

“怎么了，谁来的电话呀？”柳婄下意识地问。

“哦，没事。有人要明天到公司给我送个文件。”老严支吾着，编了个谎话。

11

第二天一早，老严安顿好柳婄，急匆匆地赶到公司，路上他给小李打了电话，让她尽快过来。

一小时后，小李赶过来，把一把钥匙交给他说：“大姐出国了，让我把这把钥匙交给你。”

“出国？难道她回来了又走了？什么时候走的啊？”老严突然有种不好的预感：辛杨不玩了，要退出。

“大姐是回来了，把我和花店都盘给别人了。前天走的。”小李说。

“只让你把钥匙给我，没有别的了？”老严不甘心地问。

“没了！大姐说你回去看看，就知道了。店里忙，我先走了。”小李说完便急匆匆地离开了。

老严立刻开车赶回自己租住的房子，一路上，脑海里满是问号。

辛杨去泰国期间，他曾经回来过一次，那次是给房东交房租，回来待了不到十分钟就赶回医院照顾柳婄，屋子里乱糟糟的，也没来得及收拾。

开门进来，屋里的场景令他目瞪口呆。小屋干净整洁，一尘不染。辛杨一定回来了，这是他的第一反应。

走进房间，他一眼就看到明亮的餐桌上，摆放着一个信封。

看到信封上的三个字，他的心就是一沉，他似乎预感到了什么，没敢立即打开看。他从身上拿出香烟，颤抖地点燃，猛吸一口，然后坐下来，把信取出。

亲爱的，请允许我再这样称呼你一次。

当你看到这封信的时候，我已经身在泰国，开始自己新的生活了。我决定离开你，把你还给你的家庭。选择离开，是经过深思熟虑、撕心裂肺的思想斗争的，理智告诉我，这样做，对你，对我，对你的家庭都好。请你原谅和理解。

我们的缘分是上天赐予和安排的，可惜只有不到三年，但我已非常满足。这三年，你给了我最美好的爱情，最幸福的时光和最快乐的日子。你是我迄今为止，甚至未来永远的爱人。

但我们在错的时间认识了对的人，这就是命。你的妻子受伤住院，孩子没人照顾，这个家庭需要你，我不愿意也不可能把你从他们身边夺走，那样我会一辈子不得安宁。

我爱你，从第一次见到你，这种感情将会陪伴我孤身奋斗在异国他乡，是动力也是精神寄托。这三年与你在一起的点点滴滴，将会永远留存在我的记忆深处，陪伴我直到永远。

和你相爱的这三年，让我对生活，对人生和事业有了新的认识，你改变了我很多很多，给了我一个崭新而与众不同的世界，让我视野开阔，品位升华。

谢谢你，亲爱的。

感谢上天，让我与你相识，相知，相恋。虽无缘携手到老，但我无怨无悔。

希望你不要难过，好好爱你的家庭，不要让我的苦心付诸东流。否则，我的苦算是白受了，我的眼泪算是白流了。

我把花店转让了，当初你投资花店的钱，以后有机会我再还给你，我在泰国跟韩梅合资开了一家餐馆，只能先用花店转让的钱周转。

请原谅我这次回来没有告诉你，我怕告诉了你，我就再也走不了了。你的衬衣、外套、内衣我都洗好熨好，放在衣柜里面。衬衣一定要熨烫整齐再穿，不然别人会笑话你的女人，以后实在没人给你熨烫，就送洗衣店。

烟要少抽，对身体真的不好。袜子和脏衣服以后不要随地乱扔，能这样惯着你的也只有我，别人不喜欢你这样的。

不要一吃完饭就窝在沙发上看电视，饭后要多活动活动，不然对身体不好。

挂在墙上的三张照片，我都带走了，就算留个念想吧，不能拥有你，有这些照片我也很知足，想你的时候，我就看看。

租的房子抓紧退了吧，钱再多也不要浪费。

你是个优秀的男人，有情有义，有担当，能依靠。总之，在我眼里，你是个让我崇拜的爱人。

亲爱的，我将永远铭记这段刻骨铭心的感情。人这一辈子只能有一次，有的人甚至一辈子都没有，我很知足了。

再见了，亲爱的。我爱你。

爱你。

2001 年元月 5 日

看完信，泪流满面的老严呆坐在餐桌旁，很久很久。他想抽烟，可烟盒早已空了，烟灰缸里已装满了烟蒂。

我操……他顿足捶胸地大骂自己，就像发了神经的疯子。

12

老严和辛杨这样的结局，令迪米和邬娜斯大跌眼镜，他俩惊讶的眼神几乎瞪了一整天，看着老严，就摇头表示绝对的不理解。外国人看问题其实很简单，Yes，或者 No。

“你太太受伤住院，你可以照顾她，孩子没人照看你可以带她回家，甚至让辛杨帮你照看，这不影响你们俩的感情，为什么非要和辛杨分手才能照顾她们呢?”

迪米搞不明白，问过老严很多次，急得他摊手耸肩龇牙咧嘴的。

“只有不跟我太太离婚，才能更好更自然地照顾，这是责任啊。”老严解释过来解释过去，越解释越糊涂，最后干脆不解释了，说:“中西有别，道德标准不一样的。”

“严，我告诉你，你会后悔的。”迪米激动地说。

我已经后悔了，可有什么用呢。你们哪里理解我的痛苦啊。老严心里想着，但懒得跟迪米解释了，他心乱如麻。

“严，你是不道德的，你不爱你的太太，你这是同情。”邬娜斯义正词严地说。

“Oh，my God. 饶了我吧。”老严求他们闭嘴，好像分手失恋的是他们。

老严其实也明白这都是为他好，毕竟他们是好朋友，所以尽管情绪低落，心情烦躁，但也没跟他们急。

这时，老李打来电话，问他晚上有没有时间，想一起吃个饭。

“没有，忙着呢。”老严听到他的声音气，就不打一处来。心想你还有脸来找我?要不是你在中间搅和，事情也不至于到今天这个局面。他真是不想再见到老李。

“没有就没有呗，发什么飙啊?”老李悻悻地挂上电话。

下班后，老严和迪米、邬娜斯走出电梯，刚走到大厅，就看到老李站在写字楼大门口，西装革履穿件呢子大衣，双手插在大衣兜里，盯着他看。

迪米和邬娜斯看到老李在等他，打了个招呼先走了。老严走过去，一脸严肃地问道:“你怎么来了?”

“你不理我，我只能在这堵着你。”老李一副死皮赖脸的样子。

“你表姐还等我回家做饭呢。”老严真是不想搭理他。

“放心吧，我老婆在你家呢，表姐饿不着，我都替你请好假了，跟我走吧。林秋跟老车一会儿也过去。”

“去哪儿?”

“明珠海鲜，我请客。”

13

老严印象中，这是老李第一次主动请客，而且还是著名的“三刀一釜”之一的明珠海鲜酒楼。

“你真够大方的，李老板。”老严讥讽道。他知道因为自己撕掉了离婚协议书，答应跟他表姐好好过日子，老李的愿望得逞了，这孙子才如此大方。

自九十年代起，北京有几家高档著名的酒楼，分别是：明珠海鲜酒楼、山釜餐厅、香港美食城和肥牛火锅酒楼，那是当时的款爷、权贵经常出入的场所，也是高贵身份的象征。这些地方因价格昂贵，有挨宰的感觉，北京老百姓给它们起了个绰号，叫“三刀一釜”。

“老李，是不是最近发大财了，请我们来这儿吃饭？”车震和林秋先到了一会儿，看到老李带着老严走进包间，开玩笑地问他。

“发什么财啊，好久不见了，就想跟哥几个聚聚。”老李边说边把呢子大衣脱下，身边的漂亮女服务员赶忙帮他挂在衣架上。

老严拉着个脸子，没怎么说话。老李看了他一眼说：“服务员，把菜单给这位先生，让他来点菜。”

老严心想，什么贵，我就点什么，我他妈宰死你！点完菜，老严闷闷地抽着烟，一言不发，心事重重的。林秋见状，觉得奇怪，就问他：“你怎么了？跟霜打过似的。”

老严没说话，一个劲地抽烟。过了一会儿，他从上衣口袋里掏出辛杨那封信，丢在餐桌上说：

“你们看看这个。”

看完信，大家都沉默了。“唉！月有阴晴圆缺，人有悲欢离合，此事古难全啊。”车震叹口气，对老严说：“老严，有人欢喜，就有人愁，其实这事看你怎么想了，至少对孩子是个好事，只能委屈辛杨那小姑娘了。”

“是啊，其实这个结局也没什么不好。苦了你一人，幸福一堆人，包括你的父母和家庭。想开点，别郁闷了。”林秋劝道。

“算了，别说我了。你怎么样啊？”老严岔开话题，转问车震。

“你指哪方面？工作还可以，小妞刚认识一个。真他妈邪了，你们猜怎么认识的？”车震问。

大家面面相觑，摇摇头。

“你们还记得余安吗？”他又问。

“当然记得。不是你前女友吗？怎么，出狱了？”老严好奇地问。

“没有，还有十一年呢。”你听我说啊。他咽口唾沫，继续说道：“上礼拜天，我正在家睡懒觉，突然一个女的给我打电话，说是余安的朋友，想跟我见个面。我一想，好久没她的消息了，就约那女孩到我住的房子来。大约两个小时以后，那女孩就到了。她说是余安号子里边的好姐妹，在里面余安经常帮助她，保护她不受欺负。余安经常跟她提起我，总说我老车一个男人一定很孤独，希望这女孩出狱后，去看看我，可能的话陪陪我。所以她就来了。

“那女孩带来一封十几页的信，是余安写给我的。在信中余安写道：我在看守所时，经常吃不饱，饿得发慌。判决下来那天，我终于吃到了肉，是半个猪头。我将那半个猪头吃了个精光，吃得我满脸都是猪油。放风的时候，透过高墙，我可以看到亚运村一带的高楼，但我看不清哪个是我们曾经居住的房间窗户。我多么希望能看到那个窗户和你的身影啊！我做梦也没想到自己闯了这么大的祸，付出我全部青春的代价，我后悔极了。你给我拍的照片，希望你保存好，等出狱的时候，我已经四十岁了，到时候我还能看到二十多岁自己的模样……”

车震实在说不下去了，眼圈发红。听得其他人也都唏嘘不已。

老严一算，还真是的。十几年后，余安从监狱出来基本就是个中年妇女了。这个代价也太大了，人能有几个十五年啊，何况还是女人。

一阵沉默之后，车震揉揉眼睛，笑着说：“不过余安挺够意思的，介绍的这个妞不错。”

“是吗，长得怎么样？”林秋一如既往地关心相貌。

“长相一般，不过皮肤白，真白，屁股大，不到30岁。”车震兴奋地说。

“然后呢？你上了没？”林秋顿时来了兴致，急切地问。

“我靠，当时不敢啊，不知道她什么路子，后来才上的。你猜怎么着？那女孩估计在监狱里憋坏了，差点没累死我。”车震故作痛苦状，好像真被人强奸了一样。

“哇，还有这好事？余安真是个有情有义的女孩。真他妈仗义！”老严敬佩地说。

“后来呢？”老李听得直咽口水。

“她在我那住了几天，然后走了。说有空再来看我。”车震美滋滋地说。

“牛×！谁说只有男人讲义气，看来女人更讲义气。”

林秋说着，举起酒杯：“来，为我们的姐妹们干一杯。有机会，把这位舍生取义的奇女子请出来，也让我们认识一下呗。”

老李凑到老严身边，赔着笑脸说道：“老严，你跟辛杨这事是我处理得不妥，你多包涵。我只是想保护我表姐，保护你女儿落落。只要你们能好好过，安安稳稳的，你就是打我一顿，我都认了。”

老严心里明白，老李所做的一切其实无可厚非，事情既然已经这样了，又难为他为这事特意摆了一桌，气儿也就顺了很多，毕竟十几年的同学，哪能真翻脸呢。他举起酒杯，舌头有点儿发直地说：“老李，我明白你的一番苦心。算了，不提它了。来，干！”

那顿饭，花了老李一万多。老严特意点了鲍鱼、龙虾、石斑鱼和法国名庄红酒，后来听说老李睡觉做梦都肝颤，足足心疼了半年多。

14

等老李把醉醺醺的老严送回家时，已经是夜里十一点了。柳婄见老严醉成这样，有点厌烦。

“你怎么让他喝成这样啊？”她责备着表弟老李。

“表姐，你就让他发泄一下吧。这段时间他心情不好，发泄完了，从心里过去了就好了。他还真没少喝，五百多元一瓶的法国红酒，他一个人就喝了一瓶。”老李心疼地说着，把老严扶到沙发上躺下。

送走表弟，柳婄看着鼾声四起的老严，皱起眉头。她平时最讨厌酒气熏天、一身烟味的男人了，可自己丈夫偏偏就是这种人，如果最初先看到老严的这一面，她肯定不会嫁给他的。

她屏住呼吸，帮老严把鞋和袜子脱了，然后又帮他把外套扒下来，给他盖上毛毯。外套散发着一股难闻的烟酒味道，柳婄打算扔进洗衣机转转。她摸了摸老严外套的口袋，准备把里面的东西掏出再洗，突然，她摸出一封信，那是辛杨写给老严的那封信。信封上的“老公收”三个字，引发了柳婄极大的好奇心。她走进书房，打开了那封信。

看完信，柳婄想起在从医院回家的路上，自己曾经问老严，辛杨是怎样一个人。当时，老严并没有回答她。现在她的脑海里对辛杨终于有了一个清晰的画面，平心而论，她觉得辛杨比自己更适合老严。她相信辛杨这回是彻底地跟丈夫分手了，按理说自己应该高兴才对，可她并不觉得很高兴，相反从心底倒生出一丝的遗憾。

她把那封信装进信封，又原封不动地放回了老严的外套里面。

第十章

1

2001 年的夏天，单位要派一批骨干到美国参加学术交流，为期一年。院领导决定由柳婄带队，顺便到美国复查一下她骨椎手术恢复的情况。柳婄跟老严商量，想带着女儿一起去美国，一方面，不放心老严带孩子；另一方面，可以让孩子在美国上一年小学，学习英语。

十多年后，老严再一次送柳婄去机场，与上次不同的是，他们老了十岁，多了女儿，而且老严如今早已今非昔比，美国不再是他唯一的梦想了。

柳婄乘坐的航班还没起飞，老严已经开车上了机场高速。他迫不及待地给哥几个打电话，商量着晚上去哪儿疯玩。可老严还真没这个命，刚刚自由没多久，公司就出事了。

柳婄跟孩子走后一个多月的时间里，老严还真没怎么玩，也没心思玩。公司的经营出了大问题。库存积压过大，资金流断了。米歇尔关闭了国外很多办事处，降低了经营费用，最闹心的是欠老严的一笔二十万人民币的佣金，泡汤了。

这些日子，公司人心惶惶，不知道下一步何去何从。迪米跟老板米歇尔每天都在通电话商讨下一步的自救计划。米歇尔说，如果没有资金注入，北京分公司的运营就不得不停止，甚至关闭。为了能保住北京分公司，老严建议从国内寻求合伙人入资接手，以确保公司正常运作。

很快，老严就利用自己的关系找到了几个有意向的投资人。经过考察谈判，最终米歇尔选择与来自上海的某私企合作，出售60%的公司股权，由双方共同经营管理，而老严的总经理则让位给大股东，自己改任销售总监。

老严这么做，是为了报答老板米歇尔的知遇之恩，通过自己的努力，帮助老板保住苦心经营十年的中国市场。他实在不想看到由自己一手建立起来的国内销售网络和北京分公司就这么倒闭。他要想尽办法，让它健康地发展下去，这样他才能问心无愧地向老板递交辞呈。

吃过午饭，老严对迪米说出了自己打算辞职的想法。

迪米并不觉得吃惊，因为他也考虑等公司过渡平稳后，带着郇娜斯去新加坡发展。他关心地问老严："辞职后，你打算下一步做什么？"

"还没想好。我会先休息一段时间吧，好好放松一下。"老严说。

"你考虑过自己当老板吗？"

这个问题，老严的确想过，只是还不确定是从事老本行，还是开始新的行业。他需要时间好好考虑。

过了几天，老严的辞职报告得到了米歇尔的回复。米歇尔同意他辞职，并奖励十五万元，以表达米歇尔对老严十年来辛苦付出的感谢。米歇尔希望能跟老严继续做好朋友，并祝他好运。

一周后，老严搬着一个箱子，走出亮马河大厦。这一天正好是2001年9月11号。北京已经跨入秋天，这是一年最好的季节，晴空万里，碧蓝如洗。太阳还是一如既往的毒热。老严让自己暴晒在阳光下，让阳光把自己的影子拉得很长，很远。

2

回到家，老严突然感觉到一种从未有过的失落和茫然。他抽着烟，在家中的客厅、卧室、厨房甚至厕所来回地溜达，他并没有那种自由轻松的感觉，反而有些心慌和烦躁。

半年前，辛杨不辞而别，离开了他，直到现在他的心依然隐隐作痛。他曾经给韩梅去过电话，可韩梅手机早已停用了，从此辛杨便杳无音信，连做梦都没能梦到她。

一个月前，柳婄又带着女儿远赴美国，留下他一个人在国内守着空荡荡的家。原以为没有了家庭束缚的日子可以自由自在，无忧无虑，没想到真没人管了，他反倒不适应了。

如今，离开了辛苦打拼、付出了十年心血的公司，那种感觉就像与一个生活多年的女人分手一样令他痛苦。那里，留下了他太多的回忆，而这种回忆将延续并陪伴他终生。

他就这么呆呆地坐在沙发上浮想联翩，感慨万千，也不知过了多久，直到夜幕降临，灯火阑珊。

这时手机响了，老严接通电话。电话那头，林秋约他到 MOON LAKE 酒吧会合。放下电话，老严看了看表，已经是晚上九点半了。他突然听到自己的肚子咕咕直叫，想起来自己晚饭还没吃呢。

他换了件干净的 T 恤，锁门下楼，开车驶向朝阳公园方向。

MOON LAKE 有个好听的中文名字，叫湖边月色。位于朝阳公园人工湖的南边，身后有一个巨大的球状建筑，就是当年鼎鼎大名的滚石迪厅。紧挨着滚石迪厅的是韩国正大桑拿洗浴。

滚石迪厅的周围聚集了大大小小几十家酒吧、咖啡馆。除了靠近湖边为数不多的静吧之外，其余都是迪吧。他们把音量开得很大，门口霓虹灯闪烁，人声鼎沸，热闹不已。

那段时间，老严经常和林秋、车震一干人来这里泡着。人多的时候去迪吧，人少的时候就去静吧。常常是把从迪吧泡到的女孩带到静吧展开心理攻势，配上悠扬浪漫的音乐，安安静静地跟姑娘谈谈感情，聊聊人生，然后在黎明时分带着被侃晕的姑娘，去郊区度假村开房。

湖边月色是老严最喜欢也是最常去的酒吧。在靠近水边的露台上，摆放着几张沙发，再点上几支蜡烛，配着缠绵的蓝调音乐，远处是月色下荡漾的湖水和岸边随风摇摆的杨柳，让人想起唐朝诗人柳咏的那句诗词：杨柳岸，晓风残月。

3

老严赶到月色酒吧的时候，已经是晚上十点了。老板娘孙丽是个三十出头、退役的时装模特，身材高挑，风姿绰约，走起路来优雅迷人。看到老严进来，她开着玩笑说："就你一个人啊，怎么没带个美女来呀？"

"等着你介绍美女模特呢。"老严嬉皮笑脸地说。

"哈哈，你还用我介绍啊？快进去吧，你那几个哥们在里面等你呢。"在她眼里，老严他们这帮人风流倜傥，见多识广，加上事业有成，身边的女孩一定是走马灯似的换来换去。说着，她扭动着那迷人的腰肢，把老严带进里面唯一的包间。

推门进来，老严看到林秋正在眉飞色舞地给于娜和车震讲着黄色笑话。车震身边坐着一个长相极美的女子，老严并没见过。那女子对老严微笑着点了点头，眼神里透着一种无法言喻的柔情。

"你怎么才来，不会去哪儿干坏事给耽误了吧？"看到老严进来，车震没正经地问道。

"哥们今天辞职了，在家闷了一天。这不，还没吃饭呢。"老严说完，扭头对孙丽喊道："孙丽，先给我来份火腿三明治，饿死我了！"

"好好的工作怎么辞了？"林秋不解地问道。

"老板资金出了点问题，把公司给卖了。你说，我在新东家面前怎么混啊？新老板刚接手，我就被降职了。没什么意思，就辞了。"老严抓起餐桌上的爆米花，边吃边说。

"也是啊，谁不愿意用自己人啊，那你有什么打算？"车震打开一瓶冰镇喜力啤酒，递给他。

"我想自己做，开一家公司，做国际贸易。具体项目还没想好，看看再说。"老严喝了口啤酒，瞟了一眼车震身边的极品美女。

车震注意到老严的眼神，心想，这厮一定是把这个美女当成了我的女朋友了，忙指着身边的美女给老严介绍说："这是麦吉，我的好姐们。怎么样，漂亮吧？"

说完，又把老严介绍给麦吉："他就是我跟你常说的钻石大王，老严。"

老严微笑着对麦吉点了点头，笑道："别听老车瞎说，我就是一个打工仔，刚刚失业。"

"你们都太谦虚了，都是青年才俊，海归精英。"麦吉的声音圆润温柔，很有配音演员的范。

"你们看麦吉长得像不像关之琳？"车震得意地问。

"太像了，而且比她还漂亮。"老严说的是实话，他的确那么认为的。

"麦吉有个女儿，3 岁了。特别可爱。"车震的话让在场的人都觉得意外。

"是吗？真看不出来啊。我还以为你没结婚呢。"于娜惊讶地说。

这时，老板娘孙丽亲自送来了老严要的三明治。她穿着一条中式花旗袍，优美的身材一览无余。

车震不禁赞叹道："真漂亮啊！你家先生真有福气。"

"谢谢。你也有福气啊，你女朋友才叫漂亮呢。"孙丽看着麦吉笑着回答。

麦吉红着脸说："老板娘误会了，我们只是好朋友。"

"是啊，老麦是我老板的朋友，也是我的客户。我们公司办公室就在她工作的酒店里。"车震说。

要搁在以前，面对如此绝色的女子，老严一定会凑上前去套套近乎，可现在他并没有那样的心情，只是低着头，狼吞虎咽地吃着三明治。

"你俩最近怎么样？是不是准备办事了？"吃完三明治，老严用纸巾擦着嘴问林秋。

"哪有那么快啊？听你的介绍，我们也在亦庄买了套小房子，等明年交房后再说吧。"林秋和于娜手牵着手，俨然一对幸福的恋人。

“是吗？出手够快的啊！恭喜。”老严举起酒瓶，跟林秋碰杯。

“你怎么样啊，老严？老婆带孩子去了美国，你可算是解脱了，一个人耐得住寂寞吗？”车震的话里有话。

“那咋办？不过一个人有一个人的好处，没人管。”老严自我安慰道。

车震看看老严，又扭头看看身边的麦吉，对老严挤了挤眼睛，笑着说：“记得看过一本小说，写的是一个单身妈妈和一个单身爸爸，带着孩子出去郊游，结果两个单亲父母彼此却陷入情网了。书的名字叫《ONE DAY OUT》。可惜你女儿不在身边，不然你可以约上麦吉带孩子出去玩一天，也许会有意想不到的收获呢。”

“这个建议不错，老严就先跟麦吉预约好，哪天出去郊游吧。哈哈……”林秋笑着说。

麦吉有点不好意思，脸一红，假装生气道：“你们别拿我开涮了，谁愿意约我这孩子妈呀？”

老严并没有把话题接下去的意思，最近发生了很多事，让他没有什么心思风花雪月，其实他自己也不知道该如何调整心态，听到麦吉那么说，他只是嘿嘿一笑，闷头喝酒。

午夜时分，外面刮起风来，天渐渐凉爽了许多。车震提议大家转移到户外，说空气好。

他们在户外的一张大桌子旁刚刚坐好，不知谁喊了一句“快看电视，美国被炸了！”

众人先是一惊，然后忙盯着挂在墙上的电视看。只见电视画面上反复播放着飞机撞击纽约世贸大厦的场景，浓烟滚滚，人们惊慌四散。转眼画面又切换到五角大楼，它也被飞机撞毁，警报鸣叫着，令人震撼。

“我的天，不会是要发生世界大战了吧？”林秋惊恐地自言自语。

“活该！这帮自以为是的美国佬。”车震大概是想起了凯利。

这时，另一张桌子边几个老外扭头大声地问老严他们：“你们是不是特高兴？”

“也不会啊！死伤的都是老百姓。”车震回答，然后问：“你们是哪里人？”

“我们是伊朗人，美国被炸对我们来说是个好消息。”其中一个老外居然举杯庆祝。

老严看着那几个老外开心的样子，心里有种莫名的悲哀。他突然想到了远在美国的妻女，拍着桌子喊道：

“我靠，也不知我老婆孩子怎么样了？”老严忙拿起电话，打给柳婄。其实，柳婄自去美国后，只给他来过一次电话。老严虽然觉得不太正常，但也没多想。

一连打了好几遍都是忙音。车震说：“这时候肯定打不通，你老婆在哪个城市？”

“洛杉矶。”老严有点焦急。

“估计没事，看样子恐怖袭击都发生在东部，离得那么远，肯定没事。”车震的话让老严稍稍松了口气。

凌晨两点多，恐怖袭击的画面仍然充斥着每个电视台。车震打着哈欠说：“各回各家吧。老严，你辛苦一下，送趟麦吉，我没车。”

麦吉的家并不远，就在团结湖。送麦吉回家的路上，老严得知她在北京某五星级酒店做销售部经理，跟高干子弟老公离婚了，独自带着3岁的女儿生活。

他们并没有过多的交谈，麦吉依旧是安静地坐在车上，面带微笑。老严的车里弥漫着一股特殊的香味。他尽情地品味着那种香水味道，和散发着那种香水味道的麦吉。

都说闻香识女人，看来这个女子跟她身上的味道一样有品位。老严暗想。

第二天晚上，老严终于拨通了柳婄的电话。她平静地说：“我们没事，都挺好的，你不用担心。”

老严感觉到一丝的不悦，心想，你就不能主动来个电话吗？

自打柳婄带孩子到美国后，他们前后加起来也没打过几次电话。每次都是老严主动联系她，而谈话的内容，除了孩子几乎没有其他可说的。在打电话时，柳婄总是很冷淡，话也不多，最后一句都是以“没事我就挂了”结束的。

对此，老严有种不祥的预感。具体是什么，他也说不清。

4

就在老严一筹莫展，不知该做什么项目时，他的一个好朋友田刚找到他，请他帮个忙。

这段时间老严几乎整天待在家中昏睡，偶尔晚上出去泡泡酒吧，或者去唱卡拉OK。但由于无事可做，他反倒玩不到心上，干什么都心不在焉的。

这天上午快十一点了，老严还躺在床上。虽然早已醒来，但他懒得起床，肚子咕咕直叫，也不想动，睁着眼睛发呆。这时，电话响了。他接起电话，是美国的哥们田刚打来的。电话那头，田刚说：“哥们，有个事你帮忙办一下吧？”

田刚跟老严差不多年龄，之前在国企供职，后来下海和朋友合伙做进口乳制品生意，去年带着全家移居美国，由于走得匆忙，他在国内的公司还没来得及关闭。还有一个原因，北京有家经销商欠了他两百万货款至今未还。他希望老严帮忙给要回来，毕竟老严在国内商圈人脉广，办法多。他答应事成之后，重金酬谢老严。

老严说：“我帮你要钱不太名正言顺，不如你把公司转让给我，反正你也要关闭。这样从法律上也说得过去。”

田刚自然很愿意，很快就回国跟老严办理了公司股权转让协议。一个月后办好移交手续，老严又追加投资五十万，成了名副其实的老板了。

欠款的公司也是一家国企，经营不善濒临倒闭。公司领导一副死猪不怕开水烫的样子，拒不还钱。老严就雇了一帮民工，上门讨债。他答应给每人每天五十元，就堵在那家公司门口，坐地打滚，吵吵嚷嚷，每天从早到晚，不停地闹。

同时，老严又找到自己当律师的朋友，以律师事务所的名义送去一份声明，如不尽快还钱，就立刻起诉并追加利息。

老严的办法果然奏效，很快便追回现金一百万，外加那个公司的存货黄油几十吨，进口食品、红酒、餐料等价值一百万以上。

为了把这些存货换成现金，老严只好去求老李，请他想办法给销掉。老李就是进口食品商，销售渠道四通八达，覆盖全国。

一个月后，老李把一张六十万元的支票交到老严手中，略带歉意地说："哥们只能帮你这么多了，余下的那四十多万的货物，不属于我的经营范围。你想想办法找些超市，做做促销帮你甩了吧。"

老李说完递给他一张名片说："这是我一个朋友，看看能不能帮你卖掉。这是一家专供外国人的连锁店，很适合销售调料、餐料。老板姓董，你去找他问问。"

虽然老李的性格和为人处世的方式老严不太喜欢，但毕竟同学多年，每每在关键时刻，他都能挺身而出。无论是解决老严的婚姻问题，还是生意问题，他都义无反顾，热心帮助。这让老严十分感动。

第二天，按照老李的介绍，老严来到位于朝阳公园西门的 JENNY LOU 超市，见到了超市老板董雪龙先生。

董老板跟老严很投缘，了解到老严的难处后，他愉快地答应帮忙。

董老板比老严稍大一点，为人十分谦虚、热情。几年前，他和妻子还有小姨子，从老家来到北京闯荡，最初蹬着三轮板车在三里屯使馆区一带贩卖水果蔬菜，两口子起早贪黑，风里来雨里去，白天做生意，晚上住地下室，十分艰辛。

后来，使馆区很多外国人都认识他们了，就让他帮着进货，主要是可乐、红酒、进口调料什么的。老董逐渐地扩大自己的货品范围，生意渐渐好起来。可生意再好，也只是流动的三轮车。他常想：如果有家属于自己的小店该多好啊。

一个炎热的中午，风消失得无影无踪，空气在市区凝固了，让人几乎喘气都很困难。董老板在使馆区的林荫道上铺了张凉席，让年幼的孩子午睡，自己守着三轮车叫卖。突然，他发现街对面，一

FLORATIMES

群工人正在搭建一排排铁皮房子。他走过去一问，人家告诉他是在盖便民菜市场。

“我能申请一个吗？”他小心翼翼地问。

“可以啊，你到街道办事处登记吧，十万元一个。”一个工作人员模样的人热心地告诉他去哪里办手续。

几天后，他带着七凑八凑的十万元，来到街道办事处，幸运地成为第一个商铺租户。

他终于拥有了自己的第一家店，紧接着又开了第二家，第三家。他想专做老外的生意，于是就请老外给自己的店起个洋名。他姓董，妹妹叫 Jenny. 老外给了一个名字：JENNY LOU。

之后，他的分店越开越多，名气越来越大，生意越来越好，成为北京所有外国消费者不二的选择了。就连刚下飞机的外国人都知道北京有个 JENNY LOU 超市，住宿的公寓、酒店一定要离这家超市近点。很多不知情的消费者以为这是外国人开的超市呢。

多年以后，老严陪董总去美国。在飞机上，董老板感慨地说：“你我起点不同，你是留学归来的海归，我来自偏远小城。我们今天能坐到一起成为哥们，以前做梦都不敢想的。”

董老板的谦虚让老严有点无地自容。跟老董比，他觉得自己差得太远了。

5

董老板帮老严甩掉了部分存货，同时，又交给他一张长长的货物订单说：“这些都是我店里热销的产品，以前都是从别人那进货。你外语好，又在国外生活过，看看能不能从欧美直接进口，一则，你公司新开张需要流水；二则，我也能降低成本。如果资金不够，我先预付你一部分定金。”

老严握着董老板的手感动地说：“哥哥，谢谢你。”

董老板这份杂货订单足足好几百万，老严资金上的确有些吃力。就在这时，田刚也伸出援助之手，对他说：“你帮我收回的两百万，留下百分之十作为你的酬劳，剩下的一百八十万，你先用着，以后再还我。”

多年后，事业有成的老严感慨万千，常常对人说：“这是我人生中的两个挚友和贵人，感情上，我曲折磨难，但事业上却有贵人相助啊。”

2001 年的冬天，在田刚的安排下，老严去美国采购货物。这是他赴美签证被拒后，第一次来到美国，一晃已经十二年过去了。

老严出发的前一天，接到麦吉打来的电话，她口气委婉，但柔情似水地问老严：“今天是我的生日，你能陪我吃个饭吗？”

6

老严有点意外，自打上次送她回家后，他跟麦吉再也没有见过面，只是偶尔发个短信，内容也不外乎是天气，干吗呢，一些无关痛痒的话题。

老严想，麦吉怎么突然请我给她过生日啊？不管怎样，他自然无法拒绝一个美女的生日宴请，何况还是人家主动打来的电话呢。他问麦吉：“都有谁参加呀？老车来吗？”

“你来了就知道了。今晚六点，方庄泰国餐馆。就是台湾歌星高明骏开的那家。”麦吉心想，老严挺聪明的一个人，有时候净问一些缺心眼的问题。

老严刻意打扮了一下，换了件白色衬衣，黑色皮外套，还特意喷了香水。他不知自己为什么要刻意打扮自己，觉得很好笑。但他还是那样去做了，而且精心选了一大束百合，在里面偷偷夹了一枝玫瑰，准时来到位于方庄的泰国餐馆。

打扮得光鲜艳丽的麦吉就在餐馆门口站着，就餐的客人来来往往，都不由自主地扭头看看她。这是一个绝对吸引眼球的美女，除了她那张圆润漂亮的面孔，还有她柔情的眼神和迷人的微笑，女神般高贵的气质。

远远地，她看到老严手捧大大的一束鲜花，快步走了过来，表情很不自然，眼睛低垂。

“你还挺浪漫的。”接过老严送的鲜花，麦吉闻了闻说：“好漂亮，谢谢。”

老严怕引起误会，忙说：“生日快乐！”

“是不是头一回给女士送花呀？怎么脸都红了，呵呵。”麦吉看到老严有点紧张的表情就想乐。

老严嘿嘿一笑，点了点头说：“快进去吧，别人看着呢。”

就座后，麦吉把菜谱交给老严说：“你来点吧，你点什么，我就吃什么。”

“其他人呢？不会就我们俩吧？”老严有点紧张。

“就我们俩。你明天不是要去美国吗，也算给你饯行吧。”麦吉微笑着回答。

“你怎么知道我明天走？哦，是老车告诉你的对吧？”老严突然明白了车震的苦心。

“嗯，呵呵。我要再不约你，等你回来早把我忘了。”麦吉笑着点点头。自打认识老严后，她对老严的好感与日俱增，希望能跟老严走得更近些。出自女人的第六感觉，她相信老严也是喜欢她的。可不知怎么回事，老严对她总是若即若离的，真不知他脑子在想些什么。

“怎么会忘记呢？不会的。抱歉，这段时间我的新公司刚开始运作。等从美国回来，我天天约你。”老严听出麦吉话语中不满的情绪，忙解释道。

“不说这些了，先点菜吧。”麦吉温柔地说。

既然只有两个人，老严点了冬阴功汤、沙拉、烤虾、咖喱鱼和海鲜炒饭。

“来瓶红酒吧？我们喝点。”麦吉建议道。

老严点点头说：“好啊。生日晚宴应该有酒的。”说完，跟服务员点了一瓶法国波尔多地区产的梅多克名庄酒，然后对麦吉笑笑，接着说道：“其实我挺荣幸的，你的生日就请了我一个。是不是有什么特别的目的呀？”

麦吉的脸颊泛起一丝红晕，她躲开老严的眼神，不自然地说：“没有啊，我也没什么朋友。没怎么多想就请你了。”

老严原以为麦吉特意请他来陪自己过生日，可能要跟他说些什么。但麦吉并没有说。

这顿饭跟他们的谈话内容一样，吃得不咸不淡的。除了翻来覆去说着车震的那点罗曼史，就是各自的工作，北京的天气和“9·11”恐怖主义之类的话题。

老严总觉得麦吉想对他说些什么，可她总是欲言又止，闪烁其词的样子。老严的确对麦吉有好感，可那又能怎么样呢？他和辛杨的事已经把他们自己和大家都伤得不轻，他可不敢再玩什么婚外恋了，加上明天一早的飞机，老严礼貌地对麦吉说：“我明天一早要赶飞机，要早点回去收拾行李。等我回来请你吃饭吧。”

麦吉的眼神中透出一丝的失望，但很快又恢复了她那标志性的微笑：“嗯，我也要早点回去，女儿还在我妈家等我呢。”

他们一起走出餐馆，天空飘起了雪花，漫天的雪花透过街灯闪烁的光，迎面而下，茫茫一片。

7

飞机快落地的时候，老严透过舷窗俯瞰旧金山湾区景色，一片汪洋大海，一座座跨海大桥，和一片接着一片的别墅房子。山峦起伏，海天一色。十二年过去了，他已经没有了激动与感慨，心情十分的平静，就像从北京到上海那种感觉。

穿过机场海关时，他才感到自己已经身处世界最强大的国家——美国了。“9·11”后，机场加强了各方面的检查。移民局的官员一脸的严肃，盯着他问，来美国做什么？老严自豪地说：“采购，把美国货出口到中国销售。”那个官员立刻换成了笑脸，热情地说欢迎来到美利坚合众国，祝你旅途愉快。说完，在他的护照上盖上章。两个多小时后，一脸疲惫的老严终于拖着行李，走出大厅，看到在出口向自己招手的田刚。

这次赴美，除了完成董总的订单，田刚还给老严介绍了美国两个国际食品品牌，并计划带他在未来的几天去工厂参观访问，争取拿到中国的代理权。

田刚居住在美国中部的芝加哥，这次他特意提前从芝加哥飞到旧金山，租了一辆道奇 SUV 全程陪伴老严。

由于到达旧金山那天是个周末，老严要见的客户都在休息，无事可做的田刚就开车拉着老严去距离旧金山以西三百多公里外的 LAKE TAHO 去滑雪。

从旧金山出发，汽车驶入 80 号公路，穿过中央河谷和落基山脉，一路风光旖旎美不胜收。田刚驾驶着汽车，让老严帮着查看地图。老严从小到大就没看懂过地图，这一路，差不多没把他逼疯了。到达目的地时，他居然会看地图了，以至于后来老严在世界各地旅行时，都怀揣一本地图。他发现，会看地图的人，就像脑子里装备了 GPS，再也不会把自己搞丢了。

事后，老田总拿这事说："你要好好感谢我，又掌握了一门生存技巧啊！"

LAKE TAHO 中文译名叫"达荷湖"，位于落基山西侧，内华达州境内。曾经举办过冬季奥运会，是闻名世界的滑雪胜地。田刚的目的就是让老严学会滑雪，学会享受健康的生活。

当缆车把老严和田刚送到雪山顶端时，顺着陡立起伏的雪道，老严远远地可以看到山下著名的 SQUAW VILLAGE 滑雪场的大门和色彩斑斓如蝴蝶般滑行的人影。整装待发的田刚看了老严一眼，举手做了个胜利的手势，大喊一声："山下见。"便如离弦的弓箭冲下山去。很快，老严眼睁睁地看着田刚连滚带爬地一头扎在雪道旁边的小树林里，给他吓得脱下装备，扛着雪具，然后坐在地上，往下出溜。旁边有人看到老严狼狈不堪的样子，忙打电话通知雪山救护队。救护队员让老严坐在身后的雪橇上，一路滑行将老严拖到山下。

两个小时后，基本掌握滑雪技术的田刚，远远地看到坐在休息区的咖啡馆喝着咖啡的老严，向他挥手致意，气得田刚大喊："笨死你算了。除了泡吧，你还会干啥？"

8

美国人办事的效率很高。一周的时间，老严就顺利完成了生意上的全部工作，圆满完成制定的采购订单。不仅如此，老严还顺利地签下了旧金山当地最著名的“GHIRARDELLI”巧克力品牌。这个具有百年历史的品牌在美国人心目中与NBA、棒球和自由女神像一样充分地代表着美国和美国文化。每年来自世界各国的游客，都要买上一盒GHIRARDELLI巧克力带给亲朋好友。老严希望这个印有老鹰图案的产品，能为他的事业带来翻天覆地的变化。等办好了所有事情，他对田刚说：“哥们还有两件事要办。一是去趟洛杉矶看看老婆孩子；二是去趟拉斯维加斯亲身体验一把资本主义制度的堕落生活。”

田刚笑着说：“第一件事你自己去办，第二件事我陪你去办。”

柳婄带孩子来美国已经半年多了，居住在洛杉矶。柳婄到美国后，老严感觉怪怪的，电话很少，即使有事必须要说，也很简短。不过他倒是经常跟女儿通话，从孩子嘴里老严得知妈妈很忙。这次老严到美国之前跟柳婄说了，柳婄的回答让老严很不开心。她说：“有时间你就来趟洛杉矶，没时间就算了。”

从旧金山到洛杉矶并不远，也就一个小时的飞行时间。从机场出来，老严看到柳婄带着孩子迎接他。见到爸爸，女儿高兴得又蹦又跳的，而柳婄依然是沉默寡言的，看到老严，她努力地微笑着。老严感觉到那微笑是如此的陌生和勉强，他的心一沉。

当晚，孩子入睡后，柳婄来到客厅，见老严在阳台抽烟，她眉毛一皱，叫他进来，说有话对他讲。

老严忙掐灭烟头，走进客厅问：“怎么了？”

“来美国这段时间，我想了很多。等医院学术交流项目完成了，我想留下来，不回去了。我以前的导师非常希望我留下，他已经在给我办理工作许可。另外，孩子在美国也很适应，留下来对她的未来也好。”柳婄看着老严，语气坚定地说。

哦？老严有点意外，但也不觉得很奇怪，他觉得柳婄这种性格的人在美国反而更适合。他只是觉得有点突然。

“那我怎么办？我刚刚在国内成立了自己的公司，根本离不开啊。”他以为柳婄想让自己也来美国。

“我理解，你憋足了劲想大干一场。”沉默了一下，她突然说道：“那我们离婚吧！”

“离婚？为什么？是因为辛杨吗？我们早已经不来往了呀。”老严一怔。

“其实跟那个女孩没有关系，你也知道我们根本不合适。我知道你跟我结婚这么多年来一直很压抑。那个女孩写给你的信我看了，对我触动很大。说实话，她比我更适合你。我终于知道你需要什么样的老婆。这不是谁对谁错，每个人都有追求幸福的权利。你跟我并不快乐。”柳婄说完，长长地舒了一口气。

“哦，你有这种想法多久了？”老严抬头看着她，沮丧地问。

“从我看到那封信的时候，我就在琢磨离婚的事，来到美国后更坚定了我的想法。所以我没怎么给你打电话，原本等过一段时间再跟你说，正好你来了，我们面对面地谈更好。我希望你理解，也同意。这种情况下离婚，不会再有人指责你忘恩负义或者第三者什么的。你可以把责任全部推在我身上。”柳婄的话句句中肯，滴水不漏。

老严突然想起辛杨临走时留给自己的那封信。没想到柳婄无意中发现了那封信。他突然明白了柳婄为什么要去美国，而且一直对他不冷不热了。其实老严知道，这些年跟柳婄就是在混日子，夫妻关系有名无实。孩子、老人和感恩像三块大石头压在他的胸口，让他不敢去想太多。现在柳婄主动提出离婚，倒让他产生出些许的轻松来。

见他沉默不语，柳婄接着说：“女儿是你的亲骨肉，你想她可以随时来看她，等她每年放假了，你也可以把她接回去。我会告诉她，她爸爸很爱她。”

老严站起身，伤感地说：“好吧，既然如此，那我同意。希望以后我们还是亲人，你多保重吧。”他有点想哭，忙把头仰起来，不让眼泪留下，掩饰着说：“我去阳台抽烟。”

洛杉矶的夜晚是一望无际的灯火海洋，璀璨耀眼。远处起伏的山峦上是一片接着一片的别墅，在摇曳的光影中飘动着。老严知道，那就是著名的比弗利山，山上住着闻名世界的富豪名媛。此时此刻，这世界上又有多少家庭像他一样演绎着悲欢离合的故事呢？

9

闻名世界的娱乐之都拉斯维加斯是全世界游客的向往之地。在三十年代，这座魔幻之都几乎一夜之间在美国内华达州的大沙漠拔地而起，迅速成为世界著名的赌城、结婚之城和购物天堂。这里各种豪华酒店金碧辉煌，街道上四处可见的棕榈树、喷泉、购物中心以及各种豪华汽车，各种肤色的香花艳女，令人眼花缭乱，热血沸腾。

按照约定好的时间，晚上六点左右，老严在机场与田刚会合了。他们坐上酒店的免费来接他们的豪华加长林肯，来到位于市区的MGM酒店。这时，天空飘下蒙蒙细雨。田刚惊奇地说：“百年不遇啊，拉斯居然也下雨了。看来这是个好兆头，今晚一定赢钱。”

老严笑着说：“必须的，不赢钱我明天就不回国了。”

其实老严的意思是情场失意，赌场得意。他没有告诉田刚自己要跟柳婄离婚的事，只想今晚好好狂欢一下，赌他个天昏地暗，忘却这人间的悲欢离合。

这一夜，他们真赌到了天亮。战果辉煌，老严玩BLACK JACK赢了三千美金，而田刚在输掉四千美金后，转战老虎机，居然一举赢得八千美元，他兴奋地给了服务生三百美元消费，当场交税三千多美元，也净赚四千多美金。

田刚简直不敢相信这次的赌城之行会有如此好的运气，以往每回到拉斯维加斯都是大败而归。他突然想起刚到拉斯时老严说过的那句话：“我们到这就是来赢钱的。”他觉得人做任何事都要有这样的气势和自信。

走出赌场大门，在去机场的出租车上，老严举着厚厚的钞票兴奋地大喊：“我爱你，VIGAS。”

10

2002 年的夏天，老严结束了与妻子柳嫔十三年的婚姻，再次跨入单身贵族行列，那一年他 36 岁。在众多年轻女孩眼里，无论是年龄还是事业，老严俨然就是个香饽饽。

那天从法院出来，老严的心情并没有多大起伏，也许是一个人时间久了，他觉得今天的日子跟往常一样，并没有什么不同。他没有开车，揣着法院判决书，从朝阳公园南门对面的法院，顶着烈日一直走回自己的公司。十三年的婚姻生活，就这样结束了。老严觉得很惭愧，结婚的时候自己根本不明白婚姻对他意味着什么，只是傻乎乎地认为有了一个家，和一份稳定的生活。他并不知道婚姻也是一项复杂的社会工程，以至于耽误了别人，也耽误了自己。他想告诉后人，美好的婚姻不仅仅是生理成熟就可以，心理的成熟更为重要，一个男人，如果在事业上无所作为，那么最好是先奋斗，再考虑结婚成家。

柳嫔是个多么骄傲又优秀的才女，却因为老严浪费了整整十三年的美好时光。这种悲剧的结局其实是可以避免的，可惜等明白了却早已伤痕累累，心力交瘁了。

路上，老严先是给车震打了个电话，告诉他自己离婚了。车震对他离婚的事，似乎没有多大反应，倒是兴奋地说：“哥们最近遇到一件很奇妙的事，晚上你来我家吃饭吧？”

“什么事啊，电话里不能说？”老严心不在焉地问。

“我要结婚了！”车震的语气不像是开玩笑的样子。

“什么？”老严以为自己被烈日晒昏头，听错了，追问道：“你说什么？”

“哥们我要结婚了！”他重复了一遍。

“结婚？跟谁啊？”老严觉得很意外。

哎呀，电话里说不清楚，见面说。对方挂了电话。

这叫什么事啊？电影都编不出来这么富有戏剧性的巧合来。我他妈的离婚，老车却结婚，没听说他最近又泡到什么妞啊？老严一路摇着头，边想着这事，边往公司走。

老严的新公司落户在位于东三环团结湖附近的锦湖园公寓，紧挨着《北京青年报》，地理位置很好。当他气喘吁吁汗流浃背地走进公司，秘书小李说有人找他。老严推开会客厅的门一看，原来是麦吉在等他。

半年前，从美国回来后，老严就忙着落实给JENNY LOU'S配货的事。几百个品种的包装都要翻译成中文，然后加贴上中文标签，才能上货架销售，而且这些货品里，既有食品、饮料，又有日用品和百货。老严根本搞不清楚这些产品的用途和使用方法。有些产品他以前都没听说过，更没见过。所以他必须一个一个地翻译好，还要给这些品牌起好中文名字。

公司倒是有二十几个员工，但除了他，没有一个懂英文的。这些翻译的活，都是老严亲自去做，这几个月都快把他累垮了，所以他一直没有跟麦吉联系，加上办理离婚手续的事情，他都快把麦吉忘了。

直到上个月的一天，在公司楼下的街边，老严刚把车停好，听到有人喊他的名字，抬头一看是麦吉，他才突然想起麦吉的家就住在附近。俩人真是喜出望外，这才恢复了来往。

由于离得很近，麦吉经常到老严的公司坐坐，或者一起吃饭，偶尔她也在家做点好吃的，给老严送到公司来，请他品尝。

俩人的关系，依旧是不咸不淡，若即若离的。老严能感觉到麦吉对自己有好感，甚至喜欢自己，但老严并没有挑明，也不积极主动。一个原因是当时自己还没离婚，另一个原因是，他不知道该如何跟一个带着孩子的离异女人谈恋爱。老严的态度让麦吉很纠结，本想表明，但又怕被拒绝，那样的话，连普通朋友都没得做了。

“麦吉，你来了，怎么没给我打电话呢？”老严从冰箱里取出一瓶矿泉水，递给麦吉。

“我也是刚来，给你送两瓶绿A。看你最近眼圈都是黑的，肯定没少熬夜，就在我家门口的药店买这个给你，这是提高免疫力的保健品。”说着从包里取出两个绿色的小罐子，放在茶几上。

“谢谢，你想得真周到啊！”老严拿起绿A，看了看，心里暖暖的。

“你干吗去了，瞧这一身汗。”麦吉看到老严的短袖衬衣被汗水洇湿了一半。

“我去法院了，走回来的。不太远，就没开车。”说着把离婚判决书放在茶几上。

麦吉坐回沙发上，拿起判决书仔细看着。“唉！”她叹口气说道：“早知今日何必当初？”

老严明白，她想起了自己的伤心事。麦吉曾经告诉老严自己和前夫结婚之前也是很甜蜜的，后来，她前夫遇到了一个女人，变了心。麦吉一气之下立刻就跟前夫把婚离了。

“这上面说房子归女方，你前妻人在美国，要北京的房子干吗呀？”麦吉不解地问。

“那房子是医院分配给她的。她不回来了，医院要收回去，所以房子判给她是要归还给医院的。”老严笑着解释道。

“那你住哪儿啊？要不你先住我家吧，我那房子是三室一厅的。”麦吉热心地说。

老严心里明白，一个单身女人，让一个男人住到自己家里意味着什么。他并没有准备好跨出这一步，捅破那层窗户纸，而且刚离婚不久，他想先自由自在一段时间再说。

于是，老严半开玩笑半认真地说：“真的啊，谢谢啊。真到那一天，我只能找你求救了。不过医院的房子，年底前归还就可以，还能住几个月。再说，我在亦庄去年买的房子，十一就交房了，没事的。”

“哦？那就好。”麦吉有点失望，瞬间露出不太自然的微笑。

老严也觉得自己这不冷不热的态度挺操蛋的，毕竟麦吉是个美丽的女人，不知有多少男人对她爱慕追求。他觉得自己怎么有点给脸不要脸的感觉啊？良心发现的老严坐在麦吉的身边，拉着她的手问："今晚有空吗？陪我去趟老车家吧。这孙子，又要结婚了！"

"是吗？好呀，我陪你去。"麦吉兴奋地说，不知是听说老车要结婚而兴奋，还是老严不经意握住她的手而兴奋。

老严相信是后者，因为他感觉到了麦吉的双手在微微颤抖。

11

从美国回来后，车震连续搬了两次家。第二次，他在靠近中华民族园旁边的华严北里高楼里，租了一套一室一厅的房子，搬到了那里。

这段时间他也没什么固定的女朋友，基本一个人住。除了专职的翻译工作，时不时地也接点私活，帮着影视剧组翻译剧本什么的，偶尔也认识几个女群众演员或者化妆师、女助理什么的，时常以聊剧本的名义，把女孩子约到他家里去，喝酒、过夜。

一天，车震约了一个叫陈璇的女孩来家吃饭。陈璇二十出头，个子不高，却很丰满，长着一张很喜庆的娃娃脸，配上她那嫩白的皮肤，很像还没毕业的高中生。实际上，她已经大学毕业在剧组做化妆师快两年了。

这是个性格开朗、个性分明的女孩，抽烟、喝酒、熬夜，样样俱全。她大学毕业那年，被男朋友甩了，从此不再相信爱情，破罐子破摔，开始喝酒、抽烟，对待生活也很随便，属于那种看破红尘，过一天是一天的主。

车震亲自下厨房，做了一顿乱七八糟叫不上名字的饭，俩人一边喝酒，一边狂搓。一会儿的工夫，一大瓶二锅头，四瓶燕京啤酒就干光了。

被酒精催起欲望的陈璇，摇摇晃晃地站起来，揪起车震的衣领子，就把他拽到沙发上，摁倒就亲。被点燃欲火的车震，伸手开始乱摸陈璇的胸部。俩人开始撕扯对方的衣服，一会儿的工夫便赤条条地从沙发上滚到地板上，又从地板上滚到床边。车震把她从地板上抱起，用力扔到床上，猛扑上去。

“璇儿，你叫床的声音也太大了。”完事后，筋疲力尽的车震靠在床头，看着裸体的陈璇，有气无力地说。

“怎么，吓着你了？这还没敢放开呢。我要真叫起来，四邻五舍都得听见。哈哈哈。”陈璇浪声大笑着。

接着，她捋了捋自己散乱的头发，略带遗憾地说：“可惜没尽兴，再来一个我也能对付。你还有哥们吗，叫过来，接着玩。”

虽说也算是过来人，但这样疯狂的女孩，车震也是头一回遇到。他把眼珠子瞪得溜圆，吃惊地问：“真的假的？还没尽兴啊？真服了你了。我可真叫了？”

“好啊，快打电话，趁着热乎劲还没过。”陈璇目光迷离地催他。

半醉半醒的车震拿起电话就拨给老严：“哥们，你赶快来我家一趟，出大事了。”说完便挂了。

老严正在公司夜以继日地加班翻译产品标签，接到车震这么一个没头没脑的电话，以为出了什么大事，外套都没顾得上穿，开车一路狂奔就赶来了。

等他喘着粗气跑上楼，敲开车震的家门，看到赤身裸体的车震和陈璇，傻了，张着嘴半天说不出话来。按说老严也算是见多识广的人了，即使多年前在阿姆斯特丹红灯区看真人秀，他都没这么尴尬过。这回他的脸真的有点红，尴尬得手足无措。

12

下班后，老严开车带着麦吉从团结湖开到红领巾桥，再从红领巾桥驶入四环，向北，穿过亚运村，就是健翔桥，从桥下进入辅路，右转便到了车震居住的小区了。

一路上，麦吉很安静，只是微笑着望着窗外的车流、灯火和建筑，一言不发。但是她的手紧紧握着老严的手，几乎没有松开过。

老严把车内的空调开到最大，即使这样，汗水依然从俩人紧握的双手之间流淌下来。

车震一如既往地做了一顿乱七八糟的饭菜，盘子不够，就用方便面盒子。老严和麦吉走进客厅，看到餐桌上摆满了缸子、碗、一次性饭盒和一个盘子。这些器皿盛满了中西结合的菜和汤。

麦吉哈哈大笑说：“老车，你可真行。你就不能买几个盘子和碗筷吗？”

“用不着了，很快就有人帮我买的。来，入座。”车震招呼大家坐下。

“就你这操行，哪个不开眼的要嫁给你啊？”老严开着玩笑。

“咳，要不说奇妙呢？”车震给老严倒了杯啤酒，又给自己倒满一杯，笑着讲起他遇到的奇妙故事。

一个月前，车震在三里屯陪一个英国朋友喝酒。大约夜里十一点多，他喝完酒准备打车回去。可打车的人很多，毕竟在英国混过多年，他根本不好意思跟别人抢，每次过来一辆空车，都被人捷足先登了，车震干瞪眼没办法。

一个小时过去了，终于有辆车恰好停在他面前。他打开车门赶紧上车，就在这时，一个女子几乎在同时，也拉开了后座的车门。

车震回头刚要对那个女人说，我先上来的。突然，他愣住了，好熟悉。他脱口而出：“这不是王琳吗？”

那个女子听到有人喊她的名字，抬头一看：“车震！”

原来王琳是车震高中的同班同学，也是车震的初恋。他俩好了两年，毕业时王琳考上了上海的大学，而车震在北京上大学，从此便各奔东西，时间久了，也就淡了，没再联系。

后来车震娶了个英国老婆，变成了英国公民，然后又离了婚。听说王琳也结婚了，嫁给了一个加拿大华裔，还生了一个儿子，后来也离了婚。

这次意外而离奇的再次相遇，似乎点燃了两个人熄灭了十几年的爱情之火，之后他们开始约会。突然有一天，王琳对车震说：“我们干吗不结婚啊？”

车震用力地点点头，激动地说：“我同意。”

车震讲完他的故事，麦吉眨了眨她那天真无邪的丹凤眼，惊叹道：“是吗？真的呀？怎么跟听神话故事一样啊？”

“真是他妈的有缘啊。不过，都过去十几年了，人都会变的。现在的你俩都不是从前的你俩了，你不再考虑考虑吗？”

还是在大学时，老严听车震讲过他跟王琳的初恋，但他并没有见过王琳。车震说的事，他相信是真的，不过他还是表达了自己的担忧，希望车震慎重些。

“没啥可考虑的，觉得好就一起过，不好再分开呗。”被彻底西化的车震倒是直接。他接着叹口气说道：“唉，转了一大圈，又转了回来，这都是命运的安排啊。下个月我们就领证。过几天，先把房子买了。”

麦吉看看车震，又看看老严，感慨地说：“真羡慕你们，说办就办，不像某些人总是扭扭捏捏的，真累！”

“对了，你俩怎么样了？可别辜负了我的良苦用心啊。”车震笑着问老严。

老严有点尴尬，他不知道该怎么回答车震。他点燃一支香烟，吸了一口，然后搂着麦吉的肩膀对车震说：“多谢哥们你的介绍，麦吉是个好女人，我会珍惜的。”

13

其实老严自己也说不清楚他跟麦吉要怎么发展，是要确定恋爱关系，接受她做自己的女朋友，还是就这么不清不楚地交往着跟着感觉走。从辛杨离开之后，他试着不去想她，努力忘记她。但这一切都是徒劳，辛杨的影子像日落日出一样，有规律地伴随着他。毕竟那是他真正为此付出鲜血和泪水的爱情，刻骨铭心这个词能够非常贴切地形容和总结他和辛杨的那段感情。

他偶尔会怀疑辛杨是否已经彻底地离开自己了，甚至幻想着某一天，辛杨突然出现在他的面前，微笑着说：“亲爱的，我回来了。”

麦吉虽然很漂亮，但真正吸引老严的并不是她的外表，而是她性格中那种与生俱来的安静的美。她可以安静地看着老严一天不说一句话，可以安静地陪伴在老严的身边，任老严视她为不存在。她对老严的关心完全是发自内心的自然流露。

几周前，老严认识了一个姓马的大哥，在劲松经营一家餐馆。有个客户欠老严一笔货款，由于账目不清，老严没办法通过法律渠道解决，就通过朋友介绍，认识了马大哥，请他帮忙追讨。没过十天，欠款就全部收回了。从此老严和他成了朋友，没事的时候，经常去他的餐馆吃饭、喝酒、玩牌。

马大哥是社会上混起来的那种黑道人员，吃喝嫖赌抽，样样俱全，黑白两道都有朋友。他对老严很好，很投缘。那时候，很多人玩一种叫“诈金花”的纸牌，其实就是赌博，很令人上瘾。很多人因为玩诈金花，倾家荡产，甚至丢掉性命。

马大哥给老严讲了一件真实的故事。去年冬天，北京下了一场大雪，老马和几个朋友约好玩牌，其中一个在山海关办事，说尽量往回赶，但京沈高速路面结冰，这哥们为了按时赶回去玩牌，就让司机开车连夜往回赶，结果在距离北京收费处五十公里处，撞上了一辆大货车。那哥们当场死亡，受了重伤的司机，挣扎着给马大哥打通电话求救。老马带着一个玩牌的哥们连忙开车上京沈高速去营救。由于雪大路滑，一辆白色的宝马突然打滑撞上中间的隔离带，紧接着车头逆向转头，马大哥的车刚好开过来，刹不住车，直接撞上白色的宝马。结果陪马大哥开车的司机当场被撞死，马大哥也身负重伤，被送到医院抢救，才保住了一条命。

悲伤了一阵子，老马有段时间没怎么再玩牌。可没过多久，终究抵挡不住赌瘾的诱惑，他又玩了起来，时不时地还拉着老严加入。老严也渐渐地上了瘾，有段时间几乎每天都去跟他们玩诈金花。

一天晚上，在马大哥的餐馆吃过晚饭，老严钻进包间，跟几个牌友又玩起来。每个人的面前都摆着一沓钱、一包烟和一瓶啤酒。一会儿的工夫，小小的包间便烟雾缭绕，酒气熏天。这时，老严的电话响了，正好手里来了一把好牌。老严顾不上接电话，聚精会神

碟
D PUB
碟

地加着筹码，电话断了，又响。几遍过后，老严干脆关了机。

一小时后，有人推门进来。老严一看是麦吉：“你怎么知道我在这啊？”

“打你电话，你不接，还关机，估计你就在这。”麦吉用手不停地驱赶着呛人的烟雾，默默地坐在老严身边，看他玩牌。之前，麦吉也跟老严来这吃过几次饭，她一猜老严就在这里。

老严知道，麦吉讨厌赌博。刚认识她时，曾经说过看不起嗜赌的男人。他也知道，麦吉过来是想拉他离开。可一看到老严一副投入着迷的样子，她便打消了念头，安静地坐在老严身边。

那次一直赌到天亮。等老严摇摇晃晃站起身时，看到麦吉已经趴在桌子上睡着了。马大哥拍着老严的肩膀夸赞地说：“兄弟，这个女孩对你太好了。一看就特别爱你，特别踏实，你小子真有福气啊。”

从餐馆出来，老严开车送麦吉回家，看到她美丽的双眼布满血丝，而漂亮的GUCCI外套散发着一股难闻的烟草味道。

老严心里很不是滋味，歉疚地对麦吉说：“对不起啊，让你陪我烟熏火燎地熬了一夜。”

“没事。”麦吉打着哈欠，淡淡地说。

这样的情况发生过几次之后，老严下决心不再玩牌了。麦吉的柔情比起其他女人的伶牙俐齿和横眉冷对，更令他难以抗拒。

这一年，正好举办日韩足球世界杯。老严是球迷，重要的比赛场场不落。麦吉并不懂球，但是为了能让老严高兴，她硬是一场一场地陪着老严看。老严高兴时，她也开心。老严生气时，她也郁闷，很多时候，都不知道因为什么。

14

从车震家出来，老严把麦吉送回家，然后开车回到自己家里。这时，窗外电闪雷鸣的，看样子要下雨了。霹雳一声接着一声，狂风把户外的广告牌吹得哗哗作响，暴雨如注，像从天而降的瀑布，泼到地面。

这时，老严的电话响了。电话那头麦吉弱弱地说：“从小我就怕打雷，妞妞在幼儿园全托了，你能来陪我吗？”

“这……”老严稍微犹豫了一下。麦吉忙说：“要不我打车去你家。”

“不，这么大的雨，你去哪打车啊？我这就过去。”老严穿好衣服，从地库把车开出来，直奔麦吉家。

他把车开到麦吉家小区的楼下，停在从她家六层窗户能看得到的位置，然后给麦吉打电话：“我就在你家楼下，车开着双闪。你走到窗前，能看到吗？”

麦吉打开窗帘，看到老严的车在楼下停着，暴雨从天而降，落到车上、地面。车灯一闪一闪的，远看就像一艘海上行驶的船，在暴风雨中航行。

“你把车停好，赶快上来呀！”麦吉催他。

我不上去了，就在楼下陪着你，等雨停了，我就回去。老严从未进过麦吉的家门，这次也不想，因为他知道，进去了会发生什么。

“你可真够怪的，我又不会把你吃了。”麦吉气得不知该说什么。她挂上电话，就这么看着楼下的车灯一闪一闪的，心中倒是有种说不出的温暖。

几天后的一个深夜，老严独自一人躺在床上，迷迷糊糊正在看电视，突然麦吉打来电话，焦急地说：“妞妞病了，高烧不退。你能陪我带孩子去趟医院吗？”

“你别着急，我马上就到。”老严立刻冲出家门，开车来到麦吉家，抱起孩子，开车送到医院。挂号、验血、打针、取药，一通忙乎。凌晨三点多又把她们娘儿俩送回家。

这是认识麦吉十个月来，老严第一次踏入她的家门。等看着麦吉把孩子安顿好，盖上被子。老严长舒了一口气，转身准备离开。刚要开门，麦吉从背后一把抱住他：“今晚不走了，行吗？”

老严犹豫了一下，点了点头。他想如果再拒绝她，那就太绝情了。

那夜，麦吉在床上把老严抱得紧紧的，一刻也没松开，给老严热得差点没虚脱了。

事后老严问麦吉："你喜欢我什么？"

麦吉幸福地说："我也说不上来，就是感觉跟你在一起很舒服，也许你身上有男人特有的那种气场和味道吧。"

然后，她把老严的手放在自己的胸口上，善解人意地说："从今天起，它们就属于你了，不过，你别有压力。只要能跟你在一起，不结婚也行。我知道你恐惧婚姻，从心理上还没想好怎么给别人家孩子当继父。孩子不会让你为难的，明年呢，她爸爸就把她接到美国去了。"

老严鼻子一酸，不知该说什么，只是将她抱得更紧，轻轻地亲吻着。

第十一章

1

2002 年国庆过后，老严搬离了居住了九年的房子，搬到了位于亦庄的新居，同时搬到亦庄的还有林秋和于娜。

和于娜在一起后，林秋就像变了一个人。除了上班，平时就待在家里陪着于娜，也不怎么出门。老严很难把以前那个三天两头换女朋友、声称绝不结婚的林秋跟现在的他联系在一起。

亦庄荣华路大雄花园的公寓一层底商，开了一家名叫“王者日盛”的咖啡馆，这是当时亦庄唯一的一家咖啡馆。做了邻居的老严、林秋和江小民常常在这里聚会。

最近江小民很是兴奋，他除了上网，再没什么其他爱好。电脑玩得很溜，是老严朋友里面的电脑专家。

搬了新居的老严也安装了一台电脑，平时没事时，江小民就教他上网聊天。老严问他：“网上有美女吗？”

“有啊，很多呢。”

“我怎么跟人家聊啊？”

“想说什么就说，就是一开始，别什么都跟人家说实话。”江小民俨然就是个老师。

一天晚上，老严打开电脑，想给国外的客户发几个邮件。电脑屏幕刚打开，就突然冒出一个没有眼圈的女鬼的脸。啊呀一声，没有任何思想准备的老严被吓得大叫一声，汗毛立起。惊魂未定的老严试着将女鬼删除，可再开机，首先出来的还是那个女鬼的恐怖的脸。

他赶忙找江小民求救。小江开机的时候，老严吓得捂着眼睛不敢看。几秒钟后，那个女鬼的软件终于被删除了。

江小民大笑道："老严，这就是个病毒，你的电脑中病毒了。我已经帮你删除了。以后，你要经常杀毒。"

这件事让老严很佩服江小民的本事。可没想到，后面发生的事，让老严对小江的电脑水平更是佩服得五体投地。

一天晚上，老严带着麦吉正在王者日盛咖啡馆坐着聊天。江小民兴冲冲地跑进来。他家就在附近，走路也就十分钟。有事没事，他就溜达过来，往里面瞄上几眼，看看有没有熟人。亦庄是个新区，可消遣的地方除了这家咖啡馆，几乎再没有别处可去。小江看到老严在里面坐着，就跑过来跟他们待会儿。

"有什么好事啊？看把你乐的。"老严见他那张灿烂的脸，笑着问。

"我在网上认识个女孩，感觉特好。她在澳大利亚留学，老家在浙江。我俩聊了快半年了，彼此都很喜欢。"小江得意地说。

"我靠，国外的啊？那也太不现实了。"老严有点失望。

"没关系啊。她说年底就回来看我，如果感觉好，就不走了。"

"是吗？那女孩漂亮吗？"老严为小江感到高兴。

"挺漂亮的，个子很高，一米七几呢，身材也很好。关键是，我俩特有默契。"小江滔滔不绝地介绍着。

老严对江小民的话依旧是半信半疑的，他觉得网上认识的女孩根本不靠谱。但小江一直单身，之前有人给他介绍过几个女孩，可一个他都没看上。看着他高兴的样子，老严不忍心扫他的兴，只是笑着点了点头，不置可否。

几个月后，在王者日盛咖啡馆，老严第一次见到小曲时，惊讶得不敢相信，眼前这个身材高挑、皮肤白皙、有着迷人笑脸的女孩，就是江小民经常挂在嘴边的在澳洲留学的浙江女孩。

2

这年冬天，一场大雪过后，这个从互联网走出来的浙江美女小曲，完成了自己在澳洲的学习，来到北京南郊的小镇亦庄，搬进江小民为她租好的公寓，跟老严、林秋他们做起了邻居。随她搬来的还有一对从澳大利亚与她一道远渡重洋的蓝眼睛波斯猫。

老严他们觉得很奇怪，为什么小曲不直接跟江小民住在一起，而是坚持让小江单独给她租套房子呢？

小曲半开玩笑半认真地说："我喜欢属于我自己的空间。如果住在小江家里，万一我俩吵架了，他把我轰走怎么办？这套房子是我的地盘，真要吵架了，只有我轰他走，而他却不能轰我。哈哈哈。"

小曲是个性格极其开朗、为人豪爽的女孩。她喜欢做家庭主妇，喜欢做饭收拾屋子，常常在家做了好吃的饭，就让小江请老严和林秋他们过去一起吃。她跟大家相处得极为融洽。

小曲和江小民的外表有一种反差的美，一高一矮，一胖一瘦。但性格却很相似，相比之下，年龄小很多的小曲比江小民更为火爆，更为任性。但小江反而很喜欢她这样，很多时候也尽量让着她。

俩人在一起时，似乎甜言蜜语、你情我爱的场面很少，更多的是吵吵闹闹，相互拌嘴。在一起就掐，不在一起就想，这样的关系中却包含着深厚的感情。偶尔惹急了，小曲一怒，就买张机票飞回浙江，可等她回到北京，江小民准能在机场堵到她。这样的事发生过几次。连小曲都承认，她和江小民的默契，就像一对结婚多年的夫妻。

小曲没事的时候，喜欢打麻将，常常下班后召集朋友来自己家玩，而她呢，就准备好各种好烟、好酒好菜，等候着牌友，那感觉就跟招待亲戚似的，让你来了还想再来。

一天，老严下班后去小曲家玩。一进门，小曲就问："严哥，会打麻将吗？三缺一，你给凑把手。"

老严会下棋、打牌，恰恰不会打麻将。连忙说：“我不会啊！”

小曲一怔，一听就急了：“不行，你必须会，我来教你。今晚这个麻将非打不可。”

结果牌桌上，老严总是出丑。他见江小民打出一张自己需要的牌说：开杠。说着，亮出四个幺鸡。过了一会儿，老严又摸到一张牌兴奋地大喊：“我和了。”

江小民觉得奇怪：“你和什么牌？”

“七小对啊。”老严得意扬扬地回答。

“啊？你开了杠，还能胡七小对啊？你数数，这不就成八小对啦？”哈哈哈，众人笑作一团。从此，小曲和江小民总拿这事跟老严开玩笑。老严还没觉得多么可笑，这俩人倒笑得前仰后合了。

大家都觉得这是一对恩爱有加的活宝，也是他们生活中的开心果。哪里有他俩，哪里就充满了欢乐。尤其是老严，对他们缘自互联网的爱情，惊叹不已。他常常把小江和小曲的故事讲给单身没对象的朋友们听，似乎互联网跟书本一样藏有颜如玉、黄金屋。

3

那段时间日子过得很开心，好得令人心慌。老严和麦吉，林秋和于娜，还有江小民和小曲，在亦庄度过了最幸福、最难忘的美好时光。

他们就像三家远亲和近邻一样，不分彼此。平时各忙各的，下班回去，大家就凑在一起吃饭，或是在家做，或是出去吃，呼呼啦啦，六个人成群结队的。每逢周末，他们就开着车东跑西颠的，往返于近郊的各个角落。他们最喜欢的还是密云水库边上的云湖度假村，白天骑着情侣车，顺着水库骑行，垂钓，爬山。晚上吃着炖鱼，喝着啤酒，然后到卡拉 OK 放声高歌，累了，就钻进度假村的桑拿，做个按摩、水疗，放松一下筋骨。

老严把那段日子在自己的记忆中标上星号，循环往复地回味、怀念，成为他人生中快乐生活的一个标杆。

但生活就像个魔术师，跟他们每个人都开了一个大大的玩笑。几年后，他们一对一对便劳燕分飞，各奔东西了。

首先是林秋和于娜。刚搬到亦庄新居的时候，于娜把林秋像宝一样捧在手中，左一个老公，右一个老公地挂在嘴边，除了工作、出差，只要有时间就时刻跟在林秋身边，生怕他跑了。而林秋呢，也一改往日的陋习，乖乖地跟于娜过着自己幸福的小日子。每天早晨，林秋开车先把于娜送到单位，然后再去上班，下班前，给于娜打个电话，然后准时在单位楼下接她回家，无论刮风下雨，风霜雨雪。

事发的那天，下着小雨。于娜看了看表，快到下班时间了，就收拾好准备离开公司，提前到楼下等着林秋。这时，她的手机响了，她以为是林秋快到了，忙接起电话说："这么快就到了？我这就下去。"

"你是于娜吗？"电话那头是一个陌生女人的声音。

"是我。你是哪位？"于娜一愣。

"我是林秋的女朋友，叫多多。我就在你楼下，想跟你见个面。"

"什么，你是林秋的女朋友？"她又是一惊，以为哪个朋友的恶作剧，便笑着说："别闹，你到底是谁呀？"

"准确地说，我是林秋的前女友。你难道不想知道他是个什么样的人吗？"那女人的声音，沉着冷静，不像是开玩笑的样子。

于娜觉得十分好奇，林秋之前的破事，她倒是听林秋自己坦白过，可多多这个名字，她的确感觉很陌生。难道林秋还有什么见不得人的事瞒着我吗？想到这里，于娜说："那好，你到我们楼下旁边的上岛咖啡馆等我，我马上到。"

林秋开车穿过湿滑的街道，快到于娜公司所在的大楼时，路口大街上排起了长长的队伍，又堵车了。林秋无可奈何地掏出手机，准备打给于娜让她再多等会。他拨了好几遍，于娜都没有接。林秋只好放下电话，在车里等着。这时，手机里来了一条短信，他忙打开一看，是于娜发来的："你先回家吧，我有事，自己回去。"

林秋有点悻悻的，掉转车头，往回家的方向开去，边开车，边自言自语地说："早说啊，害得我白跑一趟，估计又加班开会呢。"

一小时后，于娜怒气冲冲地从酒吧出来，铁青着脸，手里攥着几张类似于文件的纸单子。一小时前，在咖啡馆见到了那个长得跟妖精似的叫多多的女孩，于娜对她就没有什么好印象，本不想搭理她，扭头想走，多多怪声怪气地说："如果你走了，会后悔的。"

于娜皱着眉头，硬着头皮坐下，连看都没看她一眼，不屑地说："你说吧，究竟什么事？"

多多也不在乎于娜对她的态度，厚着脸皮说："你跟林秋好了之后，他还跟我有联系。前段时间，我去医院检查身体，发现怀孕了，是林秋干的。"

于娜一惊，她觉得这绝不可能。这几个月除了上班，她跟林秋几乎时刻都在一起，林秋根本就没有机会背着她跟别人偷情。

"我知道你一定不相信。不过我有证据。"多多说着，从包里取出几页单子，放在桌子上，推到于娜面前说："这是怀孕和流产证明，还有病例报告。"

"谁能证明你怀孕就是林秋干的？真是可笑。"于娜冷冷地问。她觉得这个女孩过于无耻，这种事都敢拿到桌面说，真是让人觉得她可怜、可悲。

"还有，你看看这个。"多多说着把自己的手机递给于娜看。手机里面有一张多多和林秋的照片。上面是林秋赤身裸体地闭着眼睛睡觉，而多多侧身躺在他身旁，只戴了一个乳罩。

于娜觉得血往头顶迅速聚集，眼前一黑，差点没晕过去。她连忙拿起桌上的一杯水，一饮而尽，告诫自己："要冷静，冷静。"

"你想干吗？"于娜抬起头，看着多多那张扭曲的脸，不耐烦地问道。

"我没别的意思，只想帮你，让你看清林秋的本来面目。"多多眨了眨眼睛，撇撇那对薄薄的嘴唇说道。

走出咖啡馆，于娜没有打伞，呆呆地站在雨中，满脑子都是林秋和多多苟且的画面。她觉得胸闷得厉害，于是用力拍打着前胸，想呕吐出来，可又吐不出什么。她仰起头，把脸面对着天空，雨水直线般落在她的脸上，淋湿了她的头发，流入她的眼睛。她感到又涩又疼。她泪如泉涌，却分不出满脸的液体是泪水还是雨水。

回到亦庄的家里，已经是晚上十点多了。外面的小雨早已经不下了。正在看电视的林秋，见浑身湿漉漉的于娜走进家门，赶忙跑进浴室，拿出干净的浴巾递给她，关心地问："怎么刚回来呀，你们加班可真够晚的。你打个电话，我去接你啊。"

于娜把一腔怒火压住，平静地说："没事，我去洗个澡。你困了就先睡吧。"说着走进浴室，把门关上，然后锁死。

于娜是一个简单的女人，什么事很少过脑子。这与她的职业有关，在她眼里一切都是画面，非黑即白。这样的人完全是感性至极的性格，就像当初跟前夫感情破裂闹离婚一样，只要一吵架，她就认定他俩完了，然后就收拾行李搬走，分居，几乎没有挽回和调解的可能。

林秋做出这样的事情来，在她看来是绝对不可饶恕的。但她深爱着林秋，她想：自己得不到也绝不能让别人得到。

半夜时分，于娜从床上起来，看看表，已经是午夜两点了。她又看了看身边鼾声四起的林秋，轻声下床，蹑手蹑脚地走到厨房，然后打开灯，拉开厨房的抽屉，从抽屉里拿起一把锋利的菜刀。她想一刀下去把林秋砍了，然后再自杀。她把菜刀举到面前，摇了摇头，又放回抽屉。实在下不了手啊。突然她有了主意，弯腰从橱柜里取出一瓶花生油，拿起打火机，轻轻地走到卧室。

就在于娜端着花生油瓶子往林秋身上泼洒时，林秋突然醒了。他睁开眼睛，看着于娜双眼闪着凶光，吓了一跳，立刻跳了起来，一摸，身上被泼满了花生油。林秋突然明白了什么，大叫一声："你想干吗？"

4

林秋以这样的方式结束了和于娜的恋情。老严清楚地记得那天早晨，天还没完全亮，睡梦中的老严就被一阵急促的敲门声惊醒。

老严平时睡觉特别晚，昨晚就在于娜企图放火烧死林秋的时候，他才刚刚入睡。

当老严睡眼惺忪，骂骂咧咧地打开门时，立刻被眼前的景象吓了一大跳，只见林秋穿着白色背心，中间被撕裂开，浑身油腻腻的，像是刚从油锅里泡过一样。

“疯了，她完全疯了。”林秋心有余悸地说着，脸色煞白，脖子上厚厚的一层油污。

听林秋讲述完这闻所未闻的离奇经历，老严突然有种死里逃生的感觉。这事令人哭笑不得，又心酸无奈。也许钻进爱情死胡同的人做出什么出奇的事情来都是可能的。

“跟于娜好了之后，你到底跟多多上过床没有啊？”老严等林秋从浴室洗完澡出来，把自己的T恤和短裤扔给他。

林秋没有说话，低头只顾穿衣服。

“问你呢，说话呀！”老严急了。

“嗯，就一次。多多打电话给我，说有个重要的东西要交给我。一开始，我拒绝见她，可她说如果我不去，她就到我公司找我。所以就去了她家。”

“然后呢？”老严问。

“她把我骗到她家，就没安好心。她求我说再跟她做一次爱，就彻底不再纠缠了。没办法，我就答应了。没想到，这个浑蛋女人偷拍了照片。”林秋愤愤地说。

老严相信林秋的话，可又有什么用呢？无论什么样的动机和原因，已经既成事实，一切都太晚了。

几天后，林秋揣着一把刀，摸到多多家门口，蹲了几乎一个晚上也没堵到她。听邻居说，她很久没回家住了。

又过了几天，悲伤绝望的林秋，独自背着一个双肩背去了云南丽江。在路上，他给老严发了一条手机短信：“我辞职了，去丽江待一段时间。放心，死不了！”

5

2003年春末夏初，北京发生了非典。整个城市笼罩在死亡的恐怖之中。

那段时间，北京安静得像座死城，人去楼空，餐馆、歌厅、电影院等公共场所关门停业，商场、购物中心门可罗雀，只有漫天飞舞的柳絮，四处飘荡，白茫茫一片，如雪花般落满大街小巷。

老严待在家里已经好几天没有出门了，他给公司放了长假，自己就在家里泡着，除了玩游戏就是看电视。最不爱看电视的他居然完整地看完了好几十集的电视剧《射雕英雄传》，打发着无聊恐惧的日子。那时候的北京人像鬼一样，被全国人民抛弃、躲避着。

晚上，麦吉觉得老严一个人待在家里很可怜，就把女儿送到外婆家里，特意过来陪他。麦吉来到老严家，大包小包地带来很多吃的，还特意让妈妈包了饺子，装在保温桶里带给老严吃。

走进家门，她看到老严穿个大裤衩和皱巴巴的睡衣正在看电视。桌子上堆满了空烟盒、可乐瓶子和吃剩的泡面盒子，地上纸屑、臭袜子和脏衣服乱扔乱放，一片狼藉。

“你可真行，这样的环境还美滋滋的，愁死我了。”麦吉把东西放下，挽起袖子开始收拾。

“管他呢，还不知能不能躲过这一劫呢。”老严消极地说。

麦吉没有理他，埋头收拾清理着每一个房间。一会儿的工夫，跟变魔术似的，就把老严的家整理得干净整洁，令人赏心悦目。

吃过饭，麦吉去洗碗。这时，老严的手机响了。他忙接起：“喂，喂？”

“是你吗？”电话那头一个十分熟悉的声音。

“辛杨？”老严一惊，他的心开始咚咚直跳，这个电话他等了整整三年。跟柳婄离婚后，他试图通过各种途径联系辛杨，可怎么也找不到她。那段时间，他甚至怀疑辛杨是否曾经真的爱过他，不然怎么说分手就分手呢？就算是分手，也该来个电话，彼此关心一下吧。

“是我。你还好吗?”辛杨的声音颤抖着。

“你在哪儿?”老严站起身，走到窗前，似乎这样信号会更好一些，听得更清晰一些。

“我在曼谷。新闻说，北京非典很严重，我很担心你。你没事吧?”辛杨的声音有点沙哑。

“我没事，整天在家，哪儿也不去。你怎么样啊?你怎么连个电话也不打一个，以为你早把我忘了呢!”老严本能地抛去一连串的问题。

“我……我不想打扰你。我一切都挺好的。也许……”辛杨有点激动，欲言又止。

老严屏住呼吸，等着她往下说，但她没再说下去。接着是简短的沉默。

“你……你们一家还好吧?”辛杨犹豫了一下，问道。

“我离婚了!”

“啊?是吗?什么时候的事啊?”

“你走后半年，她带孩子去了美国。两年前办的手续。”

老严原本以为辛杨听了这个消息会激动得欢呼，或者会立刻飞到他身边。出乎他的意料，辛杨沉默了许久，才哀怨地说:“这就是命，可惜我知道得太晚了。我们还是没有缘分啊。”

老严以为她知道自己跟麦吉的事了，也沉默了片刻，然后幽幽地叹口气说:“唉!对不起。”

“是我对不起你!我……”电话那头，辛杨莫名其妙地哭了起来。

老严有点诧异，想问她为什么。这时，他突然看到，不知什么时候麦吉已经走进客厅，安静地站在客厅门口，看着他。

“我想等非典过后，我回国一趟跟你见个面。我有事跟你说，好吗?”辛杨止住哭声。

“嗯。”当着麦吉的面，老严把疑问咽到了肚子里。

“那好，我回国前，再给你打电话。你多保重吧，我挂了。”辛杨挂了电话。

麦吉看着老严，微笑着问：“是你前女友吧？”然后没再接着问下去。她把攥在手里的几片绿色的药片递给老严，接着又送上一杯温开水，温柔地说：“亲爱的，把绿A吃了吧。”

老严有点恍惚，分不清站在他面前的女人是辛杨还是麦吉。他用力地眨了眨眼睛，突然发现麦吉的眼里噙满了泪水。他默默地把麦吉搂在怀里，没有说话。麦吉哽咽道：“你不会跟她和好吧？”

6

该死的非典疫情终于被控制住了，一场惊魂后，北京又恢复了往日的繁华。躲过一劫的人们开始重新反思和认识生活。

林秋来电话说在丽江开了家客栈，日子过得很悠闲，比起北京的钢筋水泥，那里更像一座世外桃源，还说看上了一个貌美如花的咖啡馆老板娘，正在展开感情攻势呢，欢迎哥们几个抽时间去丽江住些日子。

“听说丽江是艳遇之城，你家伙不会天天左搂右抱吧？”老严脑海中似乎想象着他搂着美女喝着普洱，优哉游哉的样子。

车震和王琳结婚的时候，没有告诉任何人。俩人偷偷地去了国外，又偷偷地回来过着安静的小日子。偶尔会跟老严通个电话汇报一下幸福的家庭生活。老严为他的转变感到高兴：但愿是这孙子最后一次结婚。他自己不觉得累，看得老严他们却很累。

老严站在首都机场2号航站楼的接机大厅，望着大厅上方的航班到达信息。信息屏不断地更新着即将到达和已经到达的航班时刻，令人眼花缭乱。他终于看到要接的航班信息：CA980曼谷飞北京，五分钟前已经落地。

老严的心情有点激动，也有些复杂。这个时刻，他等了整整三年。当昨天接到辛杨的电话，说今天来北京时，他兴奋得一夜没睡。一切就像发生在昨天，他和辛杨在一起的点点滴滴，是如此清晰而深刻，令他悲喜交加，感慨万千。辛杨是她深爱的女人，也许是唯一深爱的女人。可这个女人早已经和他分手，他似乎搞不清楚他俩目前算是一种怎样的关系。三年前的一切就像是一场梦，可悲的是梦醒之后，人在现实中，心却还在梦里。

从家出来时，他特意穿上那件蓝色的都彭T恤。那是四年前过生日时，辛杨送他的生日礼物。他不确定自己是怎样的一种心理，尽管身边已经有了麦吉，但潜意识里，似乎依然有一种力量推着他，想跟辛杨重归于好，旧情复燃。

当辛杨推着行李车随着客流走出接机口时，老严一怔。她留了长发，披在肩头，墨镜像发卡一样被推到头顶，皮肤黑黑的很像韩梅，从上到下一身名牌，少了往日的青春活力，却多了几分成熟和优雅。

老严有点不自然地微笑了一下，拍了拍她的肩膀说："欢迎回家。"

辛杨也笑了，那笑脸多了份矜持，没有露出那对熟悉的虎牙。她看着老严，略带伤感地说："你头发怎么少了?"

"呵呵，时光催人老呗。你看看你，黑得我都快认不出来了。"老严接过她手里的行李车向停车场走去。辛杨把墨镜从头上取下，戴在眼睛上，紧紧跟在老严后面。她瞬间有点恍惚，似乎出了一趟差，刚刚回到北京。

老严把辛杨安排住在自己家里。一开始，辛杨有点犹豫，又担心老严不高兴，只好把拒绝的话咽到肚子里，来到老严位于亦庄的家里。

"三年前，你带我来看这套房子的，还记得吗?"辛杨从楼上到楼下，把每个房间都看了一遍，感慨地说。

"嗯，记得。"老严点点头说："因为你喜欢，我才买的。可惜……"

"唉！我没这命啊！"辛杨叹口气，幽幽地说道。她想起当年自己陪着老严看房的情景，不禁心生感慨，哀叹人生的无常。

户外的阳光很好，拉开窗帘，房间和过道都被照得明亮通透。老严笑了笑说："命运掌握在自己手里，你只要想回来，还是这个家的女主人。”

辛杨没有顺着老严的话说下去，迟疑了一下，扭转话题问：“今晚我们吃什么？”

餐桌上，老严摆好了碗筷，又把珍藏了几年的一瓶拉菲打开，斟满了两个酒杯。辛杨亲自下厨，把做好的饭菜端上来，像是个女主人，熟悉而从容。

老严有点恍惚，似乎这几年辛杨片刻也没离开过自己，一切仿佛就在昨天。他不由得站起身来，从后面紧紧地将辛杨抱住，把头贴在她的后背。

辛杨愣了一下，把手中的一盘菜放在餐桌上，然后，她仰起头，看着天花板，把手放在老严紧搂着她的双手上。过了一会儿，辛杨温柔地说：“我们先吃饭吧！”

“说说这几年你在泰国都是怎么过的？”老严把菜夹到辛杨的碗里，关心地问道。

“刚去的时候，不太适应，主要是心情不好。我想你，想北京。时间久了，也就适应了，加上跟韩梅合作的餐馆刚开张，整天忙忙碌碌的，也顾不上痛苦了。你想啊，一个陌生人，在一个陌生的国度，加上感情的原因，日子毕竟不太好过的。”辛杨强装笑脸，努力不让自己的眼泪流出来。

“真是难为你了！一定吃了不少苦吧？”老严心情酸楚地问。

“嗯，还好，有韩梅，她总是陪着我，还给我介绍了很多朋友。一切都过去了，现在好多了。你看我这皮肤，像个泰国人吧？”辛杨笑着说。

“对了，上次电话里，你说有事要跟我说？”老严问。

“嗯。”她点点头。表情忧郁地说：“我不知道我走后，你很快就离婚了。没你在身边的日子实在是太痛苦了，有好几次我都想跑回来找你。可你有老婆，有孩子，而且你老婆还受了重伤。我真是进退两难啊。后来，认识了韩梅的一个朋友，他也是个华侨，对我很好，一直追我。可我不爱他，我这辈子，除了你，不可能再爱上别人了。”辛杨停顿了一下，把满满一杯红酒喝下。接着说道：“其实，只要不是你，跟谁结婚都一样。只要一结婚，我也就对你死心了，不然我会痛苦死。于是，我就答应了他的求婚，几个月以前，就办好了结婚注册手续，但一直没有举行婚礼。我想一定要回来见你一面，对我们的过去有个交代，然后再举办婚礼。非典那段时间给你打电话，才知道你已经离婚了。但这一切都太晚了。唉，我们真是有缘无分啊！我还是想回来见见你，对我们的过去算是个告别吧。这就是我回来的主要原因。”

老严的心像是被什么扎了一下，钻心的疼。他沉默着，一口气连着喝了两杯红酒，脸色通红地问：“你这又何必呢？拿自己的婚姻赌气？”

“你永远都是我最爱的人，能和你一起朝夕相处，拥有你三年，我已经很知足了。嫁给他也不算赌气，他人很好。”辛杨的眼睛里满是泪水。

这时，老严的手机响了。他没有理会，随手掐断了铃声，很快电话铃声再一次响起，他看都没看直接就按了关机键。此刻心烦意乱，他哪有心思去接别人的电话。

看到老严把电话关了，辛杨小心翼翼地问：“你有女朋友了吧？”

细心的辛杨一进老严的家门，就注意到屋内干净整洁，以她对老严的了解，她知道这一定是有人帮他收拾的，也许他已经有了女朋友。但她并没有问老严，因为她不想万一老严说是，她会心痛，会受不了。当她得知老严离婚的那一刻起，复合的念头立刻在脑海里跳出，很快她就否定了这个想法。好不容易度过了难熬的痛苦期，万一俩人再出现什么问题，既害了自己又害了即将跟自己结婚的那个人。

听辛杨问，老严犹豫了一下，不知是否应该告诉她自己跟麦吉的事。转念一想，这有什么可隐瞒的，她都快要结婚了，我怎么就不能有女朋友呢？想到这里，他点点头，“嗯”了一声。然后低头苦笑道：“我怎么也找不到你。后来认识了麦吉，她人很好，算是女朋友吧！”

“唉！命运真会捉弄人啊！”老严长叹一声，失声痛哭起来。

辛杨站起身，走到老严身边，紧紧抱着他。阴差阳错的现实令他俩不禁悲从心来，俩人抱头痛哭起来。

这时，外面有钥匙开门的声音。门被打开了，麦吉走了进来。看到老严和一个女人相拥而泣。

等老严迷迷糊糊地看到麦吉，起身追出来时，麦吉早已没有了踪迹。

7

那晚，麦吉拉着闺蜜，跑到湖边月色酒吧，破天荒地喝了十几瓶啤酒，期间她拿起手机给车震打电话，破口大骂：“老车，你给我介绍的是什么王八蛋，龟孙子？”

老车被骂得丈二和尚摸不着头脑，忙给老严打电话，可老严关机了。等他火急火燎地赶到酒吧时，麦吉已经喝得不省人事，哇哇大吐了。通过她闺蜜说明原委，车震才明白怎么回事。

他陪着麦吉的闺蜜，把烂醉的麦吉送回家。刚从麦吉家走出来，就看到一脸落魄的老严呆呆地站在楼门口，一动不动，像个死人。

“你干的这叫什么事啊？你怎么把她伤成这样？”车震气得大骂。

“辛杨回来了。她要结婚了，说是想在结婚之前再见我一面，特意从泰国回来看我的。我把她接到我家，也没什么。就是觉得没有缘分，抱头痛哭。正好麦吉进来看到了，就误会了。”老严说着，顺手摸了摸后脑勺，一脸的懊悔。

“那你倒是跟麦吉提前打个招呼啊？你这样鬼鬼祟祟的，她能不误会吗？”车震对老严的做法很不理解。

“唉，我就怕她多想，才没敢告诉她。结果还是被撞见了，真他妈倒霉！”老严一屁股坐在楼梯上，一副无辜的样子。

“算了，你先回家吧。估计麦吉这回伤透心了，喝了十几瓶啤酒。明天等她酒醒了，我先帮你跟她解释一下，你再来看她。这会儿有她姐们陪着呢。”车震拍了拍老严的肩膀，拉着他走出了麦吉家的小区。

接下来的两天，老严给麦吉打过无数电话，可麦吉不是不接，就是占线，后来干脆关机了。在送辛杨去机场回泰国的路上，辛杨劝老严回头跟麦吉好好解释一下，说实在不行，她可以亲自给麦吉打电话说明情况，然后抱了抱老严，依依不舍地走了。

8

看着辛杨推着行李车走进安检的门口，直到她的背影消失在人头攒动的客流中再也看不见，老严才恍恍惚惚地走出送机大厅。

户外的阳光亮得刺眼，照在往来穿梭的一辆辆汽车上，反射着一道一道的金光。空中一架接着一架的飞机，呼啸着卷起阵阵气浪，腾空而起，渐渐地远去，消失得无影无踪。

老严走到停车场，打开车门，坐着发呆，大脑一片空白。直到此刻，他才清楚地意识到辛杨彻底离开他了，从此不再与他有任何关系。一切都已过去，成为记忆深处永远的痛。

辛杨这次回来最大的目的就是跟过去告别，让老严从过去的回忆和幻想中回到现实。

“是啊，都过去了。爱情之门关上了，记忆之门却打开了。”老严擦擦湿润的眼角，启动汽车，驶入洒满阳光的机场高速。

麦吉始终联系不上。第二天，老严跟老李一起乘飞机去上海，参加为期三天的国际食品展览会。登机前，他给麦吉发了一条短信：“车震应该给你说明了情况，你不接我电话，想必有其他原因。你多保重。”

飞机落地后，老严打开手机收到麦吉的回信：“我试图用我的爱来融化你的心，但是我失败了。可怕的不是你不爱我，而是你深爱着她。我明白了。”

“这是什么意思？”老严茫然地问在出租车上眯着眼睛的老李。

“还用问？你俩没戏了！”老严跟他表姐离婚后，老李懒得再管老严的私生活了。

算了，不去想这事了。等回到北京，她要找我说明还想好，如果不找我，那就结束了。老严摇摇头，把手机装入口袋，他似乎也无所谓。

展览会在上海浦东龙阳路的新国际博览中心举行，这是进口食品界一年一度的最大型食品展。来自世界各地的上百个国家在这里展示自己最优秀的产品，以此寻求商机。

老严和老李各自都有一个展台，而且紧挨着。老严的展台展示的是美国的各类杂货，而老李的展台展示的却是美国加州最著名的SUNMAID RAISINS阳光少女牌葡萄干，这是个具有百年历史的国际大品牌，因此展台前访客如云，热闹非凡。

老严注意到他们展台的对面是荷兰一家巧克力展台，展台前站着一个十分漂亮的女子，看样子二十多岁，长得很甜，穿着时尚。她每天都要到老李的展台前看看，打个招呼，一笑俩酒窝。

老李也客气地跟她点点头，微微一笑。然后低头忙自己的事情。

最后一天的上午，对面的女孩走到老李展台前，微笑着问老李："今天展会就要结束了，我很喜欢你的美国葡萄干。我能用我的巧克力跟你换点葡萄干吗？"

"当然可以。等下午撤展的时候，你过来随便拿。"老李很大方地说。

"谢谢！"那女孩心满意足地离开了。

中午，人流变得稀少起来。这时，那女孩又走过来，笑了笑问老李："你有空吗？我请你到旁边喝杯咖啡吧？"

老李一愣，看看那姑娘，似乎不太相信还有女孩主动请自己喝咖啡。老严走过来，笑着对老李说："人家请你喝咖啡呢，发什么愣啊？去吧，我帮你盯会儿。"

"这厮还挺有艳福的。"看着两人离开，老严笑着摇了摇头。

一小时后，两人一前一后地回来了，脸上挂着笑容，尤其是老李，春风得意的样子。

那姑娘走后，老严凑到老李身旁悄悄问："老实交代，都聊什么了？”

老李呵呵一笑：“没什么，真的。闲聊呗。”

“不会就那么简单吧？她怎么不约我去喝咖啡啊，你小子，闷骚得很。”老严潜意识里还真希望他能整出点花边新闻来，他感觉老李的生活太乏味了。

“别胡说了，你看我是那样的人吗？”老李说。

老严一想：“也是啊，老李如此一个无趣怕老婆的人，能有什么艳遇啊？”

9

老严是一个人回到北京的。原本跟老李约好一起回来，可老李腻腻歪歪地，哼唧半天，才不好意思地对老严说：“哥们，你先回吧，我还有点事没办完，明天再回去。”

“你是不是跟那女孩有约会啊？”老严直奔主题。

“没，没有。别的事。哎呀，你就别问了。”老李满脸通红地否定了。

秋天的北京美得像一幅画，红的果，黄的叶和蓝的天。

老严坐在自家的小小花园里，抽着烟，喝着茶，想着心事。这段时间，麦吉再也没联系过他，就像这个人从未在老严的生活中出现过一样，悄悄地走了，正如她悄悄地来。其间，老严给车震打过电话，问他麦吉什么意思，车震说：“估计她想明白了，觉得跟你太累，就不想再继续了呗。”

老严倒没觉得多么的痛苦，只是有点空落落的，偶尔也会从心底升起一丝的歉意，觉得自己有点对不住麦吉。他似乎回忆不起来自己对麦吉任何好的细节，满脑子都是人家依恋他、照顾他的画面。想想，自己就是个贱骨头，人家对你好时不知珍惜，等失去了，倒是念起人家的好了。

这时，门铃响了，开门一看是江小民。只见他心事重重的，一屁股坐在客厅的沙发上，两眼发直。

“兄弟，怎么了?”老严一头雾水。

“小曲父母来了，说要见我。后来我就跟她去了宾馆见她爸妈，没想到小曲是个富二代，家里有座矿山，身价十几亿。”江小民说。

“啊？我靠！真的啊？你小子真有福气啊。”老严一愣。

“别提了，我宁肯她是个穷人家的孩子。”小江从茶几上拿起香烟，吸了一口接着说道：“问题是，她父母不太同意，觉得我不适合他们女儿。”

“哦，那怎么办？富豪最担心的是家产被骗吧?”老严说。

“嗯，有关系吧。反正我可没看上她家的钱，我压根就不知道小曲家这么有钱。”江小民的话老严深信不疑。这么长时间，谁都没有看出来小曲居然是个超级富豪之女。

“你也不差呀，有十几家超市呢。不过我觉得你也别气馁，毕竟人家父母也不了解你。你好好表现一下，再说还有小曲在她父母面前替你说好话，应该问题不大。”老严耐心地开导他。

“对呀，有道理。我觉得自己也不差呀，就按你说的，好好表现，让她父母多多了解我。”

至于江小民后来是怎么表现的，老严也没再问。

一周后，小曲父母离开时，留给小曲一张卡，里面有一千万。让她在北京买套好房子，再买辆好车，跟小江好好地过。

事后，老严和远在丽江的林秋都被深深地震撼了：“富豪就是不一样啊!”

10

从上海展会回来后，老严接到了很多订单，这令他心情激动愉悦。他的公司在逐步地进步稳定，让他对未来多了一份憧憬与自信。

在众多询价邮件中，老严发现有一部分是订SUNMAID加州葡萄干的。他估计这些客户是把他的公司业务和老李的搞混了。于是，他整理好了属于老李的订单，给老李打了个电话。

电话打到老李办公室，秘书说，李总回北京后，这几天根本没来上班。

老严一愣：这厮出了什么状况？他隐隐约约地感觉到，老李有点反常。于是，他又拨通了老李的手机。还好，他的电话通了，而且很快就接了。

“干吗呢？也不去上班。没生病吧？”老严关心地问。

“没有，挺好的。”老李懒洋洋地回答。

“你不大对劲啊，在哪呢？”老严问。

“外面呢，谈点事。”老李回答的时候，电话里传来很嘈杂的汽车喇叭的声音，像是在大街上。

“你完事了来我公司一趟吧，有事找你。必须来！”老严语气强硬，不容老李推辞就挂了电话。

两个小时后，老李走进老严的公司，神情有点恍惚。

老严把他让进办公室，然后把门关上，递上一杯茶，一脸严肃地对老李说：“你跟我说实话，你到底怎么了？我总感觉你不大对劲。你也别瞒我，咱们毕竟是多年的同学。”

老李端着茶杯，用嘴吹着杯中的茶叶末，沉默着。

“是不是因为上海展会上那个女孩？”老严盯着他问。

老李沉默了足足好几分钟，终于点了点头，把茶杯放在茶几上，不自然地说道：“我好像也陷进去了。”

原来，老严回北京那天，老李没跟着一起回来，就是跟那女孩出去玩了一天。本来，老李并没有撒谎，他的确是跟两个美国客户约好，要带他们去上海近郊著名的周庄去旅游的。

那女孩名字叫艾柯，是个荷兰籍华人，任职荷兰某贸易公司驻华代表。展会结束当晚，老李收到艾柯的短信：明天去哪玩？

老李回复：带美国客户，去周庄。

艾柯直接打过来电话：“我建议你们别去周庄，人太多。明天我开车带你们去一个更漂亮的地方。明早八点酒店门口，我接你。”

作为一个外地人，在上海人生地不熟的，居然有美女主动开车带他们去郊区玩，这可让老李喜出望外。第二天一早，他便早早地带着客户，在酒店门口等候了。

艾柯带着他们三人，来到一个叫作锦里的小镇。

这个小镇位于上海和江苏交界处，是个典型的江南水乡，风景极其优美，由于知道的人少，所以几乎看不到什么游客。这里水道纵横交错，小桥独具匠心，两岸花红柳绿，建筑各具特色。这样的环境，令人心旷神怡。

两个老外也顾不上跟他们交谈，抱着相机没完没了地拍照。老李便和艾柯顺着河道悠然自得地散步，聊天，越聊越起劲，越聊越热乎，几乎忘了客户的存在。渐渐地，一种说不清的感觉在两人心中悄悄升起，那种感觉令人陶醉。

那天下午，有种异样的感觉在老李心中升起，他说不清那具体是怎样的一种感觉，令他兴奋、舒畅，像打了鸡血，像喝了一壶美酒。在夕阳下，望着艾柯雪白的肌肤和微微翘起的双唇，老李有种强烈的欲望想去吻她、拥抱她。

11

老李他们是当天晚上回京的航班，所以艾柯直接把他们一行送到了浦东机场。临分别前，老李对艾柯是千恩万谢，他觉得艾柯简直就是个天使，漂亮又热情。

艾柯动情地说：“今天跟你们玩得特别开心，也要谢谢你。其实今天是我的生日。”

老李一愣，懊悔地说：“你应该告诉我的，你看连个礼物也没给你准备。真是太过意不去了。”

艾柯笑着说：“你有给我生日礼物啊，SUNMAID葡萄干，就算是生日礼物吧！”

回到北京后，老李依然感觉在梦中。上海的那一日，太让他回味了。第二天，他订了一大束鲜花，委托上海的快递服务送给艾柯并祝她生日快乐。就在艾柯收到鲜花的同时，她给老李发去一条手机短信：“好喜欢这束鲜花，和送我鲜花的你。”

接下来的几天，两人电话、短信的热线联系，很快便如胶似漆，心心相印了。

最初，当老李发现自己喜欢艾柯，甚至有点爱上了她时，有点诚惶诚恐。他担心时间久了，艾柯会黏上他，如果那样可就糟了。后来听了艾柯的经历，老李悬着的心，也放了下来。

艾柯告诉他，自己已经结婚了，丈夫是荷兰人，而且他们还有个五岁的儿子。艾柯在十八岁时，认识一个大她十几岁的美籍华人，后来艾柯嫁给那个美籍华人并跟他移民去了美国。婚后不到两年，她丈夫在一次车祸中去世了。无依无靠的艾柯又带着两岁的儿子回到了上海，并在一次聚会上认识了现在的荷兰丈夫。现在的丈夫对她非常好，只是脾气十分沉闷。艾柯生日前一天，希望丈夫给她举办一个浪漫的生日party，可她丈夫第二天恰巧要开会，失望之余，艾柯就陪老李去了锦里散心。

早晨，老李开车从家出来。上班的路上，阳光穿透云层，强有力地照射在城区的每个角落，温暖明媚。路上的行人无论是开车的，骑车的还是乘公交车的，似乎都面带微笑，充满活力地穿行在这座城市的街道上。他打开车内音响，一首许美静的《放你在心里》，让他感慨万千，这是他最喜欢的一首歌曲。老李的心随着歌声飘出车外，飘向空中。

一生把你放在心里头，
尽管未必能够长相厮守。
只要偶尔深夜想起你，
会有一丝微微的酒意。
…………

老李突然觉得天怎么那么蓝，阳光怎么那么明媚，生活怎么那么美好啊？以前怎么就没有细细地品味过呢？这些日子，每天他想着盼着的就是艾柯的信息和电话，艾柯的出现让他平淡乏味的生活变得有滋有味，充满期待。

刚到公司，老李的手机就响了。他一看是艾柯来的，连忙把办公室门关上，接起电话。

“你在干吗？”电话那头艾柯甜蜜地问候道。

“我刚到公司，你呢？”老李的声音里充满着温柔。

“我昨晚梦见你了，早上起来，满脑子都是你。你知道我在哪里吗？我把车停在马路边，看你的照片呢。”艾柯心情急切地想立刻飞到北京。

老李记得跟艾柯在锦里游玩那天，他俩拍了很多照片。可惜他没敢存在手机里，回到北京时，他全都删了。于是，他心里痒痒地说：“你发一张给我，好吗？”

很快他收到一张彩信，是艾柯身穿牛仔裤、短皮靴，露着肚脐，灿若桃花的笑脸。老李仔细端详了一会，亲吻了一下照片上的艾柯，纠结了片刻还是把照片删了，不然被老婆看到，他就死定了。

“你想我吗？”艾柯问。

“嗯，想！”老李说。

“那我去北京看你吧。”艾柯说。

“哦，好呀。什么时候？”老李问。

“就这两天，你看行吗？”其实艾柯想今天就去。

老李瞬间犹豫了一下，勉强地笑笑说：“好啊，不过这几天有客户，你看下周如何？”

“哦，那好吧。”艾柯的语气里略显失望。她紧接着说道：“说好了，下周。不许变了啊！”

老李突然发现爱情是如此的美妙，令他魂不守舍，不能自拔。但他在享受美好爱情的时候，突然意识到自己是已婚的男人，这事要让老婆知道了，他就彻底完蛋了。一周很快就过去，如果艾柯要是真来北京找他，那可怎么办啊？这两天他矛盾纠结，正不知如何是好。

老严做梦也没想到老李居然有这么一段离奇的经历，这让他既羡慕，又嫉妒，同时又很同情老李。

老严笑着说：“你也有今天啊，当年你是怎么糟蹋我的，你还记得吗？”

“呵呵，等自己有了这种经历才能体会到。别急着挖苦我，先给拿个主意，你说我该怎么办？”老李满脸的愁容。

“哥们啊，你我不一样。我这人比较感性，属于爱情至上。而你却不同，你是理智的人，你有明确的目标，为了你的目标，你甚至可以牺牲一切。所以，我没法给你出主意。不是我不帮你，其实，依你的性格，我都知道最终你会如何选择的，根本用不着来问我。”老严的话中肯而一针见血。

听了老严的话，老李先摇摇头，然后又点点头。他仰起头叹口气说道：“唉，反正我跟艾柯都是有家庭的，谁也不会不管不顾的，置家庭于不顾。也许做地下情人也挺好的，就是千万别被发现，不然可就麻烦大了。”

“这就对了。你心里全明白，真的没必要问别人。不过，既然喜欢，开心，就好好把握珍惜吧。人这一生能有几次真情流露啊！”老严还是为老李的这段情感到高兴。

可一周后，当老李准备迎接艾柯来北京的前一天，他接到一个电话：“你是老李吗？”听声音是一个会讲生硬汉语的外国男人。

“是我，你是哪位？”老李紧张地问。

“你这个浑蛋，如果再敢勾引我太太，我就去北京找你拼命。”对方气愤地骂道。

“谁勾引你太太了？你太太是谁？”老李明知故问。

“我太太就是艾柯，她说明天要去北京看你。你们两个的手机短信我都看到了。我警告你，不许再跟她联系，否则我一定去北京杀了你。”对方说完就挂了电话。

老李当时就傻了。他觉得艾柯怎么那么缺心眼啊，来北京看他的事怎么能跟她丈夫说呢？他暗自庆幸，多亏没跟艾柯做出什么事来，不然要杀他的不仅是艾柯的丈夫，还有自己老婆。

老李万念俱灰，拿出手机，删除了一切与艾柯有关的信息。

12

2003年元旦过后，北京接连下了几场大雪，整个城市银装素裹的，寒冷无比。小曲用父母留给她的钱，在亦庄买了一套大别墅，他还想再给江小民买辆宝马740，但被小江拒绝了。小江觉得自己也有钱，不想让人觉得自己找小曲是看上了人家的钱。

买好了大别墅，小曲开始忙乎着设计、装修，期待着一切就绪后，就跟江小民把结婚证领了，好好地过日子。

就在这时，小曲家传来坏消息，她爸爸胃癌晚期。

这消息如晴天霹雳，一下子把小曲击倒了。江小民立刻联系医院，把小曲的父亲接到北京住院治疗。

那段时间，江小民停掉手头的工作，忙前忙后地陪着小曲，医院家里来回地跑，整个人都累瘦了一圈。

一天下午，小曲爸爸从昏睡中醒来。守护在病床前的江小民微笑着问："叔叔，您醒了，感觉怎么样？"

小曲爸爸轻轻点点头说："你扶我起来。"

小江小心翼翼地把他扶起来，然后把枕头塞到他的腰后面。他不知道老人要干什么，忙问道："您是要上厕所吗？"

小曲爸爸费劲地咳嗽了几声，清了清嗓子说："小江啊，叔叔跟你商量个事。我这病，没什么希望了。我就小曲这么一个女儿，我走后，小曲必须回去接手我留下来的公司和矿山。叔叔想请你陪她回去帮帮她。"

"叔叔，您好好养病吧，别想太多。还没到那一步呢。"江小民安慰着老人。

"我自己的病，我最清楚。叔叔知道，你在北京打拼这么多年很不容易，可是，实在没有其他办法。小曲不可能跟你在北京生活，老家那边更重要，那么多张嘴，那么大个企业只有她去继承才名正言顺。"他突然大声地咳嗽起来，说不下去了。

小曲的父亲知道自己时日不多了，自己的事业需要有人继承。

那么大一座矿山和一个大公司必须由小曲回去管理。让一个从未做过生意的小女孩去面对，实在是难为她了，所以他希望江小民能跟小曲回到老家帮着女儿打理。

“这……”江小民面露难色，毕竟自己在北京打拼这么多年，好不容易才有今天的局面，他知道自己肯定是离不开的。

小曲爸爸的态度很坚决：“如果不能割舍北京的事业，就只能放弃你们的感情。如果小曲不回去继承公司的生意，那会出大事的，会有多少人为了这份巨大的遗产拼个你死我活的。那样的话，我会死不瞑目的。”

江小民的人生面临着重大的抉择，但最终他选择了留在北京，放弃感情。一方面他必须尊重老人的意见，另一方面，他实在做不到放弃北京的事业，跟小曲回去，那样的话，小曲的亲戚朋友说不定会多么看不起他，误认为他是来抢夺人家的财产而仇恨他的。

小曲的爸爸最终还是走了。悲恸欲绝的小曲，哭肿了眼睛，哭坏了身体。她为自己的父亲，也为自己的爱情，流干了眼泪。

这年冬天，小曲经历了她一生中最痛苦、最难忘的时刻。她同时失去了两个她挚爱的男人。

一场看似平淡，却刻骨铭心的感情，就这样被迫结束了。悲伤的不仅是小曲和江小民，还有所有江小民的朋友，包括老严。

2003 年的严冬，寒冷无比，让很多人终生难忘。

第十二章

1

这么多年以来，老严总是在女人和情感的旋涡里沉浮，挣扎，令他心力交瘁，疲惫不堪。从2003年的初夏开始，他突然有种从未体验过的轻松，就像这夏日晴朗的天空，除了白云就是蓝天。

最初几个月，公司员工惊奇地发现，严总可以把工作安排得井井有条，细致入微，但穿衣打扮却乱七八糟，以前笔挺的衬衣，T恤，如今皱巴巴的，有的甚至没洗过，又穿在身上，还带着汗臭味。

公司财务陈大姐实在看不过去了，心疼地对老严说："严总，回头你把家里的脏衣服，上班时带来公司，我拿回家帮你洗熨吧。你可是老板，穿成那样多寒碜啊！"

时间久了，被女人照顾惯了的老严的确有点不太适应单身的生活。他渐渐地有点百无聊赖，空虚寂寞。

亲戚朋友们开始张罗着给他介绍对象，安排见面什么的。老严哭笑不得："我怎么也沦落到这种地步，还要相亲？"他自然是一口回绝了。

星期天的上午，天气很好。阳光透过客厅的落地窗照射进来，把整个屋子镀得金碧辉煌。老严依旧穿个大裤衩，光着膀子，睡眼惺忪地从床上爬起来，走进客厅。他脸没洗，牙没刷，先点燃一支香烟，一边吞云吐雾，一边目光呆滞，大脑空空的像个傻子。

自打一个人生活后，他基本不吃早餐，每天睡到十点多，洗漱完毕后，喝口水就去上班了，赶上周末，出去玩到很晚，半夜才睡，起床后就这样发呆，直到肚子饿得咕咕叫，这才叫个外卖或者吃点泡面，然后畏缩在沙发上看电视。其实，电视里演的什么，他根本不知道。至少，屋子里有点动静，证明他还活着。这些日子，他迷上了两个地方。一个叫“今夜星辰”，位于东三环长城喜来登饭店后面的一条街上，是家卡拉 OK 酒吧，里面有十几个妖娆妩媚的女孩，穿着啤酒厂家的促销服，陪客人喝酒聊天。促销服其实就是比基尼泳装，姑娘们露着白花花的肉，跟客人们掷骰子，喝啤酒，讲黄色笑话，靠卖酒的提成和客人们的小费赚钱。单身无聊、寂寞难耐的老严，每周三个晚上，聚集一帮狐朋狗友，泡在那里打发时光，回到家中，基本已经是凌晨三点了。老严喜欢的另一个地方是位于方庄的一家夜总会，名字叫“千夜”，这里很大，能容纳好几百人。大厅是带舞台的歌舞表演，还有 KTV 包间。舞台上表演的演员都是些野模特和三流演员，但有一点好，这些女演员表演大胆，露骨，令人脸红心跳。表演结束，演员们还可以到包间陪客人们唱歌，前提自然是小费和消费达到她们的要求。

那些日子，老严的生活颇为规律。白天上班，下班回家先睡觉。睡觉起来，差不多八九点钟，准有几个顽主的短信息：“哪儿呢？”“家”“出来吧”“哪儿吃？”，“金鼎”，然后一帮人呼呼啦啦聚集在金鼎，或者“俺爹俺娘”一阵狂搓。酒足饭饱后，又呼呼啦啦杀向“今夜星辰”或者“千夜”。

老严把另外三个晚上留给“千夜”，过着夜夜笙箫，不思江南的声色犬马的颓废生活。每周日的晚上，他会待在家里，养精蓄锐，以待再战。那样的生活，简直就是寂寞与空虚的最高境界。

老严抽着烟，看着乱糟糟的客厅，无动于衷。突然，他想到柳婠、辛杨和麦吉。这三个女人就跟商量好似的陆续离他而去。看上去都是人家主动离开他的，实际上老严心里明白，是他不给人家机会，直接或间接地拒绝了一个又一个。是自己亲手导演了这么一出一出悲欢离合的情感悲剧。

麦吉离开老严后，有点后悔。她以为老严会来找自己，或者如果老严回去找自己，给自己个台阶，自己就答应和好。毕竟自己爱他，离开他自己也很痛苦。可老严做的那些事，和对自己若即若离的态度让自己很失望。她想通过辛杨回国那件事，给老严一个警告，希望他重视自己，把她对老严的感情当回事，不然自己太被动了，甚至不知道他脑子里每天都在想什么。老严的捉摸不定让她心慌恐惧，有种随时被抛弃的恐慌。但老严始终没有再找过她，这让她非常的伤心失望，甚至气愤。

一周前，麦吉实在按捺不住了，就给老严发了一条短信。内容很简洁，让他别忘了吃“绿 A”，可老严根本就没回复她。麦吉有点绝望，就给车震打了个电话。想让老车问问，老严这王八蛋是怎么想的？

2

老严的肚子开始咕咕叫了，他懒洋洋地从沙发上坐起来，准备翻翻冰箱找点吃的。这时，手机响了。他连电话也懒得接，直到铃声吵得他心烦意乱，这才不情愿地拿起手机一看，是车震打来的。

“干吗呢，半天不接电话？是不是跟哪个女的在床上起腻呢？”车震的声音一如既往的洪亮。

“我倒是想起腻呢，可也得有啊。刚起床，发呆呢。”老严懒洋洋地回答。

“怎么样，单身生活很自在吧？也没人管你，想干吗就干吗。”车震调侃道。

“哈哈，既然自在，那你结婚干吗？”

“唉，哥们有点后悔了。成天被盯着，哪儿也去不了。除了看电视，就是看电视。遥控器都快让我按坏了，无聊死了。”车震抱怨起来。

“我靠，不会吧。你才结婚半年就烦了？干吗不生个孩子，等你父爱泛滥，就不烦了。”老严就知道他对什么都没有长性，这么快就烦了，以后不离婚才怪。

“别提了，几个月前，我老婆还真怀孕了。把我高兴坏了，兴奋得又是伺候老婆，又是刻苦钻研育儿经。老婆怀孕三个月时，去医院例行检查，大夫说发现我老婆有子宫肌瘤，必须手术。结果，肌瘤倒是去掉了，可孩子却没能保住。医生说，我老婆以后再也不可能怀孕了。打那以后，我老婆脾气大变，变得烦躁易怒，经常拿我撒气。这日子真没法过了，快他妈烦死我了。”

听车震的讲述，老严心里很不是滋味。心想：老车真够背的，这样倒霉的事居然也能遇到。

他同情地对车震说：“哥们，你也别烦了，想开点吧。现在科技发达了，试管婴儿、人工受孕什么的都很容易。还是好好跟王琳过吧，别再折腾了。”

“算了，别说我了。麦吉给我打电话，问你到底怎么想的？人家给你发信息你也不回，好像做错事的是她而不是你。你到底什么意思？”电话那头，车震有点激动。

“老车，你是不是觉得我有点给脸不要脸的意思啊？”老严问。

“没错，你就这德行。”

“麦吉是个好女人，对我没的说。可她有个女儿，虽然孩子非常可爱，但我不适合当继父。我自己有亲生女儿，还没机会照顾，却给人家孩子当继父，我心里不是滋味。另外，她那么爱我，可我却不能同样爱她，这样对她也不公平。你要是就这么混着，也可以，但时间久了怎么办？你能跟麦吉说，我要跟别人结婚了，咱们分手吧？如果那样，我还是人吗？所以我思来想去，还是算了吧。趁着这次闹别扭的机会，彻底分手。现在分手，还能承受。如果时间久了再分手，那麦吉肯定会痛不欲生的。其实，我一个人日子过得也很狼狈，身边也希望有个女人，但是我不想承担责任，只好自己忍受着。”老严如实地把自己的想法告诉了车震。

“看来你还真是不够爱麦吉，不然她有没有女儿你都不会在乎的。”车震说完停顿了一下，接着说：“麦吉给你发短信，你应该回一个。做不成夫妻，还能做朋友，别那么小气。”

老严脸一红，觉得自己是有点小气，立刻答应：“嗯，行。我这就给她回信。麦吉人很好，我也希望以后大家成为好朋友。”

老严想了半天，给麦吉回了一条短信：“对不起，我不是一个合格的爱人，但我一定是一个合格的亲人。你如果相信，就别把我从你的号码本里删除。”

然后，他给美国的前妻发了一封邮件，希望暑期把女儿接回国内待一个月。他想女儿了。

跟老严一样，柳婄依然是单身。她很清高，更不容易找到合适的男朋友。她是个通情达理的女人，很快就回信同意，说正好要去上海参加一个医学会议，顺便把女儿带回来，交给老严。

老严跟女儿落落度过了一个美妙的暑假。女儿已经十岁了，既漂亮又懂事。老严很感谢柳婄把女儿培养得这么优秀。跟女儿在一起的这一个月，老严深深地感受到责任的意义和榜样的力量。回想之前的自己，根本没有长大，无论是对子女还是对自己曾经爱过的人，他都没有意识到责任意味着什么。似乎一切的意义只是自己的开心与痛苦，其他的则都不重要了。他觉得自己对不起很多人，除了女儿和前妻，还包括麦吉和大吉普——两个他自认为不是很爱的女人。

送走女儿，他给大吉普发了一条短信：“你好吗？我对以前自己的所作所为向你道歉。衷心地希望你幸福。”

大吉普并没有给他回信。大概是已经出国跟老公团聚了，老严暗想。

3

时光飞逝，转眼老严的公司已经成立快三年了。公司人员从最初的五个人，发展到现在已经五十多人，业务范围从北京延伸到了全国，代理的品牌从美国也发展到了欧洲和世界各地。老严经常一个人拖着大旅行箱欧洲、美国飞来飞去，看展会，找产品，拿代理，签合同，累并快乐着。这期间他经历了常人难以想象的磨难和挫折，他都咬牙扛了过来。加上有老李，董先生和田刚几个好朋友的鼎力相助，老严每次都得以化险为夷，有惊无险地躲过了难关。老严感慨地说：下辈子，绝不做老板，这真不是人干的活。

就在老严的公司稳步发展的同时，他原来的钻石公司也发生了翻天覆地的变化。十几天前，老严在街上偶遇原来公司的财务小胡。

老严辞职一年后，迪米和邬娜斯也离开了公司，移居到新加坡发展。临走的前一天，老严请他俩吃饭。

迪米伤感地说："严，我会想你的。我们在一起工作四年，你是好人，我和邬娜斯都很喜欢你。希望有机会，你来新加坡看我们。"

老严问："你俩都走了，米歇尔怎么办？"

"他要派一个法国人来接替，以后怎么样我也不知道。我们只能离开，米歇尔给的薪水越来越少了。北京的开销很大，没办法，我们在新加坡找了一家船务公司的工作，薪水待遇很好。"迪米惋惜地摇了摇头。

老严有一种孩子被人抱走的感觉，心疼得很。这个公司是他一手创建起来的，曾经是那么的辉煌。现在随着迪米的离去，老严与这家公司最后的一丝联系也没有了。未来的一切都和他没有任何关系，这让他实在难以接受。

临分别时，邬娜斯拥抱着老严说："严，希望你找到一个好的女朋友。对辛杨的事，我们感到很遗憾！"

迪米和邬娜斯走后，小胡和伟丽仍然留在公司。中国老板觉得她俩很能干，薪水又低，于是挽留了她俩。

小胡见到老严感觉很亲切。她告诉老严，米歇尔彻底倒闭了。把仅剩的部分股份全部转让给了她现在的老板。

老严一惊，忙问："小胡，你有米歇尔的消息吗？他最近怎么样啊？"

"听说他欠了很多债，四处凑钱还债呢。还听说，有人在安特卫普的大街上看见米歇尔摆着小摊，卖画呢！"小胡说。

"什么？摆摊？不会吧，你听谁说的？"老严怎么也不相信老板会沦落到这一步。

“真的，是现在的老板说的。他在比利时亲眼所见。”小胡表情严肃地说。

老严又一次被一棒击倒。他突然有一种沧海桑田、恍如隔世的感觉。从某种意义上说，米歇尔是他的恩人、恩师。这个消息令他很沮丧，让他黯然神伤，心情沉重。他希望能抽个时间去比利时看看米歇尔，向他伸出援助之手。一个好男人，要懂得感恩。

4

2004年国庆节放七天长假，天气好得出奇，秋高气爽，风和日丽。这一天，闲来无事，老严邀请了车震、林秋、江小民和老李来家聚会吃烧烤。

从中午开始，老严就开始准备。他去超市买好了牛羊肉、蔬菜、饮料和啤酒，然后又把烧烤炉支在房后的小花园里，把烧烤炭、酱料等备好，累得满头大汗。抬手看看表，已经是下午三点多了。他忙进屋冲了个澡，还没换好衣服，林秋就来了，后面还跟着一个漂亮的女人。这个女人叫林美佳，三十多岁，是林秋在丽江认识的。

林秋在丽江待了一年。刚到丽江时，他就被那里美妙的风光和慵懒的节奏深深地吸引了，当时就决定不回去了。他在丽江转租了一家小客栈，一边打理着他的小客栈，一边恢复着他心灵的创伤。

在丽江有很多像林秋一样的人，感情遭遇挫折或者心路历程坎坷。于是同是天涯沦落人的感觉让他们彼此很容易接近，成为朋友。他和林美佳就是在那样一种情况下认识的。

丽江有很多古镇，其中最著名的两个，一个叫大研古镇，另一个叫束河古镇，两个镇子相距不到四公里。林秋喜欢束河的安逸宁静，就在这里从一个东北人手里租下了一家客栈。

束河古镇是因一条名为束河的雪山溪流而命名的。小镇有个广场叫四方街，从小镇的每条青石铺成的小巷都可以通到四方街。从四方街往北，顺着小巷往有山的方向走，就是束河。小河的南北两岸由一条青石桥联结着。

穿过青石桥，顺着石砌的小道向右，远远地，能看到灯火阑珊处有一棵斜向生长的桂树。桂树旁边有家木头搭起的咖啡馆，破旧斑驳，透着风雨和时间的沧桑，只有那挂在咖啡馆外面一串串的灯笼，还显示着一丝生气。这家咖啡馆有个好听的名字：守望者。

林秋的小客栈紧挨着守望者。刚来时，他对这家咖啡馆的名字很好奇，想知道老板为什么给它起这样的名字。听说在丽江，几乎每家咖啡馆和酒吧都有一段浪漫的故事，而这故事一定和它的名字有关。

后来林秋终于认识了这家咖啡馆的老板，一个女人味十足的优雅漂亮女子，林美佳——这就是跟林秋一起到老严家来做客的那个漂亮女人。

林美佳是贵阳人，由于长得漂亮，大学还没毕业就被一个地产商疯狂追求。大学刚毕业，她就嫁给了那个地产商。结婚一年后，生下了一个男孩，她就在家做起了全职太太，过着相夫教子的生活。不久，她发现丈夫有了外遇。她气愤至极，跟丈夫大吵大闹，让丈夫跟那个小三断绝关系。可后来，才发现那个所谓的“小三”居然是她丈夫明媒正娶的原配，而自己才是真正的小三。

在一个风雨交加的黄昏，悲痛绝望的林美佳独自一人来到丽江散心。几天下来，她爱上了这座古镇和这里悠闲的生活。于是，她留了下来，开了一家咖啡馆。咖啡馆是从别人手里租的，原来的名字叫风花雪月。后来，林美佳在咖啡馆结识并爱上了一位来自北京的游客。两人海誓山盟，许愿发誓白头到老。

一天那个北京人说，回北京几日，办理辞职手续，然后再回来跟她厮守终身。可那人一走便杳无音信，再也没有回来。痴情的林美佳苦苦等待着他回来，还把咖啡馆的名字改成守望者，守望着爱的回归。

林秋被林美佳的美貌和痴情深深地吸引着，他开始追求她。尽管被一个北京人欺骗，但美佳天生就对北京和北京人有种莫名其妙的好感。面对林秋的柔情，她一开始拒绝了。她觉得自己不能一而再，再而三地被人欺骗、玩弄。直到半年后，她才渐渐地被林秋的真诚所感动，开始谨慎地向林秋敞开心扉。其实她也喜欢林秋，只是担心再次被伤害。

一年后，林秋实在想念北京的生活，就对美佳说："咱们把咖啡馆和客栈盘出去，回北京去定居生活吧？"

美佳也不愿意守着咖啡馆想起那些伤心事，加上林秋愿意带着她一起走，于是，点头同意，跟着林秋回到北京，在 SOHO 现代城开了一家贵州餐馆。

5

老严听林秋讲过他和美佳的爱情故事。他这是第一次跟美佳见面。

"这就是大名鼎鼎的林美佳呀，欢迎你。"老严光着脚把他俩迎进客厅。

林秋把老严介绍给美佳。老严的故事林美佳没少听林秋讲过，她对老严和车震有着极大的兴趣。见到老严，美佳一点也不觉得陌生，跟老熟人一般笑着说："可算见到真人了，你好呀，老严！"见老严光着脚，美佳也把鞋脱掉，光脚走进客厅。老严见状，忙说："你不用脱鞋的，我是刚洗完澡，来不及换拖鞋你们就到了，只好赤脚开门。"

"哈哈哈，这样挺好的，咱就都赤脚吧。"林秋也把鞋脱了。

这时，车震和老李也陆续到了，每人手里还拎着一瓶法国红酒。

"什么规矩啊，老严？来你家做客必须光脚吗？"车震看着众人的样子很惊讶地问。

老严解释了光脚的缘由，车震哈哈大笑道："我说呢，我可是汗臭脚，有味。你可别让我出丑啊，哈哈哈。"

烧烤开始的时候，江小民才姗姗来迟。老严觉得奇怪，就问他："你家就在我隔壁，怎么才来？"

江小民说："我早来了，看到麦吉在你家门口转来转去的，然后就走了。我觉得奇怪，就追上她问，为什么不进去？"

“啊，麦吉来了，人呢？”老严觉得很意外，他有好几个月没有跟麦吉联系了。

“走了。她说，正好路过。问了问老严的情况，就走了。我想带她来，可她死活不来。”江小民说。

车震站起身，拿起几串羊肉串，放在烤炉上，边烤边说：“是我给麦吉打的电话，想请她一起来。她虽然跟老严分手了，但毕竟还是朋友嘛。她答应得好好的，不知怎么回事，又跑了。”

老严拿起电话就要给麦吉打，车震拦住说：“算了，估计她还没过那股劲，怕见到你伤心。还是别勉为其难了。”

老严觉得车震的话有道理，把电话放到茶几上，点点头说：“那还是别招她了，以后再说吧。对了，老车，你跟你老婆最近怎么样了？”

车震光着膀子，身体被烟雾笼罩着，边咳嗽边说：“我想离婚。”

“啊？”众人听到车震说离婚二字，异口同声表示惊讶。

“你们别急啊，听我慢慢道来，好吗？”车震把烤好的肉串放在盘子里，交给林美佳，示意她分给大家吃，然后又把新的肉串放在烤炉上，打开一瓶啤酒，喝了一大口，慢慢悠悠地说道：“我跟王琳是两个婚姻饥渴的人走到一起的，首先目的就不纯。都想通过婚姻改变孤独寂寞的状态，虽然多年前是初恋，但这些年都变化很大，彼此很难像年轻人那样为对方做出改变。也就是说，我们之间根本没有包容和共鸣，继续下去很痛苦。尤其是她怀孕流产后，变得更加不可理喻。我跟她提过离婚的事，可她坚决反对。她也许担心老了没人要，也许是不想再折腾。但我不一样，我觉得既然不开心，就应该分开。刚结婚时，我就是这么想的。”

“真要离啊？那王琳不同意，你怎么办？”老李觉得车震也太不消停了，真是怕什么来什么。

“我想年底回英国待一段时间，彼此冷静下来再说。也许不在一起了，她会想通的。”车震说。

“对了，老李，你跟上海那妞还有联系吗？”老严见老李一副老气横秋的样子，想起了他在上海的艳遇。

“早没来往了。不过……”他欲言又止。

“不过什么呀？别吞吞吐吐的，话说一半又想咽回去。”老李的故事林秋也听说了，他为老李感到惋惜。

“这些日子，总有莫名其妙的电话，不显示号码，接通了对方又不说话。而且，我邮箱里总有来自荷兰的一些巧克力广告。我怀疑是艾柯所为。”老李盯着烧烤炉升腾的烟雾，若有所思。

“那你还想她吗？是不是后悔把艾柯的联系方式都给删除了？”老严问。

“偶尔会想，也就是一瞬间的事。可我跟她没戏，联不联系又有什么意义呢？算了，都过去了。”老李皱紧的眉头又舒展开来。

“艾柯是谁呀？”林美佳好奇地问林秋。

林秋将美佳拉到一边，悄悄把老李在上海的艳遇故事说给她听。美佳眼睛瞪得跟灯泡似的大呼可惜。她惋惜地说：“看来凄美的爱情故事，不一定只发生在丽江，哪里都有啊。”

在林美佳眼里，林秋和他这帮同学是一群很神奇的人。他们学历高，素质高，见多识广，对生活玩世不恭，但对朋友热情善良。每个人的背后都有若干个如泣如诉的爱情故事和艰辛曲折的奋斗经历，他们像本书，百看不厌。

老严好久没这么开心了。他喝了很多酒，满脸通红，依然挨个跟大家碰杯，劝酒。这时，他突然意识到，四个同学里，反而就剩他一个孤家寡人，形单影只。

车震好像也注意到了老严情绪的变化。他把刚烤好的一盘羊肉串递给老严，笑着问：“我突然想起几年前，那个喜乐酒吧的女招待王蓉，你跟她还有联系吗？记得当年那女孩特别喜欢你。”

老严摇了摇头，苦笑着说：“早没联系了。她刚到德国那段时间，偶尔还有来信和电话。后来听说我跟老婆准备离婚，要跟辛杨结婚，就不怎么给我打电话了，信也没有了。我辞职后，换了电话号码，就彻底失去联系了。”

“那你不是还有她的联系方式吗？怎么不主动给她写信啊？”车

震觉得老严有点奇怪。

“都过去好几年了，我怎么好意思再联系人家？我能跟她说，OK，哥们现在单身了，你跟我好吧？那她成什么人了？噢，你现在没人要了，才想起我，早干吗去了？再说了，也许她早有男朋友了，我可不想碰一鼻子灰，灰溜溜的，多没面子啊！”老严说完，一口气把手里的那瓶啤酒喝了个精光，接着说道：“我早已把王蓉的电话号码、邮箱地址删除了。”

“那你当初喜欢过她吗？那女孩可是对你很痴情啊！”车震咂巴咂巴嘴说。

“还行吧，喜欢应该是有吧，不过当时中间夹着个辛杨，就没多想。”老严说。

“可惜啊，谁能想到你老严今天居然光棍一条了。王蓉出国也好几年了吧？也不知这丫头在国内还是在国外呢？”见老严没着没落的，车震替他着急。

是啊，差不多有五年没见过王蓉了。也不知她在做什么，许是早已经结婚了。老严暗想。

这时，天色渐渐暗了，秋虫开始了鸣叫。烤炉里的炭火把每个人的脸映得通红通红的，温暖，沉醉。

6

“十一”过后，大家又开始了各自的忙碌。老严奔波于国内各大城市，忙于自己的生意，开发市场，建设渠道。马不停蹄的，倒也忘了单身生活的寂寞。

回到北京，他没事就往林秋的餐馆跑，他快把那餐馆当作自家食堂了。有时，林秋和美佳忙不过来时，老严就帮着收银。林美佳总是开玩笑地说：“老严真是个好男人，有事业，人还勤快，要是自己有个妹妹一定嫁给他。”

一天下班后，老严又来到林秋的餐馆。吃完饭，见客人比较多，老严就站在款台帮忙收银，让美佳腾出工夫去招呼客人。

老严正聚精会神地收银，他抬头突然看到面前站着一个熟悉的面孔：棕色皮肤，长发披肩，色彩鲜亮的JUICY休闲装裹着曲线优美的身材。

“大吉普！”老严脱口而出。

看到老严，大吉普也很吃惊。她瞪圆了眼睛，张着嘴巴半天没有合上。

“你？你怎么？”她看看老严，又看看收银机，一脸的疑惑。

“嘿嘿，我在这做收银员啊。”老严故意逗她。

“不会吧，你出什么事了？怎么会干这个呀？”看到老严消瘦了很多的脸庞和胡子拉碴的样子，她信以为真，心里酸酸的。

“这不是挺好的嘛，我喜欢这个工作呀。”老严有点忍俊不禁。

“讨厌，我不信。你说实话，这到底是怎么回事儿啊？”大吉普有点急了。

林美佳不认识大吉普。她见老严跟一个美女在说话，似乎还是老相识，忙从后厨把林秋拉出来悄悄地说：“老公，你看款台，老严跟一个美女在说话呢。”

林秋抬眼望去，乐了。他快步走过去喊道：“大吉普，是你吗？”

大吉普扭头一看，林秋笑呵呵地看着她，身后还站着一个美貌的女人。

林秋把大吉普和老严拉到包间里面说：“你俩好好叙叙旧，这可是上天的安排啊。”说完把门关上，拉着林美佳走了出来。

“她就是大吉普啊，真是魔鬼身材！”听林秋介绍后，林美佳羡慕地说。

7

包间内，大吉普握着老严的手，嗔怪地说：“几年没见，你怎么还那么讨厌啊？我真以为你落魄得在餐馆当收银员呢，心里可难受了。”

“哈哈，开个玩笑嘛，你还当真了。其实，做个餐厅服务员没什么不好的，简单快乐。比当老板强多了！”老严笑着说。

大吉普仔细端详着老严，神态一如当年那样饱含深情。老严被看得有点不好意思了，伸手在她眼前晃了晃说：“有什么可看的，一个沧桑的单身老男人。前些日子，我给你发过短信，你收到了吗？”

“没有啊，我早换号码了。你也不想想，咱俩好几年都没见了，变化很大的。”大吉普眼神里透出一股淡淡的忧伤。

老严站起身来，给她的茶杯里添了些开水，好奇地问道：“你怎么在这呀？这些年过得好吗？”

大吉普低头沉默了片刻，然后抬起头反问道：“你刚才说什么？什么单身老男人，你离婚了吗？”

“嗯，我都离婚三年了。”老严就把自己离婚、辞职的前前后后和这些年的遭遇告诉了大吉普。

听完老严的讲述，大吉普一脸的凝重。她叹口气说：“唉，我做梦都想嫁给你，可老天爷偏偏不让。这是为什么呀？”

老严知道，这六年来大吉普一定经历了很多事。他能感觉到眼前的这个曾经深深爱着自己的女人发生了很大变化。于是，他点燃一支香烟，对大吉普说：“说说你吧。”

大吉普告诉老严，在老严回到公司总部第二年，她就跟老公离婚了。离婚的原因很简单，她老公在外面有了别的女人。离婚后，她就退役了，在亚运村一家网球馆做教练。不久，她结识了一个跟她学打网球的学生。此人是个台湾人，姓陈，文质彬彬的，是个很有教养的男人，比自己大十几岁，是一家房地产公司的高管。在台湾人疯狂的追求下，大吉普跟他相爱了，并且接受了他的求婚。

2001 年春节前夕，俩人准备在北京结婚。这时，大吉普已经怀孕三个月了。就在准备婚礼的前一周，有个台湾女人也挺着大肚子找到她，说自己是陈先生的未婚妻，恳求大吉普放过她的未婚夫。

大吉普找到陈先生，才知道这个女人的确是他的未婚妻，是为了家族事业，父母给包办的。他本想瞒天过海，在台湾和大陆分别建立一个家庭，没想到事情败露了。

了解了事情的真相，大吉普差点没气疯了。她把自己关在家里，好几天没出门，想来想去，她关紧门窗，打开煤气，准备把自己和肚子中的孩子一块熏死。陈先生吓得连忙报警，在警察的帮助下，才撬开门窗，救出了绝望的大吉普。

陈先生信誓旦旦地向大吉普保证，只要她能委曲求全，做个有实无名的太太，他就把自己位于顺义裕京花园的一套五百平米的别墅送给她，外加每年一百万的生活费，以保证大吉普和未来孩子的生活。

就这样，看在肚子里无辜的小生命的份儿上，大吉普无奈地接受了这个条件，得到了那套别墅和一辆宝马跑车。如今儿子都四岁多了。

大吉普那个台湾“老公”其实也很爱她，对她百依百顺，大部分时间都在北京陪着她，让她过着贵妇般的生活，可她总觉得缺少了什么，她自己也说不清。

老严看到大吉普泪光涟涟的，顺手从餐桌上抽出几张纸巾，起身给她擦拭。大吉普顺势扑在他怀中喃喃地说：“你还要我吗？我们还能像从前那样吗？”

老严有点心乱如麻，迟疑片刻，挣脱开她的拥抱，拉着她的手低声问道：“为什么要这样？是不是因为他有老婆，所以你觉得有个情人才算公平呢？”

大吉普止住哭泣，摇头说道：“我不管什么情人不情人的，我只是忘不了你，想和你在一起。”

望着眼前这个自怨自艾的女人，老严感到一阵莫名的悲哀，心里有一种从未有过的陌生感。他没有正面回答她，而是躲开她期待的目光，看看手表说：“不早了，你先回家吧。回头再说。”然后送她出来。

餐馆快要打烊的时候，老严和大吉普才走出包间。林秋和美佳见大吉普眼睛红红的，像是哭过。只见她走到门口，紧紧地拥抱了老严，然后跟林秋打了声招呼，便匆匆离去。

大吉普走后，林美佳有点怅然若失。她坐在款台，呆呆地想着心事，她觉得大吉普的遭遇和自己是如此惊人的相似。从大吉普身上，美佳又一次真实地看到自己过去的影子，不由得叹了口气：“唉！”

林秋走过来，摸着美佳的脸笑着说：“是不是后悔了？如果你当初不离开，也差不多跟大吉普一样有个大别墅和豪车呀？”

林美佳白了林秋一眼，不高兴地说：“我才不后悔呢。我要的是人，不是财，我觉得你比那大别墅更珍贵。我只是感叹做个女人好悲哀啊，如果是个美貌的女人就更悲哀了。”

林秋突然觉得美佳是那么漂亮可爱，在他眼里美佳的形象顿时高大了许多。他搂着美佳动情地说：“老婆，我没看错你。时间会证明你的选择是对的。”

8

老严最终还是拒绝了大吉普的请求。这些年，在经历了很多事情之后，他成熟了很多，不想再把自己卷入那种复杂、凌乱的情感关系中，搞得彼此疲惫不堪，心力交瘁。他还是期待着一种清澈简单的感情，让心灵有一个温暖的港湾。也许，自己还要这么孤独地走下去，但一个男人还有很多事要做，感情并不是生存的唯一理由。能耐得住寂寞的男人，才能活得更潇洒。

对此，大吉普有点伤心。这些年在她心里，老严就像是毒品，浸入她的身体、大脑和心肺，令她欲罢不能。越是依赖他，就越让她痛苦。这是个令她爱恨交加的男人，从一开始，她就没有完全拥有过他。她原以为，六年后的再次重逢，能跟老严重拾旧好，重温旧梦。但老严的拒绝让她空欢喜一场，她发现老严变了，变得多了份成熟，少了份轻狂，变得畏首畏尾，激情不再了。

一周后，当他们在林秋的餐馆再次见面时，老严诚恳地对大吉普说：“你有一个可爱的儿子，他需要一个喜欢他的舅舅，你需要一个给你撑腰的娘家哥哥。你看我行吗？”

大吉普含泪点了点头，只要这个男人不离开他，做什么都行。除此之外她还能有别的选择吗？

9

2005 年的春末夏初，老严来到了德国，参加一年一度的科隆国际食品展览会。他这是第一次来科隆，想通过展会寻找一些适合中国市场的优秀食品和国际品牌，与他同行的还有车震。

车震实在忍受不了和王琳枯燥乏味的婚姻生活，可又离不了婚。无奈之下，他决定逃回英国。什么时候王琳想通了，愿意离婚了，他再回来。听说老严也要去欧洲，他就跟着一起来了，反正科隆离伦敦不远，先陪着老严在德国待几天再说。

飞机上，百无聊赖的车震突然问老严："王蓉不是在德国读书吗？你还不去看看人家？"其实，老严也想过这个问题。如果能在德国见到王蓉该多好，那是个好姑娘。当年如果不是因为辛杨，自己也许会跟她好，接受她的。可转念一想，已经过去五年多了，王蓉早已经毕业了，也许已经回国，也许已经嫁人，也许有很多也许。

老严有点黯然神伤，摇摇头，对车震说："她应该早就毕业了，时间太久了，哪里去找她呀。"

科隆位于德国西部，是德国第四大城市，是一座展览之都，著名的莱茵河穿城而过，从河的两岸抬眼望去，能看到一座高耸入云的哥特式建筑，那便是闻名世界的科隆大教堂。

展会期间，来自世界各地数万名参展商和参观者涌入，导致酒店的房间爆满，价格飞涨，根本订不到酒店。还是车震有主意，出发前，他在网上把科隆和科隆附近的大小城市搜索了一遍，最后选择了一家距离科隆以北五十公里外，一个名叫海姆巴赫的小镇上的家庭旅馆。

欧洲的出租车很贵，如果换算成人民币，差不多正好是欧元和人民币兑换的比例一比九，也就是说，在欧洲打车是国内打车价格的九倍。老严索性租了一辆汽车，既便宜又方便，每天从早到晚可以自由自在地往返于海姆巴赫和科隆之间。

海姆巴赫是个只有几百个居民的小镇，依山傍水，风景如画，美得令人陶醉，静得能听到自己呼吸的声音。小镇依山而建，山上有座16世纪的大古堡，红砖巨石，恢宏古老，山下一条清澈见底的小河，穿城而过。河的对岸是茂密的森林和在森林里跑来跑去、成群结队的梅花鹿和野生小动物。镇上还有一座古老的教堂，每当准点时，便能听到教堂里传出悠扬的钟声，当当地在小镇的上空回荡，悠远，悠长。

身处这样的地方，老严有点恍惚，分不清自己是在繁华文明的现代还是置身于遥远空灵的中世纪。

10

老严他们入住的小旅馆很精致、温馨，不像是酒店，更像一个温暖的大家庭。这家旅馆有个好听的名字叫“吉诺丹利”，老严觉得这名字怎么跟自己代理的美国巧克力品牌同名呢？他断定旅馆的老板是个美国人。果然，当见到老板沙克和老板娘朱莉时，老严得知，这是一对来自旧金山的中年夫妇。沙克五十多岁，为人热情真诚，说话总带着笑容。

沙克和朱莉对这两位来自遥远中国的客人非常友好，酒店的房钱是包含早晚餐的。每天晚上，等老严他们回来，沙克夫妇便备好了丰盛的晚餐迎接他们。每次看到老严他们回来，总要用生硬的中文向他们打招呼：“你好，你好吗?”

这天晚饭后，沙克热情地邀请老严和车震在旅馆的小酒吧喝一杯。车震看着沙克夫妇笑声不断，恩爱有加的样子，羡慕地对老严用英语说：“你看看人家，这才叫夫妻。真让人羡慕啊。其实，我想要的就是像他们一样：一个志同道合的老婆，一份没有压力的工作，即使不算富裕，只要开心。”

老严反驳道：“什么叫志同道合？那得是相互包容才能志同道合。其实你就想着让别人包容你了，这样的人哪找去啊?”

沙克笑着插了一句：“你说对了，我们经常为对方着想，所以才能分享很多。”

老严问沙克："你们结婚很久了吧？"

"嗯，差不多三十年了。刚结婚的时候，我在西门子公司做展会设计师。那时候，我在全世界各地地飞，钱赚了很多，但我跟我妻子一年几乎见不上几次，那种生活让我们很痛苦。十年前，我果断地辞职，带着妻子在这儿经营这家旅馆。因怀念家乡的巧克力，我于是给自己这家店起名叫'吉诺丹利'，虽然生意一般，但我们很幸福。"

沙克说着，从吧台取出三支雪茄，分别送给老严和车震。然后用剪刀剪掉雪茄其中的一头，再取出一根牙签，折断后，将半根牙签插入被剪掉的那头，在盛着白兰地的酒杯里浸泡了一下，最后点燃雪茄，深深地吸了一口。

"你们也试试吧。"沙克把白兰地酒杯推到老严的面前。

老严和车震如法炮制，果然醇香无比。

"你看看人家的生活品质，说实话，我的要求也不高，怎么就没人理解呢？"车震抽着雪茄，满腔的感慨。

沙克笑着问老严："听说中国很传统，有着五千年的文明。我去过香港，但没去过中国内地。去年有个中国留学生在我这儿居住，给我们讲了很多关于中国的事，非常有趣。我希望明年能带我妻子去你们的国家旅行。你觉得什么季节去最好啊？"

"其实，中国很大，哪个季节去都可以。如果你要去北京，最好秋天去，北京的秋天很美。欢迎你来，来了就找我，我们会陪着你转一转的。"老严热情邀请，他觉得沙克夫妇人很好。

老严和沙克聊天的时候，车震注意到酒吧的墙上贴了很多照片，他觉得很有趣，于是站起身，走过去欣赏起来。

沙克突然仔细端详着老严，盯着他看了足足一分钟，然后问道："我怎么觉得你很面熟啊，好像哪里见过。从你第一天走进旅馆起，我就觉得你很眼熟。我们以前见过吗？"

老严茫然地摇了摇头，然后笑着说："也许中国人在你眼里长相都差不多，所以你看着我面熟吧。"

沙克点点头说："嗯，也许吧。"

接着沙克话题一转，对老严说：“一看你们就是很好的人，懂得欣赏和理解真正的生活。现在很多欧洲年轻人，不重视家庭和婚姻，有的甚至干脆不结婚。这样不好，社会很不稳定。你们两位一定有美满的家庭吧？”

老严苦笑着摇摇头说：“很遗憾，我是离婚的。他正准备离婚。”

“哦，对不起。”沙克觉得很意外，他眼里的中国人不应该是这样的。

老严也觉得有点不好意思，俩中国人，一对婚姻失败者。其实自己和车震并不能代表大多数中国人，他正想跟沙克做个解释，不想给老外一个坏印象，突然听到车震的喊叫声。

“老严，老严，你快过来看啊，我靠！”车震看着酒吧的背景墙，大呼小叫的，就像被踩了尾巴的猫。

“怎么了？”老严一惊，连忙走了过去。

“你看，你看墙上的照片。就那张，认出她了吗？”车震指着其中一张照片，兴奋地问老严。

老严走上前，看着背景墙上的照片，他一眼就看到其中一张照片里的王蓉，她身边站着的是沙克和他妻子朱莉，还有一条大黑狗。

11

照片上的王蓉瘦了很多，高大的身材变成了高挑的身材，还是那双会说话的眼睛和厚嘴唇，坚挺的胸部一如当年。

“我靠，怎么这么巧？她怎么在这儿啊，太不可思议了！”车震是为老严而激动。

“怎么，你们也认识 Helena？她是你们的朋友吗？”沙克也走过来问道。

“Helena.”老严记得在喜乐酒吧，王蓉告诉他自己有个好听的德文名字，就是这个。

“岂止是认识啊，她是我们的朋友。”车震的话还没说完，就被老严拦住了。在没有搞清楚之前，老严不想让沙克知道自己和王蓉的关系。

“她就是我刚才跟你说的那个在我这儿居住过的中国留学生，她是个非常可爱，非常漂亮的女孩。我跟我妻子都很喜欢她。”沙克说。

突然沙克看着老严，一拍自己的脑门大声说道：“我说怎么觉得你面熟呢，想起来了，我见过你的照片。”

“照片？我的照片？”老严一头雾水，他觉得奇怪，一个远在万里之遥的陌生人怎么会见过自己的照片呢？

“Helena钱包里有一张你的照片，穿着白色T恤。我问她，照片上的人是男朋友吗？她说，不是，但是她最爱的男人。原来就是你啊！”沙克抓着老严的肩膀，就跟发现新大陆似的。

老严突然想起来，六年前在大酒店里，王蓉偷偷地拿走了自己摆在床头柜的那张在酒吧拍的照片。也就是说，这些年她一直想着自己，爱着自己。想到这儿他不住地摇着头，为她的痴情所感动。

“她什么时候在你这儿住的？你知道她现在在哪里吗？”老严望着沙克问。

沙克想了想说：“大概是一年多以前，她跟随一个摄制组来拍纪录片。在我这住了十几天，休息的时候经常帮助我们干活，成了我们的好朋友。她说也许你不能和她在一起，但她这一生只爱你一个人。她好像住在柏林，我没有她的电话号码，不过有她的邮箱地址。”

“我的天哪！老严，你还等什么？哪里找这么痴情的姑娘？你要不娶她，天理难容啊！”车震动情地大喊大叫着。

“是啊，Helena可是个非常好，非常漂亮的女孩。我不明白，你为什么没有跟她在一起呢？”沙克好奇地问。

老严就把六年前怎么认识王蓉，以及跟辛杨的故事，大概讲了一下。

听完老严的故事，沙克很有触动，没想到眼前的老严跟照片上的王蓉有那么深刻曲折的一段旧情。他极力建议老严不要轻言放弃，希望他能尽快跟王蓉联系上，有情人终成眷属。他对老严说："上帝是不会看着一对恋人分开不管的。"然后他对着大堂喊道："朱莉，你过来，快去找找 Helena 的邮箱地址。"然后拍着老严的肩膀说："我一定帮你找到她。来，我们合个影。我要把你们的照片贴在墙上，等你和王蓉团聚后，我要把你们的浪漫故事讲给客人们听。"

沙克用宝来卡一次成像的相机拍摄了一张和老严、车震的合影，然后把照片贴在王蓉的那张照片旁边。老严把随时携带的"GHIRARDELLI 吉诺丹利"巧克力方块也钉在墙上，顺便在照片下方写了一句话"You can not refuse chocolate, as you can not refuse love"，意思是"你不能拒绝巧克力，就像你不能拒绝爱情"。他不知道为什么要写这样的话，也许是后悔了曾经拒绝过华美的爱情。

老严在酒吧的背景墙面前站立了很久，望着照片上的王蓉，尘封的往事像开闸的洪流涌入他的脑海。他想起了喜乐酒吧，想起六年前那个刮着大风的春天，临去德国的前一天，王蓉在大街上拥抱着他号啕大哭的情景。这一切依然历历在目，老严不禁眼角有点湿润。

"老严，你说王蓉为什么对沙克说她男朋友在中国？是不是指你呢？"车震突然问老严这么一个尖锐的问题。

老严摇摇头，眼睛盯着墙上的照片，茫然地说："不知道。应该不是吧？"

当天晚上，老严按照沙克提供的邮箱地址给王蓉写了一封信，并且留下了自己的手机号码，信的内容简单含蓄，除了问候，没有其他。

老严做梦也想不到，此刻，就在他们在沙克的小旅馆看着照片，聊着王蓉时，王蓉就在德国，不是柏林，恰恰就在科隆。

展会那几天，当老严拖着装满各种样品的行李箱穿梭于各个展厅时，就在食品展的隔壁，八至十号展是科隆国际电影器材展。王蓉当时正代表她所服务的公司也在参展，与老严近在咫尺。

太古里
TAI KOO LI
adidas
adidas
UNI
QLO

12

六年前，王蓉几乎是一路流着眼泪飞行了十个小时来到柏林的。那年夏天与老严在酒吧相识，她无可救药地爱上了老严，甚至一度想为他放弃赴德留学的念头。可那时老严的眼里，心里只有辛杨。王蓉只有把爱深深地埋藏在心里，依依不舍地离开了中国，踏上德国这片陌生的土地。

刚到柏林的第一天，就阴雨绵绵。小雨一连下了好几天。这让她原本就沉重的心情，雪上加霜。在柏林头一个月，王蓉都不知道自己是怎么熬过来的。人生地不熟，孑然一身，加上想念老严，她几乎每天都要落泪，常常在宿舍一待就是半天。她好几次想拿起电话打给老严，可又不知道该说什么，毕竟老严已经拒绝了她。很长一段时间后，她才有了几个朋友，加上繁重的学习，才慢慢走出孤独，走出老严的阴影。

一年过去了，快放暑假时，王蓉给老严打过一个电话。她本想利用暑假回国看看老严，但在电话里，听到老严支支吾吾说跟辛杨同居的消息时，她痛苦万分，放弃了回国的念头。她当时就万念俱灰，不想再听到一切跟老严有关的名字和事，她受不了那样的刺激。

由于父亲是驻德使馆外交官，妈妈也跟随父亲把家安在了柏林。这样一来，王蓉也失去了回中国的机会了。

老严的身影伴随她走过了三年的大学时光，直到快毕业的那年，她认识了欧阳华，一个文质彬彬，儒雅有修养的德籍华裔。小伙子跟她同岁，身材魁梧，俊朗有型，是柏林一家杂志社的摄影师。

刚到柏林半年后，就有同校的男生追求她，又是送花，又是送礼物的。那时王蓉的心里根本容不下任何人，一门心思地想着老严。每当有同学问她是不是有男朋友时，她都把老严搬出来，所有人真的以为她有个英雄般无与伦比的男朋友在国内等他。时间久了，也没有人再对她有非分之想了。

王蓉的妈妈见女儿整日埋头读书，既不参加社交活动，也不交男朋友，心里着急，就让当地的朋友给女儿物色了一个对象。很快，有人把欧阳华介绍给王妈妈。王蓉妈妈一看，欧阳华无论是家庭还是相貌年龄都很符合她的要求，于是，软磨硬泡安排女儿跟欧阳见了面。王蓉认为欧阳华尽管很帅气，但对他没有感觉，但是架不住妈妈的软硬兼施，只得同意先交往着再说。

欧阳华对王蓉非常满意，也很喜欢。但他是一个受过良好教育、矜持内向的人，比较细腻敏感。他从王蓉纠结的眼神中读出某种勉强，因此也不急于表态，只是默默地陪伴在王蓉的身边，试图用时间和真诚来融化她不太热情的心。

欧阳华默默地陪着王蓉去看电影，去参观博物馆，又默默地陪她逛街、吃饭，不远也不近，不温也不火。一次，在送王蓉回学校的路上，王蓉问欧阳华："你觉得累吗？是不是认为我很无趣啊？"

"只要你开心就好，没关系的。"欧阳华微笑着回答。

王蓉说："我觉得这样挺对不住你的，你是个很优秀的人。不是你不好，是我的问题。"于是，利用开车半个小时的时间，王蓉把自己跟老严的故事告诉了欧阳华。临下车时，她对欧阳华说："其实，这是几年前的事了，只是那个人还在我心上，也许我还需要点时间。如果你很介意，我们就不要来往了。"

欧阳华摇摇头说："不介意的，我愿意等，希望能陪你忘掉过去，我对自己还是很有信心的。"

王蓉看着欧阳华，突然觉得这个大男孩其实挺可爱的。

13

两个月前，王蓉终于接受了欧阳华的求婚，答应他参加完科隆国际电影器材展，就跟他回柏林见他的父母，自己未来的公公婆婆。

展会人来人往，熙熙攘攘的，展览大厅污浊的空气让王蓉有点喘不过气来。趁着中午吃饭的空当，她走到户外入口处，大口地呼吸着新鲜空气，目光茫然地从参观的人流中扫过。突然，她发现一个熟悉的身影，扎着马尾，戴着一副眼镜，很像车震，可那身影移动得很快，一闪便没了踪迹。王蓉连忙跑过去，四处搜寻，依然踪迹皆无。许是自己看花了眼，王蓉暗自一笑，摇着头走回自己的展厅。

三天的展会终于结束了。王蓉记得答应过欧阳华，展会一结束，就回柏林去见他的父母。她依然有点犹豫，不是因为心里还有老严，而是她并不觉得自己很爱欧阳华，她知道自己只是被欧阳华的真诚而感动，而且那是一个比较完美的男孩，她似乎没有理由拒绝。

王蓉突然有了主意，海姆巴赫就在附近。去年拍纪录片曾经在那儿住过，何不再去一趟小住几日，找沙克夫妇聊聊天，调整好心态，再回柏林呢？

展会结束后的第二天，王蓉跟公司老板请了三天假。从科隆乘火车，半个小时后来到美丽的海姆巴赫。

沙克夫妇见到王蓉，喜出望外，同时又一脸惋惜懊悔的表情。王蓉觉得这俩人的表情怎么那么奇怪，就好像错过了一个航班，一列火车，站在站台上捶胸顿足的样子。还没等她放下行李，沙克就拽着她的手来到旅馆的小酒吧，指着背景墙上面的照片让她自己看。

王蓉一眼就看到照片墙上的老严、车震和沙克夫妇的合影，旁边还有那只黑色的大狗。沙克特意把两张不同的合影贴在一起。

王蓉当时都惊呆了，她突然想起几天前在展会门口见到的车震，不是自己眼花了，而是真实的存在。他们也在欧洲，而且跟自己就在同一座城市好几天。看着照片上那个既熟悉又陌生的老严，她忍不住泪如泉涌。这个令她日思夜想，又爱又恨的男人居然又一次跟她擦肩而过。

“他们人呢？”王蓉焦急地问。

“昨天一早刚离开，早知道，留他们多住一天就好了。”沙克没想到事情会是这样，懊恼不已，就跟他自己错过了什么精彩瞬间似的。

“那你知道他们去哪儿了吗？是不是回中国了？”王蓉突然有点头晕，感到眼前的景物和沙克一起在晃动。

“他们去比利时了，开车去的。估计昨天下午就到了。现在也许已经回国了。”沙克把王蓉扶着坐在椅子上，安慰道：“你别急，我有他的名片。”

王蓉坐在椅子上，眼睛直勾勾盯着墙上的照片，眼眶有点湿润。她问沙克：“我们的事，他都跟你说了？”

“是的，我都知道了，你们俩的运气真是差了一点。不过不都是坏消息，我还有个好消息给你。”沙克得意地说，他突然感觉到自己能为这对历经情感折磨的年轻人穿针引线，鸿雁传书感到扬扬自得。

“还能有什么好消息啊？我很快就要跟别人订婚了。”王蓉幽幽地说。

“你的朋友严已经离婚好几年了，而且我看得出他很喜欢你，特别想见你。你说，这算不算是好消息？”善良的沙克真心希望这对有情人终成眷属。

“哦，是吗，你怎么那么肯定呢？”王蓉一愣，心想：“难道他跟辛杨分手了？”

“Helena，相信我，是他亲口告诉我的。他说他已经离婚了，和他一起来的那个朋友正在离婚。当时，他还没有看到你的照片，不知道你在这里住过。我建议你先不要着急订婚，错过了一生的最爱，你会遗憾终身的。先跟严见个面再做决定吧！”沙克说着，回头看着自己的妻子说：“是这样的吧，朱莉？”

朱莉点点头说：“是啊。严是个很睿智的人，而且非常风趣，不太像我印象中传统的中国人，很有学识，对欧洲历史甚至世界历史了如指掌，而且说一口非常流利的英语。”

王蓉很赞同朱莉对老严的评价。她想告诉朱莉和沙克，老严还有很多迷人的地方，才如此令她念念不忘。此刻，她顾及不了太多，连忙对沙克说：“请你把他的名片给我，我现在就给他打电话。”

14

欧洲的天气跟老严的心情一样，阴沉、忧郁，连续好多天都是如此。

展会结束后，老严带着车震驱车几百公里，来到他曾经生活和工作的地方，比利时的安特卫普。他是特意来看望他的前老板米歇尔的。

米歇尔破产之后，他的发小，那个秃头红脸膛的 Silvan 开了一个酒吧。老严先找到了 Silvan，然后让 Silvan 给米歇尔打电话说老严从中国来看他了。

听说老严来看他，米歇尔风尘仆仆地从伦敦开车两个多小时赶回来的，随他一起来的还有他的新任女朋友，一个漂亮的黑人女孩。

一番唏嘘感慨之后，老严得知米歇尔破产后，一度窘迫到上街摆摊卖画维生，老婆也离他而去，后来 Silvan 借给他一笔钱，他才在伦敦开了一家小画廊，日子渐渐地好过一些。

老严突然觉得这世上的坏女人都一个德行，你有钱有势时，她对你百依百顺，甜言蜜语。你失败落魄时，她翻脸无情，溜之大吉。老板的今天让他心情沉重，他真心地希望帮帮老板，让他走出困境，可又无能为力。

米歇尔对老严今天的成就一点也不惊讶，他兴奋地拥抱着老严：“严，我就知道你很棒的。我为你高兴！”

老严激动地说：“我是特意来看你的，希望能为你做些什么，可惜我们距离太远了。也许我可以帮你在中国销售你的画作。”

“是吗？那太好了！”米歇尔说着从随身的包里取出一本精致的图册，交给老严。然后介绍道：“这是我画廊的全部作品，主要是欧洲画家的画作，价格在下面标注好了。你带回去，如果有人感兴趣，你就跟我联系。”

老严注意到，画册首页是米歇尔的照片和联络方式。他把画册收好，点了点头说：“我想，我应该能找到感兴趣的买家。你知道我的能力的。”

米歇尔激动地握着老严的手，看着 Silvan 说：“你们都是我的好朋友，谢谢！”

那晚，老严喝了很多酒，他的脑子晕晕的，眼前不断变幻的是出手大方、花钱如流水的老板和失魂落魄、摆摊卖画的米歇尔。几年的时光，便物是人非，恍若隔世了。

“这也许就是人生的魅力吧。”那晚，老严做了个梦，梦见自己破产了，身无分文，流落街头，有个女人给他送来很多食品，那女人的脸很模糊，看不清楚，他隐约地感觉那是王蓉的脸。

第十三章

1

从欧洲回来后，老严马不停蹄地去了香港、广州和上海，拜访客户，签合同，等回到北京时，已经过去半个月了。他才突然意识到，发给王蓉的邮件如石沉大海，杳无音信。

老严不知道是因为自己单身久了，生理心理需要个女人，还是潜意识里自己渴望见到王蓉。总之，王蓉没有给自己回复邮件这件事让他有点失落，这种失落的心情伴随着他，好长时间缓不过来。其实他也明白，六年过去了，发生什么事都是可以理解的。但有时候，人是很奇怪的，自打在德国的酒吧看到王蓉的照片，这个女孩又从他记忆的深处走了出来，整天在他眼前晃悠。越是见不着她，自己就越想见她。

这段时间，老严就跟受了什么刺激似的，突然再也不去酒吧了。除了工作，大部分时间，他就宅在家里上网，看电视。有段时间，老严一个人根本就在家里待不住。一周七天，三天去“今夜星辰”，三天去“千夜”，只有一天在家休息。车震去了英国，老李除了工作就待在家里陪老婆孩子，林秋一如既往地和林美佳守候在自己的小餐馆里忙乎着。几个同学见面越来越少，偶尔打个电话，说几句不咸不淡的闲话就挂了。

老严还有一个爱好依然坚持着，那就是看足球联赛。甲 A 联赛早已改名为中超联赛了，除了去现场，老严也在家里看转播。尽管水平越来越低，成绩越来越差，但他对中国足球的兴趣浓厚如初。就像一个爱了很久的女人，痴心未改。

因为从事的是国际贸易，老严要经常上网看邮件，即使下班回到家里，他也要上网看看，没有邮件，就浏览网页。如今在网上交友成了一件时尚的事情，可以在交友网站看到神态各异的女人以及她们的性格爱好，脾气秉性和具体要求。这一点还要感谢江小民，是他教会老严如何上网聊天的。可老严没有江小民的好运气，在网上遇到一位超级富豪的女儿，还差点嫁给他。

老严想起来几年前，跟江小民学着上网交友，有几个女孩在网上跟老严聊得挺好，可见面一看，个顶个丑得吓人，搞得老严很受挫折。后来，江小民在搜狐网给老严注册了一个邮箱，建议他每次见面之前，让女孩先发照片到邮箱，如果照片上的女孩好看，就见面，不好看，就拉倒。

后来，老严工作忙了起来，加上渐渐地对跟网友见面失去了兴趣，那个邮箱老严再也没有登过。

这天晚上，外面热得出奇。被烈日整整暴晒了一天的大地，到了晚上还在散发着热气。

老严回到家里，把冷气开到最低，然后钻进书房开始上网。他有点百无聊赖，突然想到江小民帮他注册的搜狐邮箱好几年没看了，于是点击进入。

打开邮箱，老严就蒙了，里面有三百多封未读邮件。这是老严最早使用的邮箱，后来他自己在新浪注册了一个邮箱，就没怎么用这个。

他突然在众多的邮件中，看到一个熟悉的名字：王蓉，这让他大感意外。他突然想起来，刚有这个邮箱时，他曾经发给过王蓉。但王蓉最初根本没有给他发过邮件，只习惯打电话，直到老严辞职后，换掉了电话号码。

2

哥，这是我第一次给你发邮件。你的电话好像停机了，我联系不到你，很害怕。

我不愿意用写信的方式，因为听不到你的声音，感受不到你的音容笑貌。你是不想再跟我来往了吗？为什么换了号码不告诉我？

我已经是大三的学生了，再有一年就毕业了，想回去看看你，想你想得厉害。

你跟辛杨已经结婚了吧？我怎么感觉你还是单身呢？这种感觉很奇怪，也许是我的主观意识吧。不管怎样，我依然爱你。你结你的婚，我爱我的，不碍事的。我不想感动谁，只想给自己的感情一个寄托。

你说过，会来德国看我的。三年已经过去了，希望你说话算数。

我不知道你能不能收到这封邮件，或者会不会给我回信。如果没有收到你的回信，说明你不想被打扰。那这封信就算第一封，也是最后一封信吧。祝哥幸福。

就写到这儿吧，我要去上课了。

这是王蓉发给老严唯一的一封信，他看看时间是2002年的元旦。这封信上没有留下电话号码，邮箱地址跟沙克给他的那个地址是一样的。

老严陷入了深深的后悔与自责之中。

他按照发信的邮件地址，再次给王蓉回了封信，信上仍然没说很多，只是留了自己的新邮箱地址和手机号码。

第二天早晨，天蒙蒙亮时，睡梦中的老严便被一阵急促的电话铃声吵醒了。他有点气急败坏，是谁这么没有礼貌，这么早打电话？也许是国外的客户，想到这里老严拿起枕边的电话，迷迷糊糊地问："你好，哪位？"

"哥，我是王蓉。你好吗？"隔了很久，电话那头才传来一个熟悉的声音，尖细、柔软。

"蓉儿？……你在哪儿？"老严惊喜过望，顿时睡意全消。

"我在柏林。你上月去科隆了？"

"是啊，你怎么知道？是不是收到我的邮件了？"

"邮件？没有啊。你什么时候给我发邮件了？"

"上个月，我在科隆开展会。住在海姆巴赫沙克的旅馆，看到你的照片了。是酒店老板沙克给了我你的邮箱地址，怎么你没收到吗？"

"那个邮箱地址早不用了。你的电话号码也是沙克给我的。"

"什么，当时你也在科隆吗？我靠，怎么这么巧啊？"

"是啊，我到海姆巴赫才知道你们就住在沙克的旅馆，可惜我刚到的前一天，你俩已经走了。"

"那你怎么才给我打电话呀？我都回来一个月了。"

"还问我？你那号码在欧洲根本打不通。你知道吗，这个电话我都给你打了十几次了。"

老严突然想起来，从欧洲回来后，他还去了香港。也许是阴差阳错，直到今天王蓉才联系到他。

"你怎么样啊？还是一个人吗？"老严小心翼翼地问。

"哥，你呢？也是一个人吗？听说你离婚了？"王蓉没有回答，反问老严。

听到老严说"嗯"，她接着问道："哥，我想回去看你，行吗？"

老严声音低沉而有力地回答："回来吧，我去机场接你。"那语气，让王蓉想起当年在喜乐酒吧门口，老严把美元硬塞给她时的口气，霸气，不容改变。

电话那头一阵的沉默，老严想：大概她在哭，因为他自己也想哭，接着电话那头传来王蓉泣不成声的声音："这句话，我等了整整六年了！"

3

这些日子，老严的心情很愉快，跟吃了蜜似的，总是笑容满面的。

一方面从欧洲签下了几个大品牌的国内总经销权，经销商们趋之若鹜，订货踊跃，生意好得让他吃惊，从早到晚都是忙忙碌碌的，让他有种苦尽甘来，如梦如幻的感觉。

另一方面，自然是与王蓉有关了。他突然觉得，这姑娘在他心里其实一直有个位置，隐藏得很深，默默地充实着他的生活。他解释不清楚是什么样的原因。他猛然想起，旅行的时候看过一本书。书上有这样一段话：

有些人把爱藏在心里，有些人脱口而出。

也许有人曾静静地看着你：可不可以等等我，等我幡然醒悟，等我明辨是非。

等我说服自己，等我爬出悬崖，等我缝好胸腔来看你。其实，很少有人在等。

一等，雨水将落满单行道，找不到正确的路标。

一等，生命将写满错别字，看不见华美的封面。

我希望有个如你一般的人。这世界，有人的爱情如山涧清爽的风，有人的爱情如古城温暖的阳光。温暖而不炙热，覆盖我所有的肌肤。

但没关系，最后是你就好。

那，总会有人对你点点头，贯彻未来，数遍生命的公路牌。

老严确信，王蓉用六年的时间，终于等到他幡然醒悟，明辨是非了，而她就是那个数遍自己生命公路牌的人。老严为这伟大而平凡的守候感动不已。

老严是快乐的，此刻有人跟老严一样也是快乐的。那就是林秋。

周日上午，老严接到林秋的电话，让他晚上去餐馆一趟。老严问，什么事？林秋开心地说，他打算十一结婚。

老严又是一番感慨，大呼奇怪，看不懂。

林秋和林美佳结婚本身一点也不奇怪，两个饱经情感创伤的人，结缘走到了一起。相濡以沫，相依为命，苦心经营着生意起伏不定的餐馆，完全有理由相伴到老了。让老严奇怪的是，林秋曾不止一次信誓旦旦地表示，自己是不婚主义者。这么多年，四个同学有三个相继结婚成家了，只有他信守诺言，独身至今。而今，除了老李，都离婚了。而林秋却打破诺言，走在了老严和车震前面。

看来，海枯石烂，天荒地老不是真的。太阳从西边出来也是可能的，这大概就是人生吧。

4

"美佳，你真是越来越漂亮了。林秋每天都给你吃的什么啊？"老严走进餐馆，看到林美佳在收款台忙碌着，跟她开着玩笑。他注意到，餐馆多了两个服务员，白白净净的小姑娘，样子很喜庆。

"老严，就你嘴甜。呵呵，进去吧。林秋在包间等你呢，我一会儿就过去啊。"美佳笑呵呵地向里面努了努嘴。

推开包间的门，老严看到林秋正陪着老李喝茶。有几个月没看到老李了，这家伙胖了很多。

"正说你呢，你就到了，快坐。"林秋说。

"说我？说我什么呀？是你要结婚，又不是我结婚，干吗说我呀？"老严挨着老李坐下，掏出香烟点着。

"哈哈，说你跟王蓉的事啊。真是看不懂，没想到啊。"

"什么乱七八糟的，又看不懂又没想到的？"

"你说，当年虽然她喜欢你，但她前面还有两座大山——柳蓓和辛杨，你根本没把人家当回事儿。谁能想到这姑娘居然等了你六年，而且还是在异国他乡的。现在可好，最不被看好的拿了冠军，不是黑马是什么？"

“我靠，瞧你这比喻。不过连我自己也没想到，这事儿是挺邪性的。这不，来的路上我还琢磨你结婚的事儿呢，有谁能想到，你口口声声做王老五，最后不也变了？”

“哈哈，我不出现，他跟谁结婚啊，只能乖乖等着我。”林美佳推门进来，刚好听到老严跟林秋的对话。

美佳特别喜欢听林秋跟她讲老严和车震的故事，她觉得这是一帮即将步入中年，充满了故事和趣味的人，就连老李这样乏味的人，也有过令人惊叹的短暂爱情，所以，她对老严他们每个人的动向都了如指掌。

见老李沉默不语，老严把手在他眼前挥了挥，笑着问：“李总，醒醒。怎么不说话啊？”

“这不在听你们说吗？”老李眨眨眼睛，若有所思的样子。

“不对，你小子一定有什么心事，不然今晚你是不会露面的。说吧，有什么问题，知心大姐我给你解决。”老严盯着他。

“还真瞒不过你。”老李木然地笑了笑说：“艾柯又找到我了。说过段时间要来北京出差，顺便来看看我。”

“是吗？这事过去差不多快两年了吧？你看看，又一个痴情的主儿。谁说人间没有真情啊，扯淡嘛！”林秋调侃道。

“那你想见她吗？”老严问。

“见啊，当然要见的，不然多可惜，辜负了那姑娘的两年情谊了。”见老李支支吾吾的样子，美佳看着老李，替他回答。

“对，见啊，美佳说得对。不管怎样，事情都过去两年了，人家还想着你，挺不容易的。”老严说。

老李思考了一会儿，摇了摇头说：“还是算了吧，不见了。把那段记忆留在心里，不开心的时候想想，也挺美好的。”

林美佳瞪了老李一眼，愤愤地说：“你就是个让人伤心的人，真不明白你是怎么想的。算了，懒得管你了！”

然后，她扭头对老严说：“老严，你不会跟老李一样让我们大家失望吧？”

老严笑着说：“放心吧，我跟他不一样。再说，我还单身呢，必须抓紧‘脱单’呀。”

“老严，我很想见见王蓉。等她回国了，你一定要带她过来。我很想见见这个有情有义的女孩。”美佳听林秋说了王蓉的故事，还听说了老严在德国跟王蓉擦肩而过的遭遇，可惜得她直跺脚，大骂老严，笨死算了。

“我们的事，以后再说。把我们叫来不是商量你们结婚的事吗？怎么扯到那儿了？”老李问。

“对，对，是这样啊，我跟美佳想十一结婚，婚礼就定在丽江举办。那是我们相识相爱的地方，想请你们几个都去。我给老车打电话了，他说一定回来。你们看行吗？”林秋看着老李和老严。

“必须去，谁不去我跟他急。”老严笑着说。

“最好能让王蓉早点回来，我想请她给我当伴娘。”美佳对老严说。她对王蓉的痴情十分感动。

“好啊，她说下周就回来。不出意外的话，应该没问题。”老严把烟掐灭，笑着对林美佳说：“美佳，赶紧上菜吧，要提前把我们的份子钱吃回来，哈哈。”

5

2005 年八月，一个骄阳似火的周末，王蓉乘坐的汉莎航空公司 LH550 空中客车飞机稳稳地降落在北京首都机场 2 号航站楼的跑道上。

当飞机从柏林机场起飞的那一刻起，王蓉就持续处在亢奋之中，十个小时的飞行，居然没有合眼。

一个月前，从科隆回到柏林后，欧阳华兴冲冲到在火车站去接王蓉，打算第二天就带她去见自己的父母。之前，他已经把这个消息告诉了父母，让他们准备好，见见未来的儿媳妇。欧阳华的父母也很兴奋，儿子整天把王蓉挂在嘴边，从头夸到脚。他们想看看是怎样一个有魔力的女孩，把儿子搞得五迷三道，神魂颠倒的。不过，做父母的很了解自己的儿子，相信王蓉一定是个十分优秀的女孩。

从火车站接上王蓉，欧阳华就感觉到她有点沉闷，话很少，表情极不自然。一路上，欧阳华开着车，嘘寒问暖，没话找话，但王蓉或是低头不语，或者眼睛盯着车窗外，一言不发。欧阳华的心一紧，感觉事情不妙。

等车停在王蓉住的公寓，欧阳华善解人意地说："这些日子开展会一定很累吧？要不你先休息几天，等过几天再见我父母也行。"

王蓉坐在车里没有动，眼睛低垂，一个劲地摇着头。过了一会儿，她把头抬起来，看着欧阳华，充满歉意地说："欧阳，实在对不起你。恐怕我不能跟你去见你父母了。"

"为什么呀？"欧阳华一惊，不解地问。

"我，我，我不想骗你，也不想骗自己。因为我根本忘不了他。"王蓉眼睛红红的。

"怎么，你见到他了？"欧阳华的心开始发冷。

王蓉没有回答，从身上掏出一张照片递给欧阳。慢慢说道："你不是一直想知道他长什么样子吗？照片左边第一个，穿着黑色皮衣的就是他。年龄比你大，个子比你矮，外表也没你帅。就这样一个一脸沧桑的男人，在我心里就跟生了根似的，忘不掉，驱不走。"

欧阳华看着照片上的老严，单眼皮、剑眉，小眼不大却炯炯有神，胡子拉碴，眼角泛起淡淡的鱼尾纹，真像王蓉所说的那样，一脸的沧桑。但他感到老严身上散发出一种强大的气场，那是一个有经历的男人身上所特有的智慧和坚毅。

等王蓉把在海姆巴赫的经历说完后，欧阳华若有所思地点了点头，微笑着说："明白了。我该说点什么呢？还是祝你幸福吧。"

王蓉猛地扑过去拥抱着欧阳华，喃喃地说："对不起，对不起。你把我忘了吧！"然后松开欧阳华，推门下车，流泪跑回公寓。

6

飞机终于滑行到位，与廊桥对接完毕。旅客们收拾好行李，依次往外走。王蓉的心开始咚咚直跳，她变得激动起来：六年多了，再次回到北京，就要见到自己思念了两千多个日日夜夜的人，那是多么漫长，多么艰辛的等待啊。跨出这个候机楼，一切就会变成现实。

不会再生出什么变故吧？推着行李车，想到这里，她不由得吓出一身冷汗。

远远地，他看到老严穿件红色的T恤在向她挥手。王蓉提到嗓子眼的心，终于放了下来。她走到老严面前，老严咧着嘴傻笑着，刚要说什么，王蓉二话不说，丢开行李车，直接扑到他怀里，喜极而泣。

“我不是在做梦吧？”坐在老严的奥迪车里，王蓉有种劫后余生的感觉。

“不知道啊，你掐自己一下看看疼不？”老严开着车，乐呵呵地逗她。

王蓉使劲在老严的大腿上拧了一下。“哎哟，你怎么掐我呀？”老严一声惨叫，随即哈哈大笑。

“再让你说不知道，哼！就掐你。”王蓉噘着嘴假装生气。

“好了，我错了。不是梦，当然是真实的。”老严笑着求饶。

听老严这么说，王蓉转怒为喜，忍不住又亲了老严一下。

“蓉儿，这次回来还走吗？”老严收起笑容，认真地问。

“怎么，你还想让我走吗？从现在开始，我就赖上你了，一辈子不离开。我可不能让你再从我手心溜走了。”王蓉的眼睛放出明亮的光芒。

坐在副驾的王蓉，依偎在老严身旁，笑眯眯地看着他，猛地在他脸上亲了一口，随即洒下一串银铃般的笑声。

“你打算带我去哪儿？”王蓉突然冒出一句。

“当然是回家了，回咱们的家。”老严把家字的尾音说得很重，毫不掩饰自己已经敞开的心扉，接受王蓉的愉悦心情。

“嗯。”王蓉点点头，眼圈突然有点湿润。直到这一刻，她才真实地感觉到自己漂泊了六年多的心，终于有了归宿，而这个归宿，是上天对她含辛茹苦、为爱坚守的最好的奖赏。

六年前，王蓉离开北京时，机场高速两边还很荒凉，如今大片大片的荒地被开发出来，盖起了高楼和绿化带，一眼望不到头。北京俨然已经跨入了国际一流大都市的行列了。

7

深夜，老严看看挂在卧室墙上的挂钟，时针指向一点。他睡不着，睁眼望着天花板。王蓉也睡不着，侧身躺在老严怀里，睁眼盯着老严的脸。

老严很惊讶，又觉得好笑，王蓉居然不会做爱，这让他吃惊不小。他在想，这个女孩如果不是多年前曾经被人灌醉了，被玷污过，也许现在基本还是个处女。还有一点，他至今没搞明白，其实自己并未跟她接触很多，那究竟是什么力量让她能为自己苦苦等候六年，而且是在他与辛杨热恋的前提条件下，王蓉对他的感情基本就是虚无缥缈的。他觉得王蓉对他的爱完全可以冠以伟大的字眼，这种痴情，甚至超过当年辛杨对他的深爱程度。

“哥，你在想什么？”王蓉依然称呼他为哥，而不是亲爱的或者老公什么的。

“我就不明白，你说咱俩也没什么机会在一起。你怎么会生生地等了我这么多年呢？我能想到的无非就是那年在酒吧，我帮你在一个黑人酒鬼面前解了围而已。”老严用手胡噜了一下王蓉的头发问道。

“我也说不清楚，反正想你的感觉让我心情舒畅。我当时并不奢望跟你会有什么结果，就觉得喜欢你，是一种感觉，即使不能拥有也很开心。怎么说呢，我很喜欢欧洲大街上飞驰而过的跑车，看着就舒服喜欢。我虽然没能力拥有，但每次看到都很兴奋。对你的感觉，跟那个差不多。当然，梦想如果能够实现，那就锦上添花了。”王蓉说着，抱紧了老严，厚厚的嘴唇贴在老严脸上，蹭来蹭去的，像只小猫。

老严似乎得到了答案，那种感觉就像当年自己对辛杨那样，更多的是对感觉的痴迷。

“哥，我只有一个问题，也许是个愚蠢的问题，你可以不回答。”王蓉问得很谨慎，生怕老严不高兴。

“你问吧，什么问题？以后你我之间，必须有问必答。”

“辛杨在你的感情世界里是什么样的地位？我能跟她比吗？”

老严沉默了片刻，起身摸出一支烟点燃，深深地吸了一口，吐出一串的圆圈，然后笑了笑说：“傻丫头，你这个问题让我现在回答有点为时过早。毕竟你我才刚刚开始美好的生活，未来的日子里，你将是我生命中最重要的爱人。坦率地说，她曾经是我的最爱，我很爱她，我为了她差点把命都丢了。你还记得几年前，我住院那件事吗？当时，我没有告诉你实情。他的前男友跟我拼命，用刀刺伤了我。”

“什么，还有这事？伤在哪里，让我看看。”王蓉立刻爬起来，在老严赤裸的身上仔细看着。很快，她看到老严的臂下和腿部有两个深褐色的疤痕。

“太可恨了。我怎么觉得那个女人就是你的灾星啊？”王蓉既心疼又气愤。

“呵呵，都是好几年前的事了，我们不提它了。对了，你对自己未来的工作有什么打算吗？”

王蓉摇摇头，茫然地说：“不知道，找家电影公司也许不难吧？”

“我倒有个想法，把我们的爱情故事写成剧本，拍成电影，你来导，如何？”老严脱口而出。

8

清晨七点多，车震和老严坐在丽江古城悦榕庄中庭的水系旁边，喝着普洱茶，望着远处白雪覆盖的玉龙雪山。这是一座纳西庭院式酒店，雪山和蓝天白云的倒影在中庭人工湖的水面随风荡漾，青砖白瓦的建筑在厚厚的云层下，显得沉静、古朴。

林秋和林美佳把他们的婚礼定在丽江束河古镇处最著名的五星级酒店悦榕庄，时间是2005年“十一”。

老严带着王蓉，还有老李和车震以及林秋和美佳的亲朋好友等二十多人，特意赶到丽江来参加他们的婚礼。

车震前一天从伦敦飞到北京，第二天便随老严他们一起又飞到丽江。

十月是丽江最美的季节，不冷不热，气候适宜。婚礼定在上午十点举行。王蓉还在房间睡觉，小女孩就是觉多。初次到丽江的老李很兴奋，天不亮就醒了，一个人跑到了古城后面的山上溜达去了。老严和车震早早起来，一边喝茶一边聊天。早晨清爽的空气里夹杂着甜甜的花草香味，令人心旷神怡。

“老车，你这趟伦敦逃婚半年效果如何啊?”老严问。

“哈哈，效果不错。王琳上个月就同意离婚了。这些日子，正在和律师商量如何处理房产的事。除了房子是我俩各出一半外，其他没有什么财产问题。”

“哦，她怎么那么痛快就答应离婚了?不是说死活不离吗?”老严觉得奇怪。

“起初她不同意，是觉得还有挽回的希望。我这次跑回英国彻底伤了她的心。她明白我如果继续跟她一起生活一定会疯掉的，所以也就放手了。”车震说。

“唉，不是我说你。婚姻之事不能想结就结，想离就离。你倒是潇洒，多累啊!”老严打心眼里希望老车能稳定下来。

“谁说不是呢?当初我俩各出一半钱买的那套房子，这几年房价涨得很快。我说按照现在的房价分割，可她坚持按照当初购买的价格分割。她要房子，说把我那一半折合成现金给我。其实多少钱无所谓，只是觉得在利益面前，说翻脸就翻脸，实在让人寒心啊!以后，我轻易不能结婚。结一次赔一次，哥们都成穷光蛋了。”车震说着，不住地摇头。

“那你离完婚，是回中国还是就留在英国?”老严问。

“如果下周能把离婚手续办了，我就不走了。找个工作，租个

房，先稳定下来再说吧。”车震说着，站起身伸了个懒腰，然后双腿叉开扭动起来。

这时王蓉走过来，看着俩人，笑着对他们说：“你们聊啥呢这么起劲，早饭都不吃了？快去吃饭，一会儿婚礼就开始了。”

上午十点整，婚礼准时开始，幸福满满的美佳挽着林秋的手身穿红色的纳西族民族服装，出现在众人面前。

当鼓乐奏响时，王蓉紧紧握着老严的手，感觉就像自己是新娘似的，内心涌动起激动的波浪。老严感觉自己的手被王蓉抓得很紧，很疼。他扭头笑着说：“蓉儿，你抓疼我了。是不是很激动啊？”

王蓉有点不好意思，悄声对老严说：“能跟自己爱的人结婚真让人羡慕，你不觉得他俩特别幸福吗？”

老严笑着点点头说：“是啊，这两人能有今天挺不容易的。”

“哥，你们四个当中，最想结婚的却又要离婚了，最不想结婚的却找到了真爱。在我前面除了你——妻子还有辛杨，当时我已经要放弃了，但我们最终却走到了一起。你说，这是怎么一回事儿呢？”

“说来说去，只能用缘分二字来解释。缘分是注定的必然规律，是命中注定的。也许你我有前世之因，才会有今世之缘吧。”老严饶有兴趣地望着台上的新人，悄悄对王蓉说道。

婚宴开始后，林秋带着美佳依次向来宾敬酒，来到老严他们这桌时，林美佳双颊红润，宛若桃花。她笑着对王蓉说：“你今天没给我当伴娘太遗憾了，希望明年能喝上你俩的喜酒哈。”

“美佳姐，你今天真是太漂亮了。希望你们幸福美满，白头到老。”王蓉将一小盅白酒喝干，白皙的面容顿时红了起来，接着她笑着说：“我恨不得现在就跟你们一起举办个集体婚礼，哈哈。可惜老严还没准备好呢。”王蓉的话一半是说给美佳听的，另一半是说给老严听的。

林美佳许是喝多了酒，面若桃花分外好看。她笑着对王蓉说：“谢谢蓉儿的祝福。你知道吗，我可喜欢你了。又漂亮又痴情，为了自己爱的人能生生守候了那么多年。老严要是对你不好，我第一个不答应。哈哈，是不是啊，老严？”

老严听出了王蓉的话外音，笑着说：“那是当然，我一定会对蓉蓉好的，请大家监督。等蓉蓉把工作的事安排妥当了，我们明年五一就办婚礼。”

王蓉很激动，连着喝了三杯酒。一边喝酒，一边流泪，老严见状忙上前制止，他知道王蓉这是心里太高兴了。

9

林秋婚礼后一个月，车震终于跟王琳把婚离了。为了离婚，他接受了王琳所有的条件。他实在不想再耗下去了，还是早早恢复自由之身，回到以前那种自由无拘束的生活，比什么都重要。

离婚后的老车再一次做起了北漂。他在五环外的东郊租了一套房子，在一家外国语学校找了一份工作，重新做起了英语教师。

这是一家外资管理的外语学校，跟国内普通的大学不一样，主要是定向培养学生，按照国外的课程学习，只要通过托福、GRE或者雅思考试，毕业后就可以直接到国外读书，学费比较昂贵，因此来这学习的都是家庭富裕的孩子。

学校给每个老师分配了一间宿舍，有课的时候，老车就住在学校，到了周末，他就回到五环边的家里住。车震宿舍楼上住着一位教授德语的年轻女老师，长得很清秀。听说是从德国留学回来的，不到三十岁，性格很开朗，爱说爱笑的。

一天下课，车震回到宿舍，突然发现房顶的天花板上在往下滴水，白色的天花板被泡湿了一大片。他四处看看，没有发现什么水源啊？这次意识到这水是从楼上漏下来的。他立刻跑到楼上他头顶的那个宿舍门口敲门。

开门的正是年轻的女德语教师。老车喘着气喊道：“你房间水龙头是不是没有关啊？都流到我房间了。”

德语老师看着老车，一脸的惊讶。她觉得眼前这个男人似乎是在没事找事，因为自己一直在房间，根本没有开水管，怎么会漏水呢？于是她不高兴地说："我这屋里好好的，哪里来的水，你去别家看看吧！"说完就要关门。

"不对，就是你这房间在漏水。你让我进去看看。"说着他冲进屋里，四处张望。德语老师气得说："你这人怎么这么不可理喻啊，你到底想干吗？"

老车终于在德语老师房间的卫生间找到了水源，洗衣机开着，出水水管漏了，顺着地面的缝隙往外淌水。

车震指着缝隙说："你看这是什么？水就是从这里漏出的。我的天花板全都被泡了。"

德语老师见状，吓了一跳，立刻不好意思起来，红着脸惴惴地说："真对不起，是我大意了。我去帮你清理房间吧。"

车震忙把漏水的缝隙用抹布堵上，然后拉着德语老师下楼来到自己房间，不满地说："你看看我的天花板成什么样子了？"

德语老师望着正在滴水的天花板，轻轻"啊"了一声。一脸歉意地说："对不起，对不起。我帮你收拾吧。"

车震看到她手足无措的慌张样子，扑哧一声笑了出来："算了，我还是叫后勤处来人修吧。这活你我都干不了。"

德语老师见车震笑了，顿时轻松了许多。她觉得眼前这个男人还是挺有风度的，而且也蛮可爱的。迟疑了一下，她也笑了："那我请你吃饭吧，算是赔罪了，好吗？"

吃饭的时候，车震才仔细打量起这个年轻的女老师，相貌虽然普通，但长得很甜，笑容非常迷人，十分耐看。德语老师告诉他，自己叫宋兰，老家在河北，是留德回国的硕士。

这次漏水事件拉近了两人的距离，车震算是因祸得福，很快就和宋兰走得很近了。学校虽然有很多年轻教师，但大都已经成家或者有了对象。恰好车震和宋兰还都是单身，于是，就像安排好的一样，俩人顺理成章地交往起来。

宋兰跟车震以前的女人不同，她不爱钱财不喜欢名牌，骨子里却充满了浪漫主义和小资情结。喜欢读书、旅行、看电影探讨人生，是个典型的校园女孩。这一点倒让车震十分地满意，在与她相处的过程中，车震一点物质的压力都没有。之前的几个女人，不是让他去赚钱，就是向他伸手要钱，搞得他很狼狈。而宋兰的出现，使得车震相信这世上还是有美好的感情存在的。

期末考试后，学校就要放寒假了。车震并没有急着回家，他想请宋兰到自己家里去做客，顺便把老严、林秋和老李也请来大家一起热闹热闹，好久没聚会了，正好利用这个机会让宋兰认识认识自己的同学，运气好的话，还能让老严他们帮着观察一下宋兰，看看是否适合做自己的女朋友。

宋兰愉快地接受了车震的邀请，整个寒假都住在车震家里，直到春节后。

10

车震的聚会计划被迫取消了，原因是老李出事了。

2005 年圣诞节前夕，就在车震悄悄演绎着校园恋情的同时，老李来到呼和浩特出差。国内一家大型的乳制品公司在内蒙古举行供应商大会，邀请全国主要食品原料供应商来呼市参加年终答谢会。

老李的公司给这家著名企业供应加州杏仁片和葡萄干，所以被安排在民航宾馆的八层。接待处把进口品供应商和国产品供应商区别对待，而八层住的全都是进口品供应商。

吃过晚餐，老李没有跟同伴出去逛街，而是回到房间，给妻子打电话汇报行程。这是他多年来养成的习惯，无论出差去哪里，总要向老婆汇报一下他的情况，以证明自己很乖很听话，是个顾家忠诚的好丈夫。

给老婆打完电话，他便打开电视，躺在床上看着枯燥乏味的电视剧。呼和浩特的冬天很寒冷，商场夜市早早就打烊了，只有夜总会和洗浴桑拿还在营业。老李很不喜欢去那样的场合，浑身不自在，索性躺在房间床上昏昏欲睡。这时，听到有人敲门。他抬头看看墙上的时钟，已经是晚上十点半了。以为是服务员，便穿着睡衣懒洋洋地把门打开。

门刚一拉开，老李就傻了。门口站着一个时尚的女人，短发，大眼睛，白皮肤，穿着棕色的皮靴。

“艾柯？你怎么……怎么会在这儿？”老李脱口而出。他太惊讶了。

艾柯微笑着看着她，没有说话，就像幽灵一样钻进老李房间，顺手把门关上，然后一把抱住老李，湿润温柔的嘴唇直接贴到老李嘴上。她的动作跟受过训练的军人一般，敏捷迅速。几秒钟的工夫，就把老李按到了床上。

如果按照一般程序，老李开门，看到艾柯，俩人寒暄，感慨一番。然后诉说各自的思念之情，然后再扭扭捏捏揣摩心思，再然后经过激烈的思想斗争，克服心理障碍后，估计到后半夜才会到拉手拥抱的阶段。万一赶上老李再一害怕，拒绝了这良辰美景的机会。也许到天亮，俩人也只有相对无言的份儿了。

事情就是这么突然，容不得老李有说话的机会。在艾柯疯狂的一个接着一个的动作中，老李被压抑了十几年的欲望瞬间被调动激发出来。就像画家完成一幅作品，一气呵成。仅仅半个小时的工夫，俩人已经疾风骤雨般欲仙欲死地完成了性爱的全部过程，赤身裸体地躺在床上，喘着粗气。艾柯趴在老李身边心满意足地闭着眼睛，雪白如玉的身体裸露在被子外面。

“你怎么知道我在这儿啊？”老李把被角往上拉了拉，给她盖上，百思不得其解。

“亲爱的，我也是进口食品供应商啊。昨晚报到的时候，我在接待处的名单上看到了你的名字，跟前台查到你的房间号，就来找你了。”艾柯把头靠在老李胸前得意地说。

两年多没见艾柯了，她曾经无数次出现在老李的梦中，无形之中几乎成为他的精神支柱。可他不敢跟艾柯交往，担心被妻子发现，担心自己的一世英名毁于一旦，更担心自己会爱上她导致局面失去控制。所以几个月前艾柯主动联系他，最终被他婉拒了。但老李比谁都痛苦，他知道“取”与“舍”之间，自己只能“取”。他比任何人都理解“忍痛割爱”的含义。

现在这个女人就躺在他的怀中，而且还发生了关系。兴奋过后，老李有点害怕。从结婚那天起，他就没有接触过其他女人。偶尔心猿意马，最多也就是意淫而已。他从未想过背叛自己的妻子，尽管他的婚姻其实就是利益目标很明确的目的婚姻。他做梦也没想到，自己守身如玉般十几年的忠诚，在情爱性爱面前这么不堪一击，仅仅几十分钟里，他就被攻陷了。但他似乎很享受这种被攻陷的过程，突然想起老严曾对他说的一句话："好好把握珍惜吧，人生能有几次真情流露啊？"

"你丈夫给我打过电话，威胁要找我拼命。你知道这事儿吗？"老李问。

"嗯，我知道。其实我喜欢你并不想隐瞒他。我从来没有说过谎话，可后来才发现，自己太傻了。他得知我喜欢你，都快要发疯了，非要去北京找你，后来我答应保证不再跟你来往，并且删除了你所有信息后，他才放心。"艾柯停顿了一下，点燃一支香烟，接着说道："这两年，我一直想再见到你。试图靠记忆里的地址给你发过邮件，可你没有回复我。后来我在商场产品的标签上，找到了你公司电话，可你公司搬家了，电话号码是以前的。但是我依然没有放弃，相信一定能再见到你，果然被我等到了机会。"

老李还是觉得奇怪，他笑了笑问道："你怎么就确定我还喜欢你，想着你呢？万一刚才你扑在我身上，被我拒绝怎么办？"

"我没想那么多。在接待处名单上看到你的名字时，我激动得不得了。脑子里就想着要立刻见到你，然后强奸你。你说，我们背负那么多责难和误解，其实连手都没拉过呢，冤死了！嘻嘻……再说了，你我在锦里度过了那么美好的一天，你有什么理由拒绝我，除非你是个铁石心肠的人。"艾柯自信地说。

老李不知道艾柯为什么这么喜欢自己，但他喜欢艾柯敢爱敢恨的性格。如果不是艾柯，自己这辈子都不会体验到人生如此美好的精髓。想到这里，他不由自主地抱紧了艾柯，温柔地说："谢谢你，亲爱的。"

在接下来的第二天晚上，艾柯再一次钻进老李的房间。俩人依旧是没完没了地缠绵，直到会议结束，才依依不舍地各自飞回自己的城市。

回到北京后，老李像换了一个人似的，容光焕发，神清气爽。艾柯改变了他的价值观和人生观，让他有重新活了一遍的感觉。想想自己以前对老严和林秋他们的生活方式和情感经历是那么的不屑一顾，如今他自己正踩着他们的脚印一步一步走来。

11

老李并没有把跟艾柯重逢的事告诉任何人，包括老严。他谨小慎微地享受着婚外感情带给他的快乐，偷偷摸摸地把艾柯放在心里。曾经占据他全部世界的妻子的独一无二的地位在渐渐地松动。

2006年春节后，北京经历了多年未遇的暖冬，万物复苏，气温高得有点不正常。正月十五刚过，艾柯特意从上海飞来北京看望老李。这是他们认识后第一次来北京，她按捺不住对老李的想念，抛下老公和孩子，不顾一切地飞来。因为第二天就是西方情人节，她想和老李一起度过这特殊的一天。那两天，老李没有去公司上班，特意开车带着艾柯游览了十三陵和长城，还带她品尝了当地有名的农家菜，傍晚又请她去全聚德吃了一顿烤鸭。夜幕降临时，二人就匆忙赶回酒店房间翻云覆雨，激情缠绵。

情人节那天晚上，担心被老婆发现，或者是为了更好地保护这段婚外感情，老李不敢和艾柯过夜。晚上十点刚过，他就变得不安起来，想赶紧回家。

艾柯见状有点不高兴了，心想，我大老远地从上海跑来看你，你不留下来过夜也就罢了，怎么胆小到这么早就回家，给人一种提起裤子就溜的感觉啊？但她并没说什么，只是冷冷地说："那你回去吧。"然后抽着烟，一言不发。

老李穿上衣服，回头看看艾柯不高兴的眼神，双脚定在了门口，不知该安慰她几句再走还是立刻开门出去。

就在犹豫不决时，他的手机响了。老李一看是老婆打来的，连忙走出客房门外接起电话。“你干吗呢，怎么这么晚还不回家?”老婆的声音有点发火。

“嗯，我，我跟客户谈事呢，刚刚谈完。”老李压低声音说。

“立刻回来！如果半个小时不到家，你就别回来了。”他老婆呵斥道。

“好，马上。”老李的额头开始冒汗，立刻答应。

他连回去跟艾柯告别的勇气都没有，几乎是飞奔到停车场，发动汽车驶向东四环回家的方向。

车刚驶出东四环的四元桥转入京顺路，心急如焚的他一边开车，一边给艾柯发了个短信息：对不起，我先回家了。你好好休息，明天一早去接你。

很快艾柯的信息就到了：你真让我失望，明天你别来了。好心情都被你破坏了，明天我就回上海。

看来艾柯是真生气了，老李的心一沉，脑子立刻就乱了。他可不想失去艾柯，这个女人令他如醉如痴。他赶忙拿起手机拨打艾柯的电话，想跟她解释一番求得原谅。就在他低头拨号的一瞬间，车刚刚驶入京顺路一个红绿灯路口。心乱如麻的老李有点神情恍惚，根本没注意到前方已经是红灯闪烁了，他的车飞驰而过。此刻恰巧对面一辆满载货物的130货车通过绿灯正常行驶而来。等130司机看到老李的车时，已经太晚了，瞬间迎头撞上老李的奥迪车。老李的车被撞得翻了两个跟头，一头扎在隔离带上。时间停留在“2006年2月14日深夜22点30分”。

12

老严是第二个赶到事故现场的，时间是深夜十一点。老李出事那一刻，他刚刚从首都机场接到去外地拍片回来的王蓉。

回国两个月后，王蓉受聘成为一家德资电影机构驻华负责人兼导演。这是她凭着在柏林电影学院优异的成绩和六年的人脉换来的，既能跟老严在一起生活又能做自己喜欢的事，这让她非常的开心和珍惜，从开始工作的第一天起，就一心一意地投入到工作中。2006年刚过大年初三，她就带着摄制组去浙江横店拍外景戏。她这次回来是为了落实后续资金的问题，所以让老严来接自己，准备两天后再返回剧组。

十几天没见老严，王蓉想得不得了，刚坐进车里就搂着老严亲个不停。老严笑着说："蓉蓉，咱回家好好整，看你这样，哪像个大导演？"

老严把车开入机场高速，正跟王蓉开着玩笑聊着他们今年五一结婚的计划，就接到老李媳妇的电话。电话中，老李媳妇撕心裂肺地哭喊着："老李撞车了，你快来！京顺路望京路口。"

听到这个噩耗，老严一激灵，好悬没把车当飞机开。其实他并不知道老李这段时间在忙什么。大年初三那天送走王蓉，他们几个同学聚会了一次。这几年每逢大年初三，只要在北京，他们四人就要一起吃个饭，就跟走亲戚似的，成了一个传统。那次聚会，车震比较兴奋。这个比较正常，因为他告诉大家又有了新的女朋友，就是那个叫宋兰的德语老师。但老严发现老李看着比车震还要兴奋，总是在傻笑，红光满面的，跟他以前苦大仇深的样子比，简直判若两人。大家问他，他只是笑而不答守口如瓶，神秘兮兮的样子让人觉得很奇怪。

远远地老严就看到救护车蓝色的灯光一闪一闪的，直刺双眼。交通警察和穿着白大褂的医生护士乱作一团，周围三三两两围了一群人。老严扒开人群，向警察说明情况后，才挤进事故现场。警察是在事故现场找到老李的手机，根据来电显示通知老李媳妇的。而老李媳妇能想到的第一个人就是老严，所以第一时间通知了他。

黑色的奥迪车已被撞得面目全非，一股乌黑的鲜血从被撞瘪的车门缝里流出，摊在地面，令人心惊胆战。老李媳妇瘫坐在地上，呆呆的，两眼发直，披头散发。

此刻，老李已经被人从驾驶座抬出，送上担架，再被装上救护车。老严把王蓉留下陪着老李媳妇，然后紧跟着救护车来到医院。

半小时后，接到老严电话的林秋和车震也急匆匆地赶到医院。

这突如其来的事故，让俩人神色凝重，惊恐不已。

三个小时后，也就是第二天凌晨两点，老李被从急救室推入太平间。医生宣布老李抢救无效，不治身亡。那一天，离老李 39 岁的生日还有整整一个月，情人节刚刚过去几个小时。

第三天下午，事故民警把老李车里的遗物让老严转交给老李媳妇。从交警队签字取出遗物，老严筋疲力尽地坐在车里，目光呆滞地查看着老李的遗物。这几天，老严心力交瘁，根本开不了车，就让助理开车拉着他办事。

老李的死让老严百思不得其解，按说老李是个谨小慎微的人，平时开车很稳、很慢。为此老严没少拿他开车的事开玩笑，笑话他开车像个老太太。老李一点也不气恼，还一本正经地说："我就这样，随你们笑话，谁的命谁知道珍惜。"

怎么偏偏老李会因为闯红灯被撞死了呢？

老严在一堆物品中找到了老李的手机，早已没电关机了。他换了一块电池，打开手机，首先看到的是老李跟艾柯的信息记录，以及老李媳妇的来电时间。老严立刻全都明白了：可怜的老李死在了两个女人手里。

这些短信记录说什么也不能让老李媳妇看到，人已经没了，就让他安息吧，别再因为这事让人议论纷纷。就让他在老婆眼里永远做个好丈夫吧。想到这里，老严删除了老李跟艾柯所有的短信记录，并记下了艾柯的电话号码。然后把老李的遗物原封不动地转交给他媳妇。

第二天上午，老严拨通了艾柯的电话。电话里老严告诉她，李国荣（老李）出车祸去世了，并把车祸的时间，事故原因同时告诉了她。

老严能感觉到艾柯听到这个噩耗时的震惊和恐惧。他不想在电话里跟艾柯有过多交流，只是告诉她，老李的追悼会于三天后在八宝山举行，随后挂断电话。

13

持续了整整一个月的暖冬在老李追悼会的前一天深夜结束了。从凌晨开始，一股强劲的冷空气袭来，紧接着天空飘起雪花，纷纷扬扬地持续到第二天。

上午十点半，老李的追悼会就结束了。在参加追悼会的亲戚和朋友中，老严首先看到了一身黑衣表情严肃的前妻柳婄。遗体告别时，她站在亲友的队伍里，跟老李媳妇、父母一起与老李生前好友一一握手致谢。

老严带着王蓉走到柳婄面前，看到她低着头，目光呆滞，机械地与众人握手。她并没发现老严就站在自己面前。老严迟疑了一下伸出右手，握住柳婄的手。柳婄突然感觉到了什么，立刻抬起头。当她看到站在自己面前的人是老严时，呆滞的目光瞬间发生了变化。

柳婄其实几个月前在洛杉矶见过老严，由于女儿的原因，老严每年都会利用出差的机会去看看女儿，见女儿的同时自然也能见到柳婄，现在的柳婄已经是洛杉矶一家大医院的副院长了。

柳婄的目光中带着一丝察觉不到的惊讶，她看到老严身后站着一个高挑漂亮的女孩，身着白色羽绒服，目光和善地看着她。

柳婄并没有见过王蓉，也不认识她，她猜想眼前这个表情友善的女孩大概是老严的女友。她并没有伸出手跟王蓉握手，只是面无表情地点了点头，然后把目光转向后面的人。王蓉却见过柳婄的照片，而且知道她曾经对老严很好，最重要的是老严对不起人家，所以想尽量表现出善意以博得她的好感。见柳婄表情冷淡，王蓉呆站着，有点不知所措。

老严见状，拽了一下王蓉的衣角，示意她快走。他知道再好的女孩，只要出现在自己身边，柳婄看到都不会舒服的。

跟王蓉走出遗体告别厅，老严看到戴着黑色墨镜在门口徘徊的艾柯。昨晚的大雪还没有停，户外一片银装素裹。看来艾柯已经在外面站了很久，浑身上下落满了白色的雪花。之前，在遗体告别的人流中，老严并没有看到艾柯，以为她不会赶来。

看到老严出来，她忙走上前去，摘下黑色的墨镜，干张着嘴却一句话也说不出来，只是眼泪汪汪地看着老严，一副诚惶诚恐的样子。

老严看着艾柯，不知该责备她还是安慰她，按照常理，老严应该怒目相向，大骂她“扫帚星”，不是因为她老李也不会命丧黄泉。但老严知道，如果老李活着，他是不会责怪艾柯的，毕竟这个女人是爱他的，是真心地想跟他好。她怎么知道会出这种事情呢？

老严很矛盾，心乱如麻的。他沉思了一会儿，语气平静地对艾柯说：“你还是进去看看他吧，没人知道你是谁。去吧，不然再也没机会了。”

艾柯犹豫了片刻，点点头，然后擦干脸上的泪水，走进告别大厅。

恰好车震和林秋眼睛红红地从里面出来，看到老严跟一个女人说着什么，又目送着那女人走进遗体告别厅。

“那女人是谁？”林秋低声问道。

老严没有立刻回答，他从身上掏出香烟点上，深吸了一口说：“她是艾柯。”

“她就是上海的那个女的？唉，真他妈可惜。老李没这命啊！”林秋叹了口气，使劲摇了摇头。

“老李撞车的事是你告诉她的吗？这个女人也算是有点情义啊！至少还能从上海飞来参加老李的追悼会。”车震也抽着烟问老严。

老严点了点头，然后把林秋和车震拉到一边说：“一会儿追悼会结束，我们一起吃个饭。有事跟你俩说。”

14

追悼会结束时，雪也停了。天依然阴沉着，厚厚的云压在头顶，让人感到压抑悲凉。老严和王蓉开车带着车震，林秋和美佳的车跟在后面，来到东四环边上 SOHO 现代城西侧的一家叫文汝馨居的茶餐厅。

大家表情凝重地坐在包间里，谁也没有说话，更没有吃饭的胃口。突然林秋放声大哭起来，他的哭声引得在场所有人悲从心来，抽泣流泪。包间里瞬间充满了悲伤，引得进来倒茶的服务员目瞪口呆，不知如何是好。

老严拍了拍桌子示意大家先忍住悲伤，然后站起身问："你们知道老李是为什么撞车的吗?"

众人立刻止住哭泣，呆呆地看着老严，然后又默默地摇摇头。

老严就把情人节那晚，老李如何跟艾柯幽会，以及他媳妇儿催他回家的前后过程给大家还原了一下。老严推断老李是在惊慌之下闯了红灯才导致车祸发生的。众人这才明白了事情的真相，吃惊不已，紧接着便是一片哀叹声。

车震摘下眼镜，揉了揉眼睛，问老严："老李跟艾柯的事，他老婆知道吗?"

"这事不能让她知道，老李人已经没了，就别再让他老婆跟死人生气了。我已经把老李手机里跟艾柯有关的信息都删除了。"老严说。

"嗯，是啊。不能让他老婆知道。"车震赞同地说。

"唉，老李谨小慎微一辈子，因为这事居然把命搭了进去，说给谁听都不会相信的。"林秋叹口气说。

林美佳给自己斟满了一杯白酒，一口喝下，情绪有点激动地说："怎么好人不长命啊？有的人可以三妻四妾，包养情妇，有的人偷鸡摸狗欺骗妇女似乎都没事。可怜的老李做了十几年的好男人，好丈夫，偶尔一次出错，就丢了性命，老天爷太不公平了。"

王蓉拍了拍林美佳的肩膀安慰道："美佳姐，你也别太激动。其实老李媳妇也有责任，她把老李管得太严了，不然老李也不会那么惊慌失措地乱了分寸。我不懂怎么管自己的男人，但我知道怎么爱自己的男人。"

车震看着王蓉，赞许地说："蓉儿，你这话算说到点子上了。实际上好丈夫不是管出来的，而是爱出来的。虽然我不配说这样的话，但是我明白其中的道理。”

老严听着众人的对话，心中一股一股的悲凉不断地升起，那种感觉就像寒冷的冬天泡在海水中，冰冷的海浪一波接着一波从他头顶越过，令他在痛苦绝望中挣扎。想想自己以前总是嘲笑、讥讽甚至鄙视老李的某些所作所为，老严就后悔难过，内心充满了自责。他忍着眼泪，再次站起身来，神情严肃地说：“今天就是想告诉大家事情的真相，老李毕竟是我们十几年的同学和兄弟。他的任何事情我们都应该知道。我也不想隐瞒你们什么，但是，我希望在这件事情上大家一定要守口如瓶，保留老李一个好名声，让他在天堂一路走好！”然后他把每个人的酒杯斟满，举起酒杯说：“来，让我们送老李一程，让他的灵魂安息吧！”

大家起身把杯中酒洒在地上，送老李的灵魂上路。

当天晚上，老严收到艾柯的一条短信息：抱歉的话此刻显得苍白无力，如果这世上有后悔药，我会不惜一切代价去买。我就是个罪人，会好好赎罪的，以后每年的情人节我都会为他祭拜。老天会监督我好好做人的。

第十四章

1

那年秋天，也就是老李去世大半年后，老严和王蓉去街道办事处领取了结婚证，然后悄悄地飞赴德国科隆。他俩没有在国内举办婚礼，而是想去那个叫海姆巴赫的小镇故地重游，顺便看看老朋友沙克夫妇，这也算是旅行结婚吧。老李去世后，大家始终沉浸在莫名的悲伤中，个个如霜打一般，不再有心思娱乐、调侃。只是各自忙碌着，似乎有一种看不见的东西在渐渐影响和改变着他们的生活和思想，使得他们对责任、感恩和包容理解得更加透彻。

林美佳怀孕了，预产期就在十二月。林秋很幸福地整天伺候着妻子，哪儿也不去，成天嘟囔着累死了，累死了，但成天都咧着大嘴傻乐。

临出发时，老严给车震打了个电话，告诉他去德国旅行结婚的事，顺便问他跟那个德语老师相处得怎么样了。车震说："我跟宋兰在一起，有种重新活过一遍的感觉，说不上有多爱她，但很舒服，很放松。也许是老李的事让我深感人生苦短，应该对爱你的人承担责任，多替对方着想。反正宋兰说，喜欢跟我在一起的感觉，慢生活，慢节奏，不急不躁。我都不清楚自己什么时候变成了这样的人，但我很喜欢这种改变。"

"那你们打算什么时候结婚呢？"老严替他高兴。

“不急，看情况吧。还没有计划，反正目前的状态挺好的。”车震慢悠悠地说。

老严真的有点意外，他突然发现车震这个结婚狂怎么一下子变得那么理智，那么从容，一点都不像他的风格了。老严不禁感慨万千：原来四十不惑是一种境界啊，它怎么来得那么突然呢？

2

沙克夫妇亲自到克隆机场迎接老严和王蓉，然后开车把他们带回海姆巴赫自己的旅馆里。汽车停在旅馆门前，老严下车拉着王蓉的手，东瞅瞅西看看，两年前的一切，又重新回到他的脑海，包括每个细节，千言万语，千头万绪在他的心头翻江倒海般波动起伏，他只是感慨地喃喃自语：“太不可思议了！”

沙克拍着老严的肩膀说：“严，先别太激动。把行李放进你们的房间，一会儿我们举办一个party，为你俩庆祝。”

跟着沙克走上二层，老严和王蓉走到最里面的一间客房。沙克打开门，老严当时就傻了。这个套间被布置得跟童话世界一样，一切都是白色的，床上是用几百朵玫瑰摆成两个大大的心，一只红色的箭从两颗红心中穿过，象征着爱神丘比特的祝福，而茶几、窗户上都用鲜花点缀着，温馨无比。

看到眼前这一切，王蓉流下了激动的泪水。她拥抱着沙克，在他脸上亲了一下，感动地说：“谢谢你，沙克。真是太浪漫，太感人了！”

晚宴开始后，沙克把老严和王蓉一对新人一一介绍给他邀请来的客人。然后声情并茂地把老严和王蓉曲折感人的浪漫故事讲给大家听。所有人都鼓掌祝贺，举杯庆祝，毫不吝啬地祝福二人。最后，沙克夫妇特意跟老严夫妇合影留念，然后把照片贴在那面背景墙上。沙克说：“下次你们来，带着你们的孩子。我把你们的全家福贴上就圆满了。”

那晚，老严和王蓉都喝得酩酊大醉，幸福得一塌糊涂。老严觉得他的婚礼是世界上最浪漫的婚礼，这一切都是上天的赐予，他们一定要好好珍惜，不负上天的美意。

沙克邀请的来宾中有一位摄影记者，他把老严和王蓉的爱情故事，以及沙克吉诺丹利旅馆的背景墙拍了一组照片，后来在自己供职的报纸上发表了。据说打那之后，沙克的旅馆和那面背景墙一夜成名，成了著名的旅游景点，而沙克特意为老严夫妇布置的蜜月房已经预订到2010年以后了。

面对突如其来的变化和应接不暇的订单，善良的沙克夫妇高兴极了。他们手画十字，感谢上帝，并确信好人一定有好报。

3

就在老严和王蓉远赴德国旅行结婚的同时，有个女人，悄然从泰国回到了北京，她就是辛杨。

三年前，她跟老严在首都机场告别后，就再也没有回来过。回到曼谷不久，她就如期举行了婚礼，彻底告别了过去，开始了全新的生活。她索性把妈妈也接到泰国跟她居住，并让妈妈帮她打理餐馆的生意。她偶尔也会想起过去，想起老严，但已为人妇的她只能把那段刻骨铭心的感情深深地埋藏在心里，让时间慢慢抚平创伤，让过去成为美好的回忆。

丈夫对她很好，时常劝她说，家族的生意足够保证她衣食无忧的生活，就别再起早贪黑，辛苦受累地经营这个不起眼的小餐馆了。但辛杨有自己的主意，她并不想依赖丈夫生活，想做自己的事业。再说，她并不很爱自己的丈夫，花人家的钱心里还是不太自在。就这样，辛杨平淡如水，波澜不惊地过着不咸不淡的家庭生活，到如今也没有想要孩子的打算。

作为合作伙伴和闺蜜的韩梅很不理解她的想法，时常问她："为什么不要个孩子？你丈夫对你那么好，你怎么总是跟人家客气得跟陌生人似的啊？是不是还放不下老严呢？"

辛杨和韩梅是无话不谈的好姐妹，她对韩梅说："其实，最终与你结婚的人不一定是你最爱的人，而你最爱的人不一定是与你厮守终身的人，这就是生活。我总是觉得在我和我丈夫之间隔着一个人，实在无法做到跟什么事儿都没发生过一样。不过我一定会忠于我的婚姻，忠于我的丈夫的。”

韩梅无法理解，也无法改变辛杨，只好由着她去了。

辛杨把精力几乎都放在自己的小餐馆上，但起色始终不大。她是个想做事，能做事的人，看着不温不火的生意，有点着急。后来有很多来泰国旅游的国内游客来她的店里吃饭，都夸赞她店里的菜好吃、地道，不断有人建议她回国开泰餐馆，肯定特火。

说的人多了，辛杨开始动心了。经过一番考虑和计划，她这次特意回到北京，想考察市场，寻找合适的商铺，打算年底前在北京开一家真正属于自己的餐馆，名字她都想好了，叫“泰好吃”。

这次回到北京，辛杨首先想到的就是老严。只要她踏上这片土地，往日的一切就历历在目，清晰可见。她很挂念老严，想知道他的近况，了解他的一切。但她想起三年前回北京看老严时，由于自己的出现，搞得老严跟女朋友误会很深，差点分手。想到这里，她就心有余悸，打消了去见老严的念头。只要他过得好，相见不如怀念吧。所以这次回来，辛杨并没有告诉老严。

2007 年春节前，一家名为“泰好吃”的泰餐馆在位于北京东四环的蓝色港湾开业了。网上好评如潮，传说不断。据说去这家餐馆就餐的客人络绎不绝，火到需要提前一两天预约订餐的地步。而追求时尚生活的年轻人、高级白领和演艺明星都对这家泰餐馆地道正宗的口味赞不绝口，趋之若鹜。

4

时光飞逝，转眼老严和王蓉结婚都快大半年了。五一过后，王蓉又接了一部新戏，出任导演。这是一部抗日题材的战争片，外景地就选在位于北京五十公里外的怀柔影视基地，离北京市区的家里开车也就一个多小时行程。

最近几天王蓉觉得身体不太舒服，例假也推迟了十几天，女人本能的反应告诉她可能是怀孕了。收工后，她让剧组司机直接送她回家。

几个月前，林秋给女儿过满月，邀请老严夫妇和车震、宋兰去吃酒席。当林美佳把孩子抱出来时，众人又感慨又羡慕。感慨的是，林秋居然当爸爸了，而且还是个好爸爸、好丈夫。羡慕的是这孩子继承了父母的全部优点，漂亮可爱。尤其是王蓉，抱着孩子不撒手，眼睛都发直了。林美佳见状安慰她说："蓉蓉，你抓紧生一个吧。你俩基因那么好，孩子一定很优秀。"

那天回家后，王蓉就让老李戒烟戒酒，时刻准备着造人工程。可半年过去了，一点动静都没有。这次身体的异常反应，再一次点燃了王蓉的希望。

第二天一早，吃过早饭，王蓉对老严说："一会儿你带我去医院检查一下吧，我例假早就该来了，可一点动静都没有，而且这几天总觉得恶心，我想去查查是不是怀孕了。"

老严漱完口从浴室出来，听王蓉说去查怀孕便笑着说："咱俩结婚都八个月了，你始终也没怀上，估计这次也是空欢喜一场。"

王蓉也不恼，撒娇地央求道："你就带我去嘛，我做梦都想跟你生个宝宝。前几个月，你我都忙，我整天黑白颠倒地泡在剧组，哪有机会受孕啊。偶尔回来几天，你总是应付差事，草草了事。这次肯定有戏。"

老严最吃王蓉这一套，只要老婆一撒娇，他就是再不情愿，也得立刻答应。王蓉摸准了他的脉，对付老严的手段炉火纯青。

陪王蓉来到医院，又是验血又是B超。老严跑前忙后地排队缴费，取化验单，然后坐在妇科门口的椅子上等待王蓉出来。

妇科门口人来人往的，除了治疗的，还有很多是跟老严一样陪老婆来查怀孕，或者来检查胎儿发育情况的。等得无聊，老严就凑上前去，问坐在身边的一个小伙子："你是陪老婆来检查的吗?"

小伙子回头看看老严，觉得有点奇怪。心想，这个男人看年纪也奔四十了吧，怎么一点经验都没有，看着啥也不懂，还挺紧张，于是笑着说："是啊，我老婆怀孕都七个月了，来查胎位的。大哥，你呢？"

老严不好意思跟人家说还不知道老婆怀孕没有，只是来检查的。所以支支吾吾地点了点头："嗯，嗯。"

这时，妇科门开了，王蓉走了出来，眼睛似乎冒着光。

"怎么样？大夫怎么说啊？"老严跑上前接过王蓉手里的单子问。

"你猜猜？"王蓉卖着关子。

"哎呀，急死我了。你就说吧。"老严紧张得开始心跳加速。

王蓉扑哧一笑，突然扑到老严身上，一把抱住他开心地说："检查结果呈阳性，这回呀你真的要当爸爸了！我好激动啊！"

"真的呀？你可不许骗我，我这老心脏可经受不起打击！"老严有点不敢相信。

"当然是真的了。你知道吗，大夫说已经怀孕四十多天了！"王蓉兴奋地回答。

听到王蓉肯定的回答，老严二话没说，双手捧着王蓉的脸就是一顿狂亲。虽说老严之前已经有女儿落落了，但那时候，他才二十多岁，当时根本体验不到为人父的那种深刻含义，加上落落这些年一直跟她妈妈一起生活，其实老严几乎没有真正体验过伴随孩子成长的那种喜悦。随着年龄的增长，他很想再有一个孩子，亲自陪伴在孩子身边，分享孩子成长的点点滴滴。

这回终于梦想成真了。老严松开王蓉，抢过她肩上的背包，小心翼翼地扶着她说："从现在起，你归我接管。我要好好伺候你，生个健康的大宝宝。"

王蓉大笑着说："瞧你那样，现在才不到两个月，不至于呢。"

5

辛杨没有想到自己在北京经营的这家"泰好吃"餐馆的生意如此火爆，短短一年的时间就收回了全部投资。其实这要归功于老严的影响。跟老严在一起那几年，他没少教辛杨经营之道，同时，辛杨也点点滴滴、潜移默化地从老严身上学到很多生意经。这次开“泰好吃”时，她就是按照老严的经营思路设计的。记得有一次，老严带她去“玛莉安妮”酒吧吃饭，对她说：“这个酒吧的成功是地道和差异化，客人为什么愿意来？不就是冲着能全方位体验异国餐饮文化吗？如果仅仅是菜谱，而没有风格和文化，那是做不出差异化的。”玛莉安妮酒吧的成功，让辛杨对老严的经营意识和经商之道佩服得五体投地。这次，她特意从泰国带来本地的厨师和一批服务员，宁肯多花些钱也要给人一种全方位的感觉，不仅仅是菜谱，包括装修、文化以及语言都要让客人体会到最正宗的泰餐体验。很多客人以为这家餐馆的老板是土生土长的泰国本地人呢。

2007 年元旦过后，“泰好吃”第二家分店在三里屯开业了。地理位置恰恰就选在辛杨当年的“风陵渡酒吧”原址，原来熟悉的一切早已不复存在。如今这里已开发成高楼林立的 shopping mall，而辛杨的餐馆就在这家大型 shopping mall 的一层底商。

其实辛杨并不是刻意要在这个令她浮想联翩的地方开店的，只是很巧，当她把自己的要求和范围告诉委托房屋中介后，中介给她提供了几个备选方案，最终只有这个地方，无论是价格还是地理位置都最符合她的要求。这也许是天意，十年后上天安排她故地重游，是想让她证明自己从哪里跌倒再从哪里爬起来呢，还是时刻想刺激她，让她回味过去，百感交集呢？她无从得知。

辛杨站在餐馆门口，望着就餐客流和四周早已面目皆非的各种建筑，心潮澎湃，感慨万千：“十年过去了，做梦也没想到今天会是这般情形。老严，你还好吗？”

她是多么希望有一天跟老严再次相会，坐在自家餐馆，聊聊这十年的变化，分享这变化带给她的喜悦。

她忍不住掏出手机，翻出老严的电话号码。刚刚拨通，她又挂断。她实在是矛盾纠结，想见老严，又怕像上次那样影响他的生活。最终，她还是放弃了联系老严的念头，把老严和那段往事深深地埋藏在心底。

一天深夜，快要打烊时，辛杨接到韩梅打来的电话。电话里韩梅兴奋地说：“我在互联网上看到你北京泰菜馆的生意非常好，说你大获成功，真是令人鼓舞。”

“是吗？我整天忙着店里的生意，根本没时间上网。反正这两家店生意的确很好，你想不想来北京看看，我们合伙再多开几家店吧？你知道，明年夏天北京就要开奥运会了，这可是个千载难逢的好商机啊！”辛杨建议道。

“好呀，反正我也不忙，下周我就去北京看你。好久没见你了，我都想你了！”韩梅愉快地答应了。

一周后，韩梅如期飞到北京。两个好姐妹相聚在北京，激动得好几天都没睡好觉。

6

王蓉怀孕已经八个月了。两个月前她终于完成了自己导演的那部片子的全部外景戏，这段时间就安心在家养胎、休息，为宝宝的出生做准备。

片子的后期制作完成了，获得投资方的好评。剧组一片兴奋，计划找家餐馆大家聚会一下。副导演给王蓉打电话，请她无论如何今晚六点到三里屯北街一家名为“泰好吃”的餐馆聚会，五点开车去家里接她。

王蓉谢绝了副导演，说：“我让我老公开车送我过去吧，这个时候只有他在我身边，才最放心。”

王蓉怀孕这几个月可把老严累得够呛，白天上班，下班回家后他亲自下厨给老婆做饭。虽然请了阿姨，但老严并不放心。他买来很多菜谱和孕妇营养知识方面的书，仔细认真地研究，希望全方位地给老婆补充营养，只让阿姨负责打扫卫生和洗洗涮涮，做饭的事由他亲自动手，每次都把王蓉吃得只有喘气的份儿，搞得王蓉每次吃饭都跟完成任务似的。有时候实在吃不下了，直跟老严求饶。而老严却微笑着和蔼地劝她多吃：“亲爱的老婆，你现在是吃两个人的饭，千万别把肚子里的宝贝饿着了。”

看着老严那副认真可爱的样子，王蓉真是哭笑不得，气得挖苦老严：“你什么时候变成了一个婆婆妈妈的老太太，我心目中那个英雄威武、机智幽默的老公哪里去了呀？”

其实虽有怨言，但王蓉喜欢那种被老公无微不至地照顾，被捧在手心里的感觉。她发现老严真是越来越爱她，在乎她。这让她很感慨，觉得自己为老严苦苦守候六年真是太值得了。

下午老严不到四点就下班回到家里，刚要策划今晚的菜谱，王蓉说：“老公，今晚六点剧组让我去三里屯参加聚会，你送我去吧，晚饭我们就在那儿吃。”

老严“哦”了一声问：“怎么去那儿啊，多堵车啊！”

“听说那儿开了一家泰餐馆叫‘泰好吃’，特别正宗，特别火。副导演他们说过好几次，我都没去成。这次我倒要看看它究竟有多好。”

“好吧，不过你们剧组聚会我参加不合适。我就把你送去，随便在附近找家餐馆吃点，然后等你。”老严骨子里还是比较大男子主义，不想跟着老婆的圈子凑热闹。

“不行，你一定要参加。大家都想看看我成天挂在嘴边，夸个不停的老公是何方神圣呢，你要不去，我多没面子啊！你就去吧，好老公！”王蓉又拿出撒娇的撒手锏。

7

晚上六点，按照副导演提供的地址，老严准时把王蓉送到三里屯北街。他有好几年没来这一带了，看到眼前翻天覆地的变化，老严不禁心生感慨：我这辈子跟这儿还真有缘啊，当年就是在这认识辛杨的。她的酒吧好像就在附近，也不知她这些年过得怎么样了。

停好车，老严扶着王蓉从地下停车场乘电梯上来，来到“泰好吃”的门口。这家餐馆门口摆放着两只木雕的金色大象，左右各一，牌匾上写着镀金的三个大字“泰好吃”，旁边是不认识的泰文，估计也是餐馆的泰文名字。

老严站在餐馆门口，望着餐馆的布局，又看看四周的环境，一种特别的感觉油然而生。又是三里屯，又是泰国菜，这一切都跟辛杨有着密不可分的联系。他开始心跳加速，似乎感觉要发生什么事一样，心神不宁起来。

副导演早已在门口等候多时，看到王蓉，他忙走上前去，把老严和王蓉领进餐馆，把他俩带到里面的包间。

王蓉挺着个大肚子，笑呵呵地把老严介绍给大家。那些演员和剧务经常听王导夸赞自己的老公，今天终于见到了真人。大家热情地跟老严打着招呼，而老严在一群俊男靓女好奇的目光注视下，显得有点不自然，红着脸坐在王蓉身边。

王蓉似乎意识到了老严的窘迫，笑着挽起老严的胳膊，悄悄说："别紧张啊，老公。"

副导演见王蓉和老严落座，得意地说："王导，我跟这家店的老板是朋友。我请她过来，给大家介绍几道她家最拿手的菜。"

一会儿的工夫，包间的门开了。一个穿着华丽，珠光宝气的女子走了进来。副导演起身向王蓉介绍道："王导，她就是这家大名鼎鼎餐馆的老板——辛杨。"然后他又把王蓉介绍给辛杨："辛小姐，这是我们王导，年轻有为。旁边是他家先生严……"

老严正低着头看菜谱，听到"辛杨"二字，心里一惊，跟踩着电门一样。他立刻抬头望去，一眼就看到了辛杨，老严呆住了，张大嘴，一时无语。

辛杨也怔住了，看着老严惊讶不已。这真是想谁谁就来，真不禁念叨。辛杨脸上的表情可以用大吃一惊来形容，先是惊讶，再是木讷，然后是惊喜，最后是微笑。

"你？你怎么在这儿？"老严先打破了沉默。

"好久不见，你还好吧？"辛杨表情僵硬地答非所问。

看到辛杨，王蓉也吃惊不小。她曾经在亮马河大厦的咖啡厅见过辛杨一次。记得那是1998年秋天，她想去亮马河大厦找老严。那段时间，她很久都没见着老严了。在大厦的咖啡厅，见到老严跟一个女孩坐着喝咖啡。王蓉猜想，是辛杨回来了，于是她伤心地跑开了。

王蓉是个职业导演，最善于观察人物表情和心理变化。看到老严和辛杨再次重逢，她似乎能感觉到俩人百感交集的心理变化。然而在这种场合，她不想让这俩人流露出更多的情感交集。于是忙站起身来，大方地问候着：“你是辛姐呀，你好，辛姐！”

辛杨并没见过王蓉，也不认识她。当她听说副导演眼前这个大肚子女人是老严老婆时，感觉很诧异，因为这个女人不是上次在老严家里见过的那个用钥匙开门的女人，看来老严真的跟那个女孩分手了。

听到王蓉大大方方热情地跟自己打招呼，还称呼自己为“辛姐”时，辛杨一愣，忙把视线从老严的脸上转移到王蓉脸上，礼貌地微笑了一下，说：“你好！”

老严站起身来忙给辛杨介绍道：“这是我老婆，她是这个剧组的导演，今天特地慕名来你这儿吃饭的。没想到你居然是这家餐馆的老板。真是太巧了！”

王蓉微笑着对辛杨说：“辛姐，老严经常提起你。虽然没见过面，但我对你熟悉得很。今天我们剧组聚会，这里说话不方便。你还是跟老严单独找个地方叙叙旧吧。”

然后，她又拍了拍老严的肩膀笑着说：“去吧老公，你们多年不见，好好聊聊。你放心，我一定多吃，不让咱宝贝饿着。”

辛杨点点头，对王蓉说：“那我就把你家先生先带走借用一会儿，我马上给你们安排上菜。这顿饭，我请客。”说完，她看了老严一眼说：“你跟我来吧。”

老严跟辛杨离开后，副导演愣神了半天才回过神来问王蓉：“王导，原来你们早就认识啊？”

包间里几个工作人员窃窃私语：“什么情况啊，怎么感觉老板跟王导先生关系不一般呀？”

王蓉瞪了他们一眼，大大方方地说：“你们几个嘀咕什么呢？这家店的老板是我们十年前的老相识而已。多年不见了。”

8

老严做梦也没想到跟辛杨居然是在这样一个场合重逢。四年没见，辛杨变化很大。以前那种青春纯美、充满活力的模样早已不复存在，取而代之的是雍容华贵、成熟优雅的气质。算算时间，辛杨也差不多三十四岁了。是不是女人到了这个年纪都会多了一些风韵少了些清纯呢？这种变化让老严倍感陌生，不适应。

辛杨带他来到自己位于餐馆里面的办公室，默默地给他沏上一杯茶水，然后放在他面前的茶几上，沉默了片刻，语气幽幽地说："你老婆挺漂亮的，看样子你又要当爸爸了吧？怎么，跟以前那个分手了？"

"嗯，麦吉因为上次咱俩抱头痛哭的事，误会了，之后很久没有联系我，估计受了很大刺激。后来她想和好，我放弃了。算了，不说这些了。你什么时候回来的？看样子你干得不错，我就说嘛，做生意你就是把好手。"老严喝了口茶，觉得苦苦的不太习惯，又把茶杯放回茶几上。

"唉，真是对不起。没想到因为我，搞得你们分手了。"辛杨叹了口气，心里有点不是滋味。接着她话锋一转笑着说："其实，做生意这事还要感谢你呢，是受你的影响。我后来的很多习惯都有你的影子，改都改不了的。怎么样，听我这么说，你是不是特有成就感呀？"

"哪里有什么成就感啊，人与人之间不就是这么相互影响的吗？我的很多生活习惯还有你的影子呢。"老严若有所思地说。

"是啊，我们虽然分开了，但很多看不见的东西仍然在延续着。这些延续的东西让我时常想到过去，想到你。尤其是在一个人对你很好的时候，离开他，会让你终生念着他的好，经常陷入对过去深深的怀念和留恋中而不能自拔。其实想想，你也挺可怕的。不如当初我们大吵一架，就像我以前的男朋友跟我分手那样，不留一点痕迹，留下的只有庆幸。而你呢，却让我因留恋而心痛。"辛杨说着从抽屉里拿出一包香烟，给自己点上一支，然后又递给老严。老严摇摇头说：“我戒烟一年多了，习惯不抽了。”

辛杨惊讶地看着老严，迟疑片刻，又把香烟放进抽屉。

辛杨的话让老严感到很心酸，他点点头说：“嗯，我也有同感。回忆里全都是你的好，你的优点，甚至一度连洗澡、刷牙、睡觉的姿势都是你的风格。我都奇了怪了，你怎么都影响到我的骨髓里了呢？”

“不过你变化还是挺大的，头发少了，肚子也起来了，居然连烟也戒了，真是出乎我的意料。对了，你那几个哥们都还好吗？”辛杨迫不及待地问。

辛杨的话音未落，老严的脸色突然变得很难看。他沉默半天，没有说话，眼圈有点发红。辛杨见状一惊，忙问：“你怎么了？”

老严就把老李一年前遭遇车祸去世的事跟她说了一遍，辛杨听完大吃一惊，连说三遍：“没想到，没想到，没想到啊！”

看着她心情沉重的样子，老严话题一转说：“林秋和车震挺好的。林秋娶了个漂亮的老婆，女儿都一岁多了。老车也很幸福，终于找到了一个自己喜欢的女朋友。”

辛杨真是没办法不感慨，老严和他的三个死党，怎么变化那么大呀？最被看好的老李却英年早逝，最不被看好的林秋居然蜕变成好丈夫、好父亲，生活得幸福美满。老天真是能捉弄人啊！未来还会有多少惊喜等着我们去发现，去体验呢？

望着眼前略显陌生的老严，辛杨百感交集，感叹命运的跌宕，人生的起伏。她擦了擦有些湿润的眼角，关心地问老严：“说说你这些年都过得怎么样啊？”

老严笑了笑说：“这正是我想问你的呢。”

辛杨让服务员把饭菜送到她的办公室，俩人一边吃，一边讲述着这些年各自的遭遇和经历。

9

吃完饭，老严看了看表，快九点了，估计王蓉那边也吃得差不多了。他站起身略带歉意地说：“差不多我该走了。王蓉挺着个大肚子，不能待得太久，回家还要给她洗澡、按摩呢。”

老严的话让辛杨有点酸溜溜的，心想，放在以前这个时间正是老严出去开始夜生活的时间，如今才九点，他就急着回家陪老婆了，变化真大。她起身说：“你稍等一下。”然后走到办公桌前，拉开抽屉，从里面取出一张银行卡，递给老严说：“这个你拿着，里面有十万元。”

老严一愣：“什么意思？”

“还记得那个花店吗？后来我把它盘出去了，用那笔钱开的餐馆。那是你的钱，上次回国没来得及还给你。”辛杨解释道。

老严一听就急了，忙把卡还给她，摆摆手说：“我不要，再说我也不缺钱，你拿回去吧。”

见老严有点不高兴，辛杨只好把卡接过来说：“你不要钱，那可不行。我必须还给你。”她低头想了想说：“要不这样吧，我的店总投资二百万，我算你百分之五的股份吧，赔了，就没有了。赚了，就给你分红。”

老严还是摇头说：“不行，不行。我真的不要。”

辛杨有点生气，她提高嗓音说：“难道你就不能留点念想给我吗？难道你就不能给我个再见你的理由吗？”

老严看着辛杨有点微微泛红的眼圈，默默地点了点头。上前一步，拥抱了她一下，柔情地说：“好吧。过些日子，我带老车和林秋他们过来，我们聚聚。”

突然辛杨办公室的门开了，身材高大的韩梅走了进来。她在餐厅很长时间没有看到辛杨，以为出了什么事。韩梅见辛杨跟一个男人拥抱在一起，心一慌，有点尴尬地说：“对不起，我以为你一个人在办公室呢，抱歉，那我一会儿再来。”

老严认出是韩梅，忙松开辛杨大喊一声："韩梅。"

韩梅仔细一看，原来拥抱辛杨的人是老严。她兴奋地跳了起来，照着老严的胸口就是一拳："老严，哈哈。好啊，我说辛杨怎么钻在屋里半天不出来呢，原来是你来了。"

见韩梅一如当年的模样，大大咧咧的，老严笑着说："十年没见，你还是那样，一点都没变啊！"

韩梅把手搭在老严的肩上笑着说："咋没变啊，老了。不过我的普通话现在讲得很正宗呢。怎么样，这十年你混得不错吧？"

老严咧嘴一笑，对韩梅说："你都想不到，这些年发生了很多事。我还好啦。"

辛杨打断他们的谈话，对韩梅说："他还有事，让他先回去吧。抽空我们找个机会再好好叙旧。"

老严点点头，看着眼前的韩梅，突然有一种恍若隔世，物是人非的感觉。这两个女人十年前出现在自己的生活中，彻底改变和影响了自己的生命轨迹，然后像风一样消失得无踪影。这期间，发生了多少悲欢离合、跌宕起伏的人生悲喜剧啊。如今当这二人再次出现在自己面前时，就要跨入不惑之年的他是否在经过这十年岁月的洗礼与积淀后，能顿悟人生的真谛，洗尽铅华，回归质朴呢？

临分别时，辛杨上前摸了摸老严的脸，关切地问："怎么样，这块伤疤阴雨天还隐隐作痛吗？"

"嗯，是啊。估计这一辈子它都会陪伴我，让我想起你和过去的那些事。"老严摸着眼角的伤疤，笑着回答。

听到老严的话，辛杨的脑海里立刻浮现出二十多年前，老严浑身是血的那个画面。那个场景在她脑海里经常出现，也许会陪伴自己终生。想到这里，她轻轻叹了口气说："人生就是一场梦啊！"

走出"泰好吃"餐馆，老严扶着老婆王蓉来到地下车库。他让王蓉坐好，给她系上安全带，然后坐回驾驶室，将车开出地库。

这时，天空飘起雪花，灯光下漫天飞舞，一会儿的工夫，大街小巷、树木、建筑便披上了白色的外衣。瞬间，这座城市变得银装素裹、妖娆华丽起来。

王蓉坐在副驾上，突然问老严："老公，没跟辛杨结婚，你遗憾吗?"

老严笑了笑，不置可否。汽车驶到一个红绿灯路口，老严趁着红灯等待的机会，侧过身猛地亲了王蓉一口，温柔地问："老婆，我给咱宝贝起个名字叫严幸福，好吗?"

王蓉一怔，突然哈哈大笑起来，这笑声极具穿透力，银铃般穿过车窗，随着漫天的飞雪一起飘荡在城市上空。

老严四十岁生日那天，王蓉给他生了一个大胖小子。取名：严幸福。

（全书完）。

初稿于2014年3月10日，北京亦庄。

2014年3月16日修改于北京双桥。

2014年4月26日三审于亦庄。

后　记

2013年十一月母亲查出晚期肾癌，且已转移至骨。我在医院陪床的几个月里，目睹人生的悲欢离合，生命的脆弱，百感交集，不能自已。感叹之余，希望在自己年富力强、身体康健之年，将自己身边所看到的，所感受到的最开心、最难忘的岁月故事记录下来，留给自己和朋友们一份美好和分享，同时寄语年轻的一代，通过书中的故事，珍惜美好的爱情，以及来之不易的幸福生活。

本书讲述的故事，是二十年前从而立之年到四十不惑，60后、70后海归一代的情感、事业和生活的缩影以及成长的代价。那时人们的人生观、价值观、道德观与现代相比有很大的不同。尽管他们在感情和生活中也迷茫、犯错甚至颓废和荒唐过，但那一代人依旧是怀揣着对美好爱情的渴望，为此奋斗挣扎着。他们纯净、健康的心灵依然值得今天的年轻人学习、借鉴。

从构思动笔到小说的完成，短短三个半月。小说完成时，母亲刚刚出院，正在以惊人的毅力与病魔抗争，她的精神鼓舞着我和身边的每一个人。

此书的创作与出版得到很多朋友的鼓励与帮助，尤其是作家网总编，著名作家、诗人冰峰先生，新华社加拿大分社社长，高级记者江亚平先生，以及漓江出版社副总编、作家庞俭克先生的鼎力相助，本书才能在短短半年之内顺利出版，我在此深表谢意。

感谢所有关注和提供素材的朋友们：英籍华人陈刚先生，孙育伟先生，莫旭东先生，刘颖华先生，路都强先生，以及我的同事，张文君小姐，孙国伟先生在图片、文字处理方面的协助。

本书纯属虚构，请勿对号入座。

李潞，2014 年 4 月 28 日于北京双桥。